峰泖雜記

华亭风作品集

吴纪盛◎主编

山西出版传媒集团
山西人民出版社

图书在版编目(CIP)数据

峰泖杂记:华亭风作品集/吴纪盛主编. —太原:山西人民出版社 2016.1

ISBN 978-7-203-09459-3

Ⅰ.①峰… Ⅱ.①吴… Ⅲ.①中国文学—当代文学—作品综合集 Ⅳ.①I217.2

中国版本图书馆CIP数据核字(2015)第322414号

峰泖杂记:华亭风作品集

主　　编:吴纪盛
责任编辑:吕绘元
特约编辑:许　平
装帧设计:张永文

出 版 者:山西出版传媒集团·山西人民出版社
地　　址:太原市建设南路21号
邮　　编:030012
发行营销:0351-4922220　4955996　4956039
　　　　　0351-4922127(传真)
天猫官网:http://sxrmcbs.tmall.com　电话:0351-4922159
E-mail:sxskcb@163.com 发行部
　　　　sxskcb@126.com 总编室
网　　址:www.sxskcb.com

经 销 者:山西出版传媒集团·山西人民出版社
承 印 者:山西省教育学院印刷厂

开　　本:787mm×1092mm　1/16
印　　张:22
字　　数:276千字
印　　数:1-1000册
版　　次:2016年1月　第1版
印　　次:2016年1月　第1次印刷
书　　号:ISBN 978-7-203-09459-3
定　　价:38.00元

序

一个地区有足够悠久的历史，又有好山好水，兼有宏赡的人文典故，那么这个地区就一定会有许多地名，让文人墨客尽情飞觞吟诵，挥毫泼墨。松江——素称“上海之根”，得天目山之余脉，而有九峰壁立、山川形胜；借震泽之波涛，而得灌溉之便、农桑之利。自三国时期，东吴大将陆逊因破荆州关羽，封华亭侯，至唐天宝十年（751）建华亭县，元至元十四年（1227）升华亭府，次年易名松江府。松江别称又有云间、茸城、谷水、娄县、峰泖、鲈乡、三冈、南吴等，每一个别称蕴藏诗情画意，令人不胜神驰。

《松江报》的副刊就用了古朴风雅的华亭风冠名，成为上海区县报中的翘楚。《华亭风》真“富”，上海作家群中流传着“先登《华亭风》，再载《夜光杯》”的说法，著名作家王安忆、叶辛、赵丽宏、峻青、丁锡满、李伦新、彭瑞高等聚焦松江“根文化”，纷纷赐稿，而松江当地作家罗洪、王勉等稔熟历史掌故，涉笔成趣，形成了一个源源不断的稿库。就读者而言，一报在手，鉴古观今，其乐融融。“文化艺术”无疑是一个蕴含着情感力量与神圣感召力的词语。爱家乡，先爱描绘家乡风光、民俗、人物的散文、随笔，让读者记住乡愁。这正契合《松江报》的办报理念——“新闻立报，文化强报，服务热报”。

躬逢改革开放之盛，伴随经济社会迅猛发展，原本饥肠辘辘的民众，早已告别贫穷和饥馁，但逐渐富起来的人们患上了“精神饥饿症”。君不见，新媒体层出不穷，“低头族”日见增多，动动拇指，看看手机，人们陷入了浅阅读的泥淖而难以自拔；君不见，人们热衷于人人都有麦克风，三言两语，泛泛而论，把大好时光消磨在裨益甚少的社交中。治疗“精神饥饿症”最佳的方法莫过于用心阅读、仔细咀嚼和深深回味报纸上的千字文，耗时不多，日积月累，必有好处。开卷有益，编纂这本《峰泖杂记》，目的就在于让读者在欣赏作家优美语言、丰沛情感的同时，在潜移默化中增强对故乡的亲和力，从而倍增对家乡的自豪感。

本书收集的 105 篇散文、随笔，是从众多的已刊登的作品中遴选出来的佳作。《华亭风》责任编辑许平乐意为他人作嫁衣，为此书的几次校对与订正已臻“语不惊人死不休”的境地，厥功至伟。翻开这本 27.6 万字的《峰泖杂记》，字里行间是松江沉甸甸的历史记忆，是一幅幅鲜活的生活场景图，是火热工作的真实写照。细嚼有味，无论写物状景叙事讲人，都像雷电一般一振一荡地打到读者心弦上，在万籁俱寂的夜晚，在灯下枯坐细读，你能领略到很空阔很自由的趣味，因为作者均为文苑大家，他们用极简的语句，概括无限情愫。相传，五代时蜀主孟昶，收藏有一幅吴道子画钟馗图，左手捉一鬼，右手第二指抠那鬼的眼睛。孟昶把画拿给当时的大画家黄筌看，说道："若用拇指，似更有力。"请黄筌改正。黄筌把画带回家，看了数日，另画一幅进呈。孟昶问他为何不改？黄筌答道："道子所画，一身气力色貌，都在第二指，不可改。我这别本，一身气力，都在拇指上。"从蛛丝马迹中察觉案情真相那是神探，从轻拢慢拨中领悟高山流水那是知音，从平白如话中读出高深哲理那是高手。事实上，阅读不必有太多的功利性，而应成为生活的一部分，信手拈书一本，愉悦地翻看，在审美的过程中自然而然丰富自己的阅历，从而使自己的内心更加强大，从容应对生活中的困境和工作中的挑战。

在本书编辑期间，传来了市委宣传部原副部长、《解放日报》原总编丁锡满魂归道山的噩耗，师长辞世，哲人其萎，令人心痛。谨以其遗文作为薄奠，祭祀这位受人尊敬的长者。

是为序。

目录

九峰三泖

风流人物

心香一脉

九峰二泖

峰泖杂记

我的家乡

罗　洪

我是松江人，出生在松江。念小学时，读的是四德女子小学。这个小学的校名是有浓重的封建色彩的。过去不是有句“三从四德”的封建话吗?

松江有九峰三泖，有秀美的环境，也有著名的特产四鳃鲈鱼。四鳃鲈鱼只有从秀野桥到大仓桥（今永丰街道）短短的一段河道里有，产量很少。大概因为有四个鳃，所以四鳃鲈鱼头大身子小又短。四鳃鲈鱼只有在冬天才有，味很鲜美，人们是把它煮在汤里的。

松江还有景色秀丽的醉白池。我念小学的时候，每逢星期天下午，总要到醉白池去玩玩。曲廊和荷花池，非常引人入胜，百看不厌。前几年我回过松江一次，感到醉白池太狭小了。这是因为自己几十年来，走过很多城市，见过不少大园林了，观念也在改变啊。

但家乡近年来的建设也是可观的，市容整洁，道路拓宽了，两旁的建筑翻新了，弯弯曲曲的小河早已消失。我想，进一步的建设发展会很快的。

松江，从历史走向未来

丁锡满

一边是园中塔影，古庙钟声，老街人沸，深树鸟鸣；一边是新楼林立，绿草如茵，现代气派，异国风情。沪杭高速公路把松江切成两半：南面是古色古香古城镇，北面是新潮新浪美新城。在上海的各个区县中，松江是亦今亦古、古今交汇，有山有水、山水相映，工农商贸齐发、科技文化并进，腾蛟起凤、文光射斗的一个有特色的区域。

从9号高速公路赵巷出口，一转弯，就进入了仙境一般的迷人境界。宽阔的公路两边树丛掩映，中间花草相隔，仿佛这不是离闹市仅半小时车程的热地，而是行驶在海岛崇明的乡间之路，赏心悦目。到了大学城，只见校园空阔而宁静，校舍精美而新颖，大学本来就大，几所大学集中在一起，便成了人才的森林、智慧的仓廪。紧靠大学城的南面，就是松江新城。这里原来是阡陌纵横、沟渠密布的农田，现在阡陌变成了通衢，良田变成了华屋。高高的办公楼、低低的别墅群，疏疏落落地分布在水岸和花园之中，原来的湿地建起了欧式风格的泰晤士小镇，坐在小镇的咖啡馆里品味新磨新煮、香喷喷的摩卡咖啡，会使你忘记今夕何夕，身处何处；是在本乡本土，还是在异国异地。楼台明丽，行人稀少，与发达国家的城镇没有两样。

这就是松江新城，这是20世纪末21世纪初松江人在洁白的画布上画出的最新最美的图画。这是人间的伊甸园、现代的桃花源！

松江从古老的历史走来，走向了朝气勃勃的现代，走向了更加美好的未来。他像一位神仙，霎时从历史老人变成了英俊少年。松江的现代文明源自于历史的根基。松江是“上海之根”。都说上海的历史短，但如果从松江算起，作为一个县治，它也有1200多年了。如果从人口的生息繁衍，就有6000多年的历史。汤村庙的崧泽文化和广富林的良渚文化，都是新石器时代的墓葬。上海简称申，黄浦江又名春申江，就得名于战国时四君子之一的春申君。春申君的封地就在今天的松江一带。传说现在的春申村是春申君当时兴修水利、疏通黄浦江的指挥部所在地。到了西晋，松江又出了两位著名的文学家陆机和陆云兄弟，他们都是三国时东吴大将陆逊的孙子。其中陆机的《文赋》成为中国文学批评史上第一篇系统而完整的创作理论，陆机所书章草《平复帖》是我国至今所保存的最早的书法名帖。

王勃《秋日登洪府滕王阁饯别序》赞美南昌“物华天宝，人杰地灵”，用这两句话来形容松江，更为贴切。松江自古以来就是人才辈出、英杰汇集的地方。纺织业的祖师黄道婆，身负“衣被天下”之名，使古时松江成了中国的“纺织之城”。松江画家中的元代赵孟頫、明代董其昌、清代张照，三人的字都叫文敏，因为书画极负盛名，被后世称为“松江三文敏”。大儒陈继儒，南明抗清将领陈子龙，14岁就跟着陈子龙抗清、17岁就义的夏完淳，近现代的教育家马相伯，报业巨子史量才，出版家赵家璧，戏剧大师俞振飞，作家施蛰存，“海派”画家程十发，这些令人敬仰山斗的文化名人，都出自松江！正是这些优秀人物，才使得松江文星高照，紫气东来，使松江的文化传承一代一代，继往开来。

五千年来，中华文明就靠这样一辈一辈的优秀人才和广大群众创造出来，积累起来，又靠一代一代的炎黄子孙传承下来，才使我们今天的中华民族雄立于世界文化之林，才使我们今天的华夏儿女有着取之不尽、用之不竭的文化源泉。在这光辉灿烂的民族文化宝库中，也有我们祖祖辈辈的松江人做出的贡献。

松江是上海城市的根，松江是上海文化的魂。抒发思古之幽情，追寻历史的旧迹，松江是最好的地方。松江有九峰三泖之美，五塔并立，三教并存，明清两代就有进士 521 人，极富人文之盛。中山小学内的唐经幢始建于唐大中元年（859），是上海地面建筑中现存最古老的文物，在全国唐经幢中也是最完整的一座。西佘山的秀道者塔是北宋时文物，建于北宋太平兴国年间（976-983）。方塔公园中的北宋兴圣教寺塔也有 900 多年的历史。而天马山上护珠塔之奇，真可与意大利的比萨斜塔相比。护珠塔始建于北宋元丰二年（1079），因为清乾隆年间（1736~1795）一场大火把塔心的木材、楼梯、楼板全部烧毁，仅存砖砌塔身，又因塔基年久疏松，致使塔身倾斜偏出轴心线 2.27 米，斜度为 6.52 度。近世有人发现砖缝中有唐宋钱币，不顾危险挖砖取钱，多年来竟将塔身底层拆去四分之一。真奇怪，塔身这样岌岌可危的倾斜竟坚持了 200 多年不倒。“文化大革命”期间，因解放日报在天马山山体内有战备车间，我多次到过天马山，走到塔边，只怕塔身摇摇欲坠，不敢近前。近两年再去，这位饱经风霜的历史老人竟还顽强地支撑着残躯，向来者讲述着松江的历史，不禁使人产生无限的敬意。

古塔依着古寺，这是中国佛教建筑的共同特点。佛教于东汉明帝时传入中国，凡有人居处，必有古寺存。在元代就有清真寺，这却是少见的。松江清真寺，就建于元至正年间（1341~1368），这是上海地区最古老的伊斯兰教建筑。

上海地区最早的衙门也在松江，它就是被称为“云间第一楼”的松江二中的大门。它原来是唐代华亭县县署的门楼，至元代，华亭升县为府，这里就成了元明清三代府治的门楼。只因年代太久，毁而又修，修而又毁，到1950年时，只剩下砖结构的台基了。现在的松江二中门楼，是1999年在原来的台基上新修的。

探寻松江的古迹，探寻松江的文踪，何止崧泽文化、良渚文化，何止古人古衙古庙古塔，还有古宅古园古桥古碑。这些古老的文化，有的还是遗存，让我们这些相隔千年的后人还能触摸到祖先的智慧和创造，这已经够我们享用不尽了，但是更多的古老文化随着时光的流逝，已经湮没在历史的长河之中。十几年前程十发先生陪我在方塔园漫步时说过：“在这里，只要你俯身挖出一片瓷碗的碎片，说不定就是明朝的古董。”看了2001年出版的《松江文物志》，我敢大胆地说，当你漫步在松江古城的大街小巷时，说不定你的脚下曾经是一座著名的古桥，你眼前的房屋以前曾建过名人的宅第，远方的山丘还立着汉唐高士的墓碑。西佘山天文台白色圆顶上那窥视宇宙的天镜，山顶教堂那五彩玻璃的光影，都会告诉你松江曾有过多么辉煌的前身。而今，松江正以“一天等于二十年”的速度开着“磁悬浮”列车前进，把这一片美地的一草一木、一砖一瓦全面更新，使它成为云间的仙境、上海的亮星。

松江离历史很远，离现代很近。

五库夜思

丁锡满

在松江的西南角和枫泾相邻的地方，有个五库镇。现在五库镇经区划调整，在原来的镇政府所在地和三个行政村建起了松江现代农业园区五库示范区。我一向自称村夫，醒着梦里，常思田里。“古代”农业，无不精通。改革开放以后，规模化、企业化的农业也见过一些，如江阴的华西、济南的北郊、奉化的腾头、浦东的孙桥。但“现代”农业如何，只因脱离田园生活已有半个世纪，昨天的农民不知今天的农事，所以对 2001 年新建起来的五库示范区饶有兴趣，于是在 2005 年 8 月一个艳阳高照的上午，在园区王秋林同志的陪同下，走进了松江古邑的现代田园。

今天的五库，说是农村，已不像农村。整个园区由中高档花卉、出口蔬菜、名优瓜果、特种水产等四大主导产业组成，生产方式已经工业化了。我们来到培育蝴蝶兰的玻璃温室。远远看去，这玻璃温室有点类似上海人民广场上的大剧院和城市规划展示馆。虽然没有人民广场上的建筑那么巍峨、那么精致，但给人的感觉是，这是一个宏大的高级展览厅，透明的玻璃幕墙、洁白的不锈钢柱子，如同神仙府第、月窟龙宫，哪里知道住在里面的不过是一盆盆阔叶兰花的苗子。不过，这些品种来自异域他乡，当然“娇生惯养”。大部分花苗还处在发育阶段，要等春节上市，其中一部分正在盛开。中国人喜爱兰花，因为它虽然花姿高雅，微香幽幽，却处世低调，毫不张扬，所以被人们赞为花中君子。我也爱兰花，但自从15年前从泰国的兰房见过蝴蝶兰之后，我便为它的颜色打动，迁爱于它。蝴蝶兰鲜而不艳，娇而不媚，笑靥迎人，含羞欲语，如把蝴蝶兰和其他各种花卉放在一起，便有“蓦然回首，那人却在灯火阑珊处”之感。所以价格很贵，好的一枝50元，普通的也要30元一枝。种兰花每年每亩的最高产值在20万元以上。这里有高档玻璃温室3.2万平方米、连栋温室37万平方米、钢管大棚2500亩，都栽种着名贵花卉和名优蔬果，效益可想而知。

五库示范区里有一个宠物培训基地，饲养着200多条名犬，大部分是基地自己培育，小部分是寄养代驯。十几排农舍一般的平房，房内洁净的走道两边隔成一间间2平方米大的狗舍，每舍一犬。狗舍内装着空调，阴凉舒适。“它们的生活水平很高呀！”基地负责人、一个农业学院的毕业生说，“它们不但住得好，吃得也很好。有的名种狗一个月的伙食费超过1万元。”狗亦如人，开销大者，身价必高。最好的品种叫雪橇，一条刚生下来的狗崽子，就值1万多元。狗见我们进入它们的领地，好像60年前的日本兽兵见到中国老百姓似的，个个跳将起来，龇牙咧嘴，弹眼落睛，在笼子里猛扑，嘴里叽里呱啦乱叫。我说：“好凶啊。”基地的人说：“别看它现在像日本鬼子，驯它的时候，倒是很乖的。这里的狗可不是党内腐败分子的二奶，仅仅作为宠物，养尊处优，光吃闲饭的，它们都分别接受专门训练。有的训练缉毒，有的训练警卫，有的训练杂技，有的训练交际。每天凌晨5时，狗们就被引到大草坪，钻圈的钻圈，跳栏的跳栏，过桥的过桥，接受培训员的训练。这些名犬有的潇洒英俊，一派绅士风度；有的娇小可爱，乃是窈窕淑女。”真是“各色狗等”，洋洋大观。我们来到办公室，有位姑娘正在训练狗的礼仪。叫它握手，它就伸出狗腿；叫它起，它就站立拱爪。这大概是为有钱阶层、有闲女士代驯的。代驯费可贵呢，追踪、搜索训练三个月要1.3~2.8万元，礼貌性地训练一个月也要3000元。普通劳动大众可以养家活口，但绝对养不起这样一条狗。

离开基地，我们来到香格里拉农庄。五厍示范区有香格里拉农庄、番茄农庄、葡萄农庄、水上农庄。这些农庄半是农业产业，半是休闲观光。既种瓜果蔬菜，养殖鸡鸭鱼虾，又建起一座座漂亮的旅游建筑。西式小楼，供人住宿；岸柳鱼塘，给人垂钓；浓阴草地，让人闲坐；箭垛马场，由人骑射。虽在远郊，每个周末都有很多市区游客前来度假。昔日知青插队落户、干部下放农村，叫“到最艰苦的地方锻炼”；如今五厍农庄，已是人间乐园。

兜了半天，没有看见几个人在劳动。五厍示范区有10余万亩耕地面积，怎么静悄悄无人呢？回来我问五厍示范区管理委员会的许复新主任，他说：“现在种田，需要的劳动力是很少的，一个人可以种上百亩地呢。”

我听了匪夷所思，我是农民出身，怎么也不相信一个人能种上百亩地。我说：“怎么可能呢？就说插秧吧，总要一株一株插下去呀。”

许主任说：“不用插秧了。”

“不插秧咋办？”我十分惊讶。

“撒插。先把田平好，放好除草剂，把谷子撒下去，就不要管了。上海郊区种田都是这样的。”

种田不弯腰，种稻不插秧，真是新鲜事，我这个“行家里手”还是第一次听到。

晚上住在五厍葡萄农庄。晚饭后，走出小屋，踏过草地，穿过密林，漫坐鱼塘，任柳枝摇肩，晚风吹面，思绪千里外，飞跃50年，想起了我做农民的从前……

1949年春天，因父亲去世，十几岁的我辍学种田。我和从没下过田的母亲两人种着四亩田。一无劳力，二无肥料，野草"鸠占鹊巢"，庄稼没有生存空间，稀拉枯瘦，像阿Q的头发。春天做好秧田，撒下谷种，种点土豆，以度春荒。初夏割好小麦，放水犁田，拔起秧苗，再一行一行分株插在水田里。秧苗拔起又插下，经过一番折腾，有个由青变黄，再由黄返青的过程。延长了生长期，当然不如现在直接撒谷，一次到位。插种秧苗一束集中在一起，不易根部发展，不如现在一株一株独自成长，根苗粗壮，产量就高。几千年相沿下来的种稻方式，产生了革命性的变化，我这个农民不能适应了。我种的田，因为产量低，粮食不够糊口，夏天靠土豆、南瓜、豇豆、茄子撑肚，冬天靠山芋干做主食。农民没有饭吃，这是旧时代的普遍现象。就是现在，一个纯农民，用过去的耕作方式，种四五亩地，扣除成本，能有几钿？而五厍示范区2004年土地亩产值就有9406元！一亩地上怎么会长出9000多元的东西呢？当然不是靠种稻种麦，而是靠高档花卉、出口蔬菜、农产品加工，靠农业观光旅游，靠规模化、产业化、企业化的经营。现在的上海农村，纯农户很少了。在五厍5500户籍人口中，2005年第三季度，剩余的30多位农民已全部转岗。

五厍这个地方，天还是蓝的，地还是绿的，没有高楼林立的城市喧嚣，夜晚静悄悄的。但是农民没有了，农民的土地大部分流转了，租给示范区规模经营，开发高产值产品。农民既得到每年每亩五六百元的土地租金，又被安排进工厂和产业部门工作，农民2004年人均收入实现6747元。我的少年时代吃山芋叶、南瓜藤、蕨菜根，一根稻草绳扎住破棉袄过冬的农民生活，已经无影无踪，只剩下带有苦味的回忆。地球啊，你为什么不转得快一点，让今天的生活早 50 年来到，别让我的农民父亲在饥寒交迫和血吸虫病中死去，让我那吃苦受累的娘亲过上几天今天五厍农民的生活多好呀。可叹我的父辈没福享受今天，可喜五厍成为人们理想中的桃花源、伊甸园，成为新时代、新农村、新农业的典范。

上海有 12 个市级现代农业园区，经济效益孙桥第一，五厍第二。松江现代农业园区五厍示范区真正起到了示范作用。我们过去搞过人民公社，也许愿望不坏，想由分散劳动转为集中生产，只是所有制不能促进生产力，所以失败了。到“文化大革命”结束，搞土地承包责任制，农民积极性调动起来，生产发展了，农村摆脱了贫穷，但毕竟是一家一户的小农经济，农业生产方式没有多大变化，土地单位面积产值不高。现在五厍通过流转土地，重新把土地集中起来，搞规模经营，利用高科技、产业化，办现代大农业，给农业生产找到了出路，为现代农村树立了榜样。有条件的农村，如果走上现代农业园区的发展道路，几千年来农村落后、农民贫困的问题就可以告别了。

杜丽娘幽闭深闺，第一次游赏自家花园的时候，感慨地说：“不到园林，怎知春色如许！”我虽然出身农村，当过农民，但长期生活在高楼字纸当中，落后于时代，脱离了实际，老农不识新农事，呆立田头不知田。

一声秋虫，一阵晚风，打断了我的旧思。天色渐暗，柳岸无人，还是回房去，把对五厍的感觉写出来。

诗的松江

萧 丁

松江是诗，松江是画。放眼松江，满目诗情；走进松江，步步画境。在上海 19 个区县中，诗题画意最为丰富的，应该是松江。松江是黄浦之源，松江是“上海之根”。早在春秋战国时期，这里就是春申君黄歇的封地。1200 多年前的唐朝，这里就已经建县。汤村庙的出土、广富林的遗存、干将铸剑地、二陆读书台、兴圣教寺方塔上叮叮当当的风铃、醉白池荷叶上哗哗啦啦的雨声、跨塘的月色、天马的塔影、月湖的波光、佘山的竹径、“松江画派”的名儒、“山中宰相”的宅第、古十二景、新十二景，松江人文之盛、风景之美、遗迹之多、物产之丰，一处处、一件件，都令人魂牵梦绕。看上海之古，必须去松江；看上海之新，也值得去松江。松江真是个好地方。

2008 年秋天，松江区旅游委邀请上海诗词学会一批诗家畅游松江古镇新城，漫步松江名园胜景，寻觅历史余韵，追赶时代车尘。这天真个快意舒心。诗人本多情，更何况美景似佳人。于是诗兴诗情，难锁难禁，散珠碎玉，如喷如迸。你看这些诗，每人十几、几十首，这哪里是推出来、敲出来的，分明是涌出来、喷出来的！好马需好鞍，好景需好诗。以格律诗来写情写景，是最合适的搭配。这是中国诗的传统。这一首首诗词，就是一幅幅工笔山水、一曲曲江南丝竹。细品这本诗集，仿佛进入这样的境界：月光之下、杨柳河边，听着美人曼吹玉笛，轻敲檀板，歌之蹈之，乐水歌山。

我本喜传统诗词，常常坐之行之，念念有词，背诵古典名诗。原来一直有杞人之忧，怕传统诗词后继无人。近年参加上海诗词学会，仿佛走进如锦的诗园，竟有这么多妙词好诗！周迢密、喻蘅这些前辈，本来是我所敬仰；褚水敖、陈鹏举这些会长，诗意高古，也当之无愧是叱咤诗坛的领军之人。令我特别高兴的是中青年当中，竟有那么一批人爱着诗、精于诗。我的解放日报文艺部的同事中，除陈鹏举外，还有齐铁偕、洪伟成、端木复，也工格律诗词，这使我如同在高树遮掩的林中，发现了一块鲜花铺锦的美地，大为兴奋，从此对他们刮目相看。在漫游松江的那天，陈鹏举一再向我推介青年女诗人胡建君，这次读了她写的诗词，果然文采不凡。对于传承文化，近来我有三喜：一是昆剧剧场座中少白发，知音净青丝；二是看到报上青少年书法比赛得奖作品高逸清秀，悦目赏心；三是看胡建君一辈青年诗人功底深厚，如见易安。这些都说明中华民族的传统文化后继有人，无须杞人忧天。

松江是诗的产地。因为松江文化遗存丰富，风景优美，历代有大量的好诗作。这次又请了一大批当代诗人歌咏古城新貌，更使松江“景”上添花。让我们随着诗人们的低吟浅唱，去松江坐水行山，闲寻历史上华亭的遗韵，领略今日海上仙境。

清流之美

李伦新

松江是得天独厚的，有山有水，堪称上海的佼佼者。是水孕育了松江，成就了松江，一直在滋养着松江，使松江古代有“衣被天下”“富庶一方”之美誉，近代公认松江为著名的江南鱼米之乡。松江的水是活的、动的，有灵性的，时时刻刻都在流淌着，从古流到今，流逝了悠悠岁月，留下了唐代经幢、宋代方塔、元代清真寺、明代砖雕照壁、清代园林、现代新城和大学城……使松江别具风采，极富魅力，不愧为天造地设的历史博物馆、现代化建设的优美城区！

历来多有骚人墨客尽情讴歌水，如说水是生命的源泉，水是大地母亲的乳汁……既形象生动又深刻贴切。可是，如今，我们不能笼统地这样讴歌水了，因为现在不是所有的水都值得赞美了！但松江人爱水、护水、治水的努力是应该赞扬的！让我为清澈、纯净、无害的生命活水而呼唤！

松江的水是活的，“为有源头活水来”。我曾经为探寻黄浦江的源头，来到浙江省安吉县，徒步走进了湖州境内的天目山主峰龙王山。两旁群山巍峨，脚下乱石嶙峋，耳畔流水潺潺，却不见源头在哪里。寻寻觅觅，终于看到出自时任上海市长汪道涵先生手书的“黄浦江源”四字石碑。只见山间有一瀑布飞泻而下，落潭有声，水珠四溅，溢出的水，形成一条小溪向下流去，淙淙作响。始于这小溪的水，历经漫长曲折的流程，进入黄浦江。黄浦江全长110多公里，松江地处黄浦江上游，黄浦江松江段长达32公里，松江是由于这源远流长的活水而兴旺发达起来的！

黄浦江，上海人民的母亲河。上海居民的生活用水和工业用水，主要取自于黄浦江。而地处黄浦江上游的松江，市级取水口日取水量达550万吨，供应全市70%的居民饮用水，此外还有区和镇级取水口十几个，保护水源事关重大，任务繁重。为此，近三年来，松江区不惜减少近10亿元的收入，毅然关闭了58家畜禽养殖场，种植涵养林2.5万亩，还否定了对水源质量可能带来不利影响的投资项目24个。与此同时，投资近16亿元，完成污水治理工程，使松江初步形成了“水波亲两岸，林茂引鸟栖”的水乡风景，被水利部命名为国家生态水利风景区，得来不易。

在松江这块604平方公里的古老土地上，河道纵横，塘泾交错。20世纪80年代前还有河道3905条段，长达2640多公里，水域占总面积的12%，依然还是名不虚传的江南鱼米之乡，一个重要的理由是：闻名遐迩的四鳃鲈鱼还在松江水中畅游。据《后汉书》记载，曹操大宴宾客时，异人左慈献言：吃鱼必是松江鲈鱼最美！理由是：天下鲈鱼都只有两鳃，唯独松江鲈鱼有四鳃。曹操点头，于是当场烹调四鳃鲈鱼，果然鲜香倾倒四座。这被南宋诗人范成大赞为“西风吹上四鳃鲈，雷松酥腻千丝缕”的松江四鳃鲈鱼，按《上海鱼类志》记载，20世纪60年代，松江在一个鱼汛期内，尚可捕获鲈鱼5000公斤以上。可是，后来，四鳃鲈鱼生存的自然环境一步步地消失了，到20世纪70年代，四鳃鲈鱼在松江消失了！松江人怎能不为此而留下一个心结，隐隐作痛？为了使远去了的四鳃鲈鱼重游回来，松江人真是倾情倾力，治理河道，改善水质，近日有媒体传来好消息，四鳃鲈鱼有望游回松江了！……这是个艳阳高照的夏日午后，在松江老城区的大仓桥上，一把伞下站着两个人，在静静地凝望着河面。一个清脆的声音似乎在说生命呀、源泉呀，好像在讨论老师布置的暑假作文；一个沙哑的声音也许在说清流呀、波浪呀，显然是在议论水的话题，接着仿佛有个激昂的声音在说："地球上的水能用人类的眼泪替代吗？"远处仿佛有歌声传来："清清的河水，流呀唱呀多欢畅；荡漾的碧波，笑呀乐呀多漂亮……"

来自莎翁故乡的小镇

李伦新

我又一次来到松江新城，走进泰晤士小镇这富有英伦风情的街区，令人有种突然置身于异国他乡的感觉。漫步其间，那草坪衬托和花木掩映中的红墙白窗，无论是那英式围合型公寓、联排型住宅，还是那24栋风貌各异的商业街小楼，都使我从美观、优雅和新奇的直觉中，联想到这组建筑内在的文化底蕴以及外化的理念差异……

回到家中，我独自坐在书房里，久久地沉思着，忽然想到英国文艺复兴时期的伟大诗人、戏剧家莎士比亚的《仲夏夜之梦》《威尼斯商人》《罗密欧与朱丽叶》在全世界享有的盛誉以及在我国的深远影响。它们常演不衰，早就在上海广为传播，多次被改编移植。远在民国3年（1914），我国第一个新剧团体“春柳社”就已将莎翁的《奥赛罗》改编上演，取剧名叫《倭塞罗》。20世纪三四十年代，改编自莎翁作品的剧目就更多了。作为上海土生土长的地方戏沪剧，就直接从莎翁的剧本移植过来进行演出，如民国30年（1941）“沪剧社”演出的《窃国盗嫂》、民国33年（1944）文滨剧团演出的《铁汉娇娃》，都是莎翁名作《哈姆雷特》《罗密欧与朱丽叶》的中国上海移植版本！可见中英文化交流由来已久，上海海纳百川、为我所用的开放精神已经形成传统！

事实说明，“海派”文化具有“敢于拿来”又“善于为我所用”的特征，并不只限于戏剧方面。据我所知，在上海城市建设方面，早就注意吸收外国的成功经验，结合土地实际加以运用。就拿石库门房屋来看，也多有借鉴英国住宅建筑的特点。英国住宅建筑大多采用高坡度、尖屋顶样式，为了有利于增加采光和通风，在斜坡屋顶上开天窗，英文屋顶为 roof，读音近似上海人读汉语老虎，于是，这种开在石库门房顶上的窗子，就被叫作老虎天窗，广泛用到石库门房屋上了……类似的事例可谓不胜枚举。改革开放以来，洋为中用的事例就更多了。据一位权威的建筑专家对我说，上海最具现代化的金茂大厦，其设计和建筑就富有中西合璧的特点。

耐人寻味的是，松江新城内的泰晤士小镇，正是以莎士比亚的故乡小镇为原型，在占地 1 平方公里的土地上，通过国际招标，英国阿特金斯集团成为规划设计的主体单位，建设富有英伦风情的特色小区，包括配套建筑如湖畔英式广场、多功能步行街、会所、医院、教堂等。典型而浓郁的英国文化、英国情调，在这里展现得淋漓尽致，但这一切又都是根植于中华大地上的。令人称道的高品质和高品位生活设施和环境，也都溢满了上海的“海派”文化气息。总之，英伦风情的泰晤士小镇的成功之道，最根本的一条是中西结合得好！

令人欣喜的是，在 2005 年 11 月于西班牙的拉科鲁尼亚市举行的第九届国际花园城市（社区）竞赛的最终竞逐中，松江荣获国际花园城市 C 级区金奖第一名，松江成为上海首个国际花园城市。在把松江建设成为国际花园城市的过程中，松江人没有旁观者，也不会只是祝愿和期待，而是在用实际行动将松江建设成最适宜人居住的地方。我想，在松江这古老而年轻的花园城市内，移植嫁接的花呀木呀，肯定不少，如何积极而又科学地解决这个移植的课题，看来很有必要进行理论联系实际的探讨，以求达成共识，移植得更好。

是克隆？是模仿？还是自主地引进先进，有选择地为我所用？记得当初决策要建设“一城九镇”这个项目时，我就听到有这样的一种质疑，担心照搬照抄，依样画葫芦式地复制人家的一个小镇，既花钱又耗费土地，会不会给外国人看了感到似曾相识，甚至以为是生搬硬套？给中国人看了会不会感到莫名其妙，不伦不类？我记不清来到松江新城、泰晤士小镇多少次了，每来一次，都会有些新的发现、新的感受。泰晤士小镇是参照英国莎士比亚故乡小镇的格局设计建设的，在英国可以看到许多类似这样的风情小镇，但找不到一个与松江的泰晤士小镇完全相同的，这是因为，松江泰晤士小镇是博采众长，吸取了英国许多风情小镇的优点，自行设计而成的，因而受到中外人士的一致肯定。

是移植？是嫁接？还是两者兼而有之，“拿来”以后经过消化吸收，因地制宜、因时制宜地自主创新？我在本文开头，提到了上海地方戏沪剧，从英国的莎士比亚优秀剧作移植改编的成功经验，使我们受到启发产生联想。是啊，建筑是凝固的音乐，住房是人生命存在的空间，也就是文化和文明存在的空间。移植英国的风情小镇，其实也是移植英国文明和英国文化。这种移植，比戏剧移植当然要复杂和困难得多，要有适应的环境、气候、条件，否则就会“水土不服”。改革开放以来的上海，正致力于建设国际化大城市，松江打造的泰晤士小镇，体现了海纳百川、追求卓越的上海城市精神，也是“海派”文化发展的需要。行文至此，我偶然看到 2005 年 8 月 18 日《新民晚报》的报道：上海京剧院根据莎士比亚的《哈姆雷特》移植的新编京剧《王子复仇记》，在丹麦演出场场爆满，丹麦文化界人士盛赞“中国京剧演绎的莎士比亚戏剧，为东西方文化找到了完美的结合点”。

我由衷地祝愿，泰晤士小镇的建设和经营也找到了中西文化“完美的结合点！”

方塔的眼睛

曹　阳

中国的塔，拔地凌空，庄严肃穆，雄伟挺拔，使人在仰视间无不浮想联翩。

童年时，我随父亲到松江，第一次见到高高的方塔，惊喜之情至今犹在心中回旋。我向父亲发出的第一个问题是："这塔怎么是方的？"父亲答："我国的塔，多数是八角形的，方塔比较少。松江倒有两座：这一座正名为兴圣教寺塔，俗称方塔，建于北宋；另一座叫李塔，是明代建筑。我在福建泉州见过一座方塔，其他的就不知道了。"我的第二个问题却使父亲语塞了："这方塔有多少只眼睛？"父亲茫然一笑。我却自顾去数每一层上的窗洞了。我计算的结果是 144 只窗洞。记得父亲对我拊掌大笑，说："你这孩子是三只眼呵！"什么"三只眼"？我当时也茫然。后来，在漫长的岁月里我曾不止一次地去探望老朋友一般的方塔，也没有再去计算方塔究竟有多少只眼睛。

最近，我有机会再到松江去，还真是认真地数了一次方塔的眼睛：每层四面共16扇窗户，九层，也就是说确有144只眼睛。准确不准确？其实无所谓，我并非建筑学家。主要是我从童年开始，仰望方塔黑洞般的眼睛，总会产生一种神秘感，觉得它不只是历史悠久的建筑物，它是有神灵驻守的。它日夜长明，永不疲倦，更从来不会昏睡。它把俯视松江600多平方公里上所见的一切，都刻录在塔身的每一块青砖里——每块砖都是一本史书。

在方塔的眼睛里我读到过松江的苦难岁月，也读到过它的丰衣足食。它是神秘的，像历史老人那样冷静记录和叙述着历史的足迹。

今天，我在方塔的眼睛里，竟读到了它的多情！

方塔的眼睛不再阴暗忧郁，它洋溢着喜悦的光彩。

风过处，传来一阵轻柔清脆的风铃声。我顺着方塔的目光向四面八方眺望，耳边似乎响起了一个热情的声音：登高看看吧，不是我年轻了，而是“松江府”年轻了。松江百万人民（含流动人口50多万），扫除了历史的尘埃，创造了松江最富青春活力的新历史。

啊，登上方塔，松江新貌尽收眼底。

最光彩夺目的是占地8000亩的大学城。对外贸易学院校区建筑的非凡气派，颇有传统高等学府的代表性；外国语大学以世界不同语种国家的代表性建筑设计的校区，美不胜收；复旦大学视觉艺术学院，建筑本身就具有视觉艺术的魅力；就连严肃的华东政法大学，也设计得新颖别致。10余万名莘莘学子在此学习、思考、生活，使这里成为松江最富有朝气最具青春活力的亮点。

强有力地促进松江飞速发展的是在浓浓绿荫中的工业园区。对于现代化的松江工业园区，给人的深刻印象是四个字：“稳重端庄。”她恰似一位大家闺秀，姣好、智慧，富有却又现代、时尚。她在2004年完成902.08亿元产值，比2003年猛增53.2%；出口创汇94.5亿美元，比上年增长61.9%；实现税收8.14亿元，增长76.2%。现已有世界500强企业中的50家在这片热土上落户。这里是松江大发展的底气。正因为有了这一层厚实的底气，这几年的松江人才得以如此容光焕发！

方塔千年来看惯的松江朴实、勤劳、智慧的农民越来越少了，老农大多退休了，许多年轻人张开翅膀飞向学校、工厂、城厢……但松江的农业并未衰退，“水稻王”陈永康的子孙们并未辱没祖先，科学种田更加普及。粮食播种面积仍有19.48万亩，总产量达10.04万吨。新辟的松江现代农业园区，已有出口高等级蔬菜2100亩；名优特花果，造就着一批知识化的新农民；松江的新农民，发展着松江的新农业。方塔一如既往，日夜关注着农民的命运。

松江这几年建造的商业用房和民居住宅，也是松江日新月异发展的重要形象标志。无论是居民的普通住宅园区，还是佘山脚下新辟的月湖高档别墅区、完全欧化的泰晤士小镇园区，方塔的眼睛始终在关注。若要问我，我将对方塔老人说：“我更关心万家灯火的璀璨和他们平凡生活的故事。”

至于佘山国家旅游度假区，它的401公顷国家森林公园、天文台、天主教堂、高尔夫球场、度假村、宾馆，周围的高速公路、铁路，浦江上游及密布的水网，以及上海9号线轨道交通，使松江充满生气，充满活力，令人振奋。

是呵，方塔无言，默默注视松江千年。

方塔的眼睛，历史的眼睛。

上海有个月亮湖

沈　扬

风吹皱一湖水。秋叶飘入湖中，在水面徐徐移动。秋蝉的鸣声时断时续，湖区便愈显静寂。此时在湖滨散步的除了我，还有两拨人：一拨是几位老人，他们边沿湖看景，边议论着什么，走近的时候，知道这些老人是在谈论陆机的《平复帖》。其中一位白发长者，必定谙熟这方面的史实，说得出这一中国现存年代最远的名家墨宝产生的时代背景。在《平复帖》的故乡松江说《平复帖》，老人的语气中便有了一种自豪感和亲切感。另一拨是几位大学生模样的年轻人，兴许是从大学城前来游湖的吧，他们在说超女，听上去不像是那种拥趸的“新新族”，而是既赞赏超女的清纯以及活动形式中最初的平民路线，也为商业策划市场包装对这些清纯女子的污染和杀伤力而抱憾。

有意思的是一老一少两拨人，在一块古老土地的年轻湖泊旁谈古论今。古老的土地是众所周知的，年轻的湖泊则是因为佘山之地本无湖，面前的这个绿色水域，是近年开掘出来的人工湖。曾听当地人介绍造湖的动因：其一是改善松江水利状况，其二是优化佘山自然景观。松江历来有九峰三泖之称，九峰依然，三泖则在历史延伸中渐次淤塞乃至干涸，时至今日，松江境内只剩下一些小河流了。古时三泖之盛，文典中屡有所记："登泖上浮图，见九峰环列，带以长林，与波光相映发，帆樯凌乱，交横空碧中，隔岸蒲苇，点缀如染，回塘曲浦以百数，湖山景色，秀丽天成……"这是明人何良俊笔下的华亭山湖盛景。这些文字，同元代倪瓒《泖山图》、杨维祯《泛泖》中"天环泖东水如雪"的描绘，都是一致的。所以，选择适当的位置，让谷水（松江旧时湖河总称）有一定程度的回归，是改变当今水土生态失调的一个课题。至于湖址选在两山之间，营造出上海地域前所未有的山湖风光，那自然是当今都市人度假向市郊转移新浪潮推动下的顺应性决策了。

老人们走得累了，在湖畔的靠椅上坐下来，继续他们的话题。几位学生也在就近的草地上小憩。他们不再谈超女，其中两位竟在草地上翻起跟斗，传出阵阵笑声。

近处有许多棕榈模样的树，应当是从远地移植过来的，同本地景区习见的桃柳之类相比，这些南国植物显得峻拔、雄性一些，但与柔顺的江南水相伴倒也没有失调的感觉。湖的另一侧是个雕塑区，都是一些国际著名作品的仿制品，不能说每一尊雕塑都制作得那么好，但总体上营造出了一种艺术氛围，这些欧陆雕塑与中国江南的秋湖碧波相映照，渲染出别具一格的意蕴和情致。

再一次遇到老人们的时候，他们似乎刚刚议论完佘山天主教堂和天文台。在人工湖的一些地方，可以清楚地看到教堂的塔尖和天文台的白色圆顶。我想一定是这些物像引起了他们的新话题。不过老人们很快就被湖面的景色所吸引：几只银灰色的鸥鸟在湖上戏水，较远处移动着一叶小舟，天光云影，阳光与水波对接的时候，每每发出耀眼的闪光。稍远的青山成了水的背景，山水相连处有轻雾一样的岚气飘动。一条小鱼跃出湖面，旋即回归水中。我想这可能要引出老人们的另一些话题了，比如水中有没有鲈鱼之类，松江曾经是闻名遐迩的莼鲈之乡，后来因为泖水式微，渔乡盛名不再，今日倘在人工湖里养出了鲈鱼好品种，将是一桩美事。然而老人们已经远去，听不到他们的声音了。

我真的很喜欢这个湖……一个可以看湖景可以聊天的好所在。湖呈圆形，因此为它取名月湖，与湖配套的园林称为月圆园。记得前一次同几位友人游湖时，都觉得这个称谓虽好但听起来不大响亮，倘然将湖名改为月亮湖，园林改叫月亮湖公园，不论读音和辞彩都胜了一筹，当然这也只是游湖人的秋日闲话了。

月照云间

褚水敖

描绘松江的诗文很多，但好像还没有人好好地写一写松江赏月。最近，仔细地看了看松江，忽然把松江与赏月联系起来。

赏月这件人间乐事，若是讲究，很要紧的有两条：一为何时，二为何地。论时，自然莫过于中秋。中秋有定规，一年只有一度；但地则没有定规，变化多端。选择清雅之地，应当是赏月的要素。清雅的地方很多，最好是在一个安宁的处所，眼前有青山碧水，点缀些绿树奇花。如果有琴奏笛鸣之类，自然更妙。在这样的场合，那盈盈月华的美好，也就因境地的优美而提升。

以此而论，在上海赏月，还有比松江更出色的地方吗？

一幅佘山夜月图，常常会宁静地浮现在我的面前。一年9月，将近中秋，我和几位朋友住宿佘山。夜半时分，我拉开窗帘，忽有银光泻进，抬眼一望，见鲜亮澄明满月一轮，正悬在窗前一片竹丛之上。竹丛连接着像是刚在雨水中淋浴过的一大片树林。树林那边，是浓浓影子似的起伏的远山。山上仿佛有一片静静的雾气笼罩。这窗前的竹丛、林木、山影，那上面紧贴着或浸润着的，分明是清清的月，怎么又似乎是淡淡的水和薄薄的雾呢？我忽然迷糊起来，犹如置身在梦境了。

我带着如梦似幻的感觉下了楼，沿着两旁满是绿竹的小径漫步。小径弯弯，有的地方有月，有的地方无月。无月的地方，路灯散发出浅浅的金黄，衬托着有月之处淡淡的银亮。小径尽头没有路灯，月又被竹木遮掩，则是影影绰绰一片暗淡。就在这金黄、银亮、暗淡并存的小径里，我想到刚才楼上所见的月下山林正在我的身旁，而我在佘山之中，于是油然感受到一种意境：浓浓的诗情画意，清晰地在我的心里展开来。

上楼以后，我兴奋得不能入睡。想起不久前，也是一个明月朗照的晚间，我在松江一位文友的陪同下，曾经为松江月下的一片新影陶醉。那是在新城区的西北角，我无意中被车外不断掠过的童话般的夜景吸引了。我虽然多次到过松江，但许多地方并不熟悉，尤其是近几年，松江到处冒出美轮美奂的大楼与引人入胜的园林，令我应接不暇而处处陌生，对于夜色中的松江新景则陌生有加。这童话般的月中景致，是什么所在呢？友人告诉我："你来过几回的，是大学城呀。"我却依然惊讶："是大学城？怎么以前所见不像此刻所见，此刻涌现了许多妙不可言的童话呢？"我情不自禁地下车细看。月光下一条明晃晃的大道，直直地伸向深远的林荫；几座并不高耸而异常雅致、风格各异的新楼，在参差的绿树陪伴下，于宁静与安详中透出深邃，透出凝重。真是非常非常静，非常非常深。偶尔有几个分明是这里主人的年轻人轻轻走过，忽然飘起他们或意气风发或近乎浪漫的说笑，更衬托出这里的静、这里的深。这静、这深，因为不知不觉地流露着的灵气而强烈。眼前的氛围，与明月密不可分。试想，如果是一个没有月亮的夜晚，哪里会有这种弥漫童话气息的氛围呢？

自从在佘山经历了梦境似的夜晚之后，每当我在松江，或是想起松江，眼前常会浮起月亮的影子。于是，脑子里生起明月一般的亮光：松江这块大地，是很喜欢明月的，而明月，也最喜欢松江这样的地方。

后来，我查看了有关松江的一些资料，知道了一些背景，我的这一想法更加强烈了。

松江历史悠久，地名屡经更换。目前比较公认的古名是华亭。但华亭的起源，众说不一。由松江区博物馆所编的最新读物《解读古代松江》，把华亭的缘起上溯到周代："相传吴王寿梦于此筑亭，以为停留宿会之所，华亭因此而得名。"而前几年出版的《上海通史》对华亭之源另有三说：一是引用南宋绍熙年间（1190~1194）《云间志》的说法，称"地有华亭谷，因以为名"。二是采用唐代陆广微《吴地记》的观点，认为华亭与三国名将陆逊有关："盖元侯陆逊宅，造池亭华丽，故名。"三是据《元和郡县图志》所载，陆逊曾被封为华亭侯，后来封名渐渐成为地名。不管缘起如何，华亭作为地名，可做华美的绮想，最能吸引高贵月光的清美。再做另外的解义：华者，花也；华亭者，花亭也。万花簇拥之亭，在风清月白之夜，该是一番多么清雅美妙的景致呵。

松江之名的起始，史书载为元代，由华亭演变而来。这一地名，沿用至今。它与明月联系在一起，显得十分和谐。"松"字多义，其中之一，是紧的反义，即为不紧，可以引出轻松、宽松、放松等。"松"与"江"相连，松江也者，乃是平和轻快宽阔如意之江。月光洒在这样美好的江上，月和江，必定是心有灵犀一点通的。以"松"字的另一要义松树而论，与月相遇，最可生出高妙的境界。松间明月，一派令人遐想无穷的清雅的美景。唐人孟浩然有这样的诗句："永怀愁不寐，松月夜窗虚。"宋人戴复古则云："松月照今古，樵风送往还。"月亮与松江的相通，真是千丝万缕。

不过，就流动的月光更美好地栖居而言，我更喜爱松江的另一古名：云间。云间之名始于何时，似乎还没有一个确切的说法，但据《世说新语》所载，陆机、陆云兄弟离开华亭来到京城洛阳，陆云即陆士龙向洛阳高士荀隐即荀鸣鹤以调笑方式自报家门，高傲地自称“云间陆士龙”。这很能说明：华亭又称为云间，应该在晋代或晋代之前。天上云间，乃是明月的故乡，或者说，高天是月的故乡，云间是月的屏障。月亮有时候喜欢躲在云间，让云彩遮蔽因而内敛自己的明光。在片云皆无的夜间，朗朗明月固然是一种美的显示，但月照云间或月在云间奔走，时隐时现，显得低调，显得含蓄。这由朦胧而营造的特殊的美，其实比朗月还要动人心魂。

松江与明月的密切关系，以松江今名古名的字义来联想，我觉得十分自然，但也许有人认为牵强。我想进一步举出松江九峰与月亮之间的缘分。我无意中翻看九峰的资料，突然有一个令我惊喜的发现：名闻古今的松江九峰，除了厍公山和机山还不见有关它们与月亮关系的记载，其余七座名峰，都与月亮机缘深深！史书上写得明明白白，透过那字里行间，我仿佛看见：在浩渺深远的历史画廊中，为松江不知增添了多少光彩的这七座山峰，曾经天长日久地享受过明月的照耀，饱尝过月华的精灵！

号称九峰之首的凤凰山，它的十景中曾有山月轩一景，是元代文人俞允的读书处。当时这山中书斋，应该常有夜月泻入，曾经一次又一次地照亮过苦读的人影。

第三峰是九峰中最为突出的佘山。它也曾有十景，其中一景为道人遗踪，在宋代建有普照教院。这个教院的旁边，有一座精致的亭子，取名月亭。也可想见：当年在这月亭之上，常有道人赏月论道。这月亭，不仅有道人的流连，而且有皎月的浸染，地老天荒而弯月依旧，于是也颇具仙风道骨了。

辰山为第四峰，其十景中有镜湖晴月。所谓镜湖，其实是一个名为西潭的水潭，因此又名西潭夜月。我们可以因此而展开想象的翅膀：明镜般的潭水映着明镜般的月亮，当是一幅如何雅致清美的图画！

排到第五峰的薛山，且不论它也有十景之美，只看元代诗人凌岩的《九峰诗》，即可领略薛山夜月的妙处："五峰遥隔水村西，薛老曾来隐翠微。牧子唱歌樵子笛，贪看明月夜忘归。"明月到了"贪看"的份上，它的引人入胜不言自明，而这首诗，也可称为佳作的。

横云山是第七峰。它的十景中，得月塔排在末位。得月塔的构建，当在记载此塔的清人诸嗣郢在生之时或在生之前，起码在清嘉庆年间（1796~1820）。从文字记载得知，进入此山，常可欣赏暮云深锁，孤松劲挺。这时候，蓦然有一座高塔耸入云天，而且被月色包裹，这迷人的意境，该让人细想一阵子了。

再看第八峰天马山。此山十景之中的濯月泉，又称为天下第四泉、片玉泉、浴眼泉。我觉得这后三个泉名，都不如濯月泉美好。濯月泉，顾名思义，月在泉中清洗也。但到底是月在泉中洗，还是泉在月中洗呢？几乎难以分明了。应当是月与泉齐明，泉同月共清。

最后来看小昆山，是第九峰。此地是陆机、陆云的故乡。一定是为小昆山取十景之名的雅士，觉得这人杰地灵之处不可无月，不但不可无月，而且月要多多，于是在小昆山的北峰与山鞍之间，取一胜景，美其名曰涌月台。月融山间，何等清雅，居然涌出，自然清雅到了极致。这一"涌"字，使月有了结实的动态，设在九峰之末，气势磅礴。月在此处，很有点卒章显志的味道。

以上诸峰与赏月相关的景点，只是文字的记载。这些景点，如今依然故我，还是有痕无迹，甚至痕迹浑无，我没有细细考证。但那些诗意盎然的记载，已可让我们浮想联翩。

松江这块胜地，历代多赏月之处，自然也多喜爱赏月的文人雅士。如果细细查考生于松江或者曾在松江盘桓的各代文化名人，他们和月亮有关的种种行状和著述，一定很有意思。我难以一一弄清他们和月亮的情分，只举出其中的佼佼者陆机先生，或可以窥一斑而知全豹。

以《文赋》和《平复帖》而在中国文化史上据有卓越地位的陆机，是松江人永久的骄傲。他在《晋书》里被称为“天才绮练，当时独绝”，不仅精湛于诗文书法，而且酷爱天地自然，对明月则情有独钟。他的诗虽不及他的赋，但钟嵘《诗品》仍赞颂他“才高词赡，举体华美”，不失为大家风范。他写有不少直接咏月的诗。在清代沈德潜编选的《古诗源》里，收有陆机诗十首，其中咏月的即有两首：一为《拟明月何皎皎》，一为《拟明月皎夜光》。这两首诗都很雅致，但《拟明月何皎皎》更胜一筹，录之如下：

安寝北堂上，明月入我牖。
照之有余辉，揽之不盈手。
凉风绕曲房，寒蝉鸣高柳。
踟蹰感物节，我行永已久。
游宦会无成，离思难常守。

这首诗因月生情寓情于月，把月光的空明与内心的错综抒写得淋漓尽致，充满浓烈的意趣，可谓古诗中的上乘之作。不知此诗是否写于当时的华亭，但不管如何，总是与他的故乡即与现今的松江很有关系的。

写了松江与月的许多关联，忽然想到前不久在新建的松江月圆园流连忘返的情景。我非常赞叹松江近几年各项新建设的一些大手笔，但如果说是充满诗意，我以为莫过于月圆园。不知是谁想出了这么奇妙的点子，在松江这块最适合赏月的土地上，建了如此高雅优美的一座园林。偌大的一汪清水，名副其实是地上的一轮明月。它在白日可以映照蓝天白云，在夜晚可以容纳月光星辉。天上之月与地上之月，交相辉映，真正是妙不可言，美不胜收。

遐想文史满堂

褚水敖

初夏的太阳已经有点炎热。我立于沐浴在阳光里的葆素堂前，先凝视她总体的相貌，然后研究她的细部。我久久地感受着客厅宏伟而又质朴的气势，琢磨堂屋的每一根梁柱、每一块地砖，仰望着繁复交错的斗拱，分辨着无数漫漶不清的彩绘。梁柱十分粗大，柱础青石雕出的勒脚，最明显不过地表明这是地道的明代大厅。客厅的后面还有一进屋宇，规模比客厅略小，装饰也没有客厅那样华丽，但同样透出一股不凡的气宇。面对两座屋宇的凝重和高古，我禁不住遐想不已。

葆素堂近年虽经彻底翻修，但明代建筑的各种要素依旧保留。建筑确系明代，而葆素堂的名称却是清雍正年间（1723~1735）或在清乾隆年间（1736~1795）才有，这是怎么回事呢？

追溯历史就能知道，如今葆素堂的两座屋宇，其实乃是明代末期的辉煌建筑群——十埭九庭心的遗迹而已。所谓追溯历史，也只是在非常有限的史料里勉强寻踪，触摸到了当年激动过无数人心的建筑气象的星星点点。有的出于残存的历史记载，有的还可能掺和着后人的想象。至于具体的时日和相关人物，已无从查考。然而，十埭九庭心的无比恢宏、无比壮丽，是确实存在过的。它的存在，一定与当时中国社会的政治经济状况相关。

可以猜想，明代末期的松江西郊，因为小河成蛛网，高树入云端，说不尽地青水秀，景色宜人。早在明中期，横跨水上的“三秀”即秀野桥、秀塘桥和秀南桥，就勾勒出一幅令人为之销魂的秀丽图景。那时有一位达官（可惜不见经传，未知姓名），真是独具慧眼，就在这“三秀”之旁，选中了一块胜地。他率领能工巧匠，精心修造。这闻名遐迩、气象万千的十埭九庭心终于落成。据记载，这座美轮美奂的大宅院共分三个部分：前部是大门和轿厅，中部是仪门和茶厅，后部是堂楼和后屋。大门一派森严——从如今依然保存的威严的一对卧狮门枕石可见一斑。轿厅不可一世，仪门庄严规整，茶厅典雅清爽，后部的堂楼和后屋壮观夺目而又精致清丽，还有那天井小院，点缀着古木名花，耐人寻味。

这座不要说在松江，就是在江南也可以称得上绝佳的华屋，已不知最早的主人究竟是谁。只知道到了清雍正年间（1723~1735）或乾隆年间（1736~1795），这华屋已属于一家姓许的乡绅。葆素堂又名徐氏厅，可能就肇始于此。这位乡绅兴致勃勃地搬进这座他一定为之得意的豪宅。这豪宅本有宅名即十埭九庭心，他另改他名；也许由于年深日久，豪宅已有不少房屋毁损，早已名不副实，他要重新命名。总之，他一定自己或请人苦思冥想了一番，名为葆素堂。从此，“葆素堂”三个泥金大字，挂上了厅堂的中央。“葆素堂”三字，核心在一个“素”字。“素”字多义，比如质朴无饰，比如原始根本等。“素”又通“愫”，可释为诚心真情。不管取于何义，这位新主人崇尚朴素之心是无疑的。且不论底里如何，起码在表面上，他心灵追求的是一种令人肃然起敬的高妙境界。

葆素堂一亮相，这座明末的华屋之史就翻开了新的一页。后来为世人称道的许氏家族的优秀分子，先是清乾隆年间（1736~1795）的许巽行，后是清同治年间（1862~1874）的许嘉德。他们心灵所寄，达到“葆素”的愿望，对此史书虽有一些记载，但语焉不详。要说他们已臻“素”的高境，还缺乏足够的材料。他们的著作，倒是让人有些神往的。比如许巽行的众多著述里有一部八卷本的《文选笔记》，想是读了《昭明文选》的心得。那位许嘉德，著述也不少，但论学问之深，似乎不及许巽行。但这位县太爷有幸遇上了家喻户晓的杨乃武与小白菜案，因此而很有声名。据记载，审理这惊天大案，他虽不是主要人物，但心地非常光明，正气凛然，在老百姓的心里刻下了深深的印痕。

如今，很有意思的是，这有过几百年沧桑经历的葆素堂，已成了仓城地区的永丰幼儿园。我去探访葆素堂时，一群异常可爱的小朋友围住我，睁大了眼睛，像是在对我好奇地询问。我不能断言幼儿园设在属于松江文物保护单位的葆素堂是否合适，但是，让这群可爱的孩子们在文史满堂的素雅之地，来点儿也许对他们将来十分有用的文史熏陶，也未尝不可。

松江历史上的德业文化

沈敖大

松江有深厚的文化底蕴，这是尽人皆知的。但是，这文化底蕴具体是些什么呢？可巧的是，顾清编撰《松江府志》时，就对明正德（1506~1521）以前的松江历史文化做了盘点。顾清的盘点，在人文方面，我把它归纳为德业文化、功业文化、文学艺术三条主脉。

所谓德业文化，我以为就是孔子说的“立德”，就是注重道德修养，并外化为嘉言善行，从而引导社会风尚。用现当代的话语来说，就是讲道德，言行符合道德规范。

松江历史上的德业文化，其源头可追溯到东汉末年的陆康、陆绩。陆康当时还称吴郡吴人，但到他的儿子陆绩，就居住在九峰地区了。《云间志》称陆康“以义烈闻”，嘉庆《松江府志》称“陆康、陆绩以行谊闻”。“行谊”就是人品高、行为符合要求。这里的“闻”，就是知名度高的意思。知名度高，也折射出传播范围的广，口耳相传的过程，也就是陶冶人心、潜移默化的过程，起到了榜样的作用。

此后德业文化，在松江代代相承。到了嘉庆《松江府志》就称松江的风俗“大抵士乐名教”，“平素多守儒素”。“名教”就是讲道德、讲修养，“士乐名教”说明这传统在松江读书人中间得到了传承。

这传承可以从嘉庆《松江府志》的人物传得到印证，而《云间杂识》《南吴旧话录》等著作也记载颇丰。廉洁、爱国、孝悌类的人物不胜枚举。明初的任勉之，当过鄱阳县令，明太祖派人暗查官员的廉洁与否，发现他在松江老家只有三间茅屋，而且“父灌园，母纺织”，非常清贫；沈霁任职福建，离任时发现行李中有一只锡壶是当地的东西，就拣了出来，做到了“不带走一片云彩”；钱塘县令叶宗行被称为“钱塘一叶清”等都是。

爱国类的人物有乔木、卫青等，奋勇杀贼，抵御倭寇；孝悌类的人物有张文定尊兄、陆文德救母、陈守贞织孝子布赡养母亲等。

就拿历代松江士大夫家的堂联来说，也很有意思地反映出他们对德业文化的向往、传承。我学识有限，现录几条堂联于下，以飨读者：

入则孝，出则悌，守先王之道，以待学者
仰不愧，俯不怍，得天下英才，而教育之

诵诗读书，由是乐尧舜之道
种田凿井，守此为羲皇之民

庭训具存，老去敢忘佩服
国恩未报，归来犹抱惭惶

履富履贵履盛满，如履春冰
保身保家保令名，若保赤子

诗书礼乐，从吾心之所好
功名富贵，听天理之自然

事亲若曾子舆，才成得一个可
才美如周公旦，着不得半个骄

这些堂联，无不具重德业、重名教、重修身养性的特色，折射出松江士人对传统德业文化的传承。所以从明到清，松江德业文化“蔚为东南之望”。

松江德业文化的传统，通过士大夫的传承，辐射到民间，从而凸现出松江民风的淳朴，务农的力耕，务织的勤织。据嘉庆《松江府志》载，松江人富不笑贫（“富者不以病贫”），强不欺弱（“强不侮弱”），民风淳朴（“宁拙无巧，宁朴无华”），社会比较和谐。

浦江之首怀古

沈敖大

这天，我们一行来到浦江之首采风。说实话，浦江之首一说，我是首次听闻，但感到很有创意。古诗云“君住长江头，妾住长江尾”，长江有头，浦江岂能无首？据说浦江之源在浙江安吉，是通过专家学者论证认定的。依据肯定有，是否过硬，我不得而知。可这浦江之首却用不着麻烦专家学者，据我所知，顾清《松江府志》在卷二就已说得明明白白：“黄浦为（松江）府南巨川，其首曰横潦泾。”黄浦江之首，就在横潦泾，现今正流淌在松江区的石湖荡境。

我们沐着金秋的阳光，披襟当风，站在横潦泾北堤翘首西望，但见两条巨大的水龙，似从天上奔腾而来，一条来自西北方，叫斜塘江，斜入横潦泾；一条自西向东，叫圆泄泾，东入横潦泾，两水恰似燕展双翼，交叉处内侧有洲，谓之浦江烟渚，上有灯塔，为夜航的船只指引。两条水龙与横潦泾合流后，由西向东，浩浩荡荡。东望极目处，天光水色，一碧万顷，各式舟船，熙来攘往——这就是母亲河之首，这就是母亲河的慈容和风采。

这使我想起了顾清《松江府志》的描述："黄浦，一名春申浦，相传春申君凿此。黄，其姓也。"黄浦之首横潦泾，"受黄桥、斜塘及秀州塘水东流"，顾清《松江府志》所书黄浦江的走向是，黄浦东流至詹家汇，与瓜塘泾会合向东，其间南北方向的几十上百条支流都汇入其中。至邹家寺折向北流，奔向上海县。其间，东西方向的几十上百条河流，也"皆入焉"。算得上条条河流归黄浦，然后流向东北，与吴淞江交汇，流入上海县处有两个渡口：一为黄浦渡，一为高昌渡。"黄浦春风正怒号，扁舟一叶渡惊涛。"元代张之瀚的诗句，话出了当年母亲河的风韵。

至于黄浦江的直接入海，还得归功于明永乐年间（1403~1424）的户部尚书夏元吉，是他，疏浚上海县东北的范家浜，使之与黄浦江对接，终成一大功业。

其实，大而言之，松江诸水的源头来自两处：一为杭州天目山，一为苏州太湖水。松江受浙江、苏州之水，水网密布，大片田地得到灌溉，松江一府（松江府）七县（华亭、娄、上海、奉贤、金山、南汇、青浦）一厅（川沙抚民厅）的浦江儿女，才得以从事耕织，生存繁衍。有母亲河的呵护，松江成了鱼米之乡，但封建时代的浦江儿女日子也不好过。官吏腐败，赋税尤重，敲骨吸髓地盘剥，压得人民喘不过气来。丰收之年，奸商捣鼓而米贱，农夫借债耕作，收获不够还债，发出了"耕田赖天倍收米，不如愿天多雨钱，钱多事事皆可做，米多换得几缗钱"的呼喊。至于歉收之年、水灾之岁，那就卖儿鬻女，饿死沟渠了。连官方的文书，对此也不讳言，明宣德五年（1430）杜宗桓《上巡抚周忱书》称："农夫蚕妇冻而织，馁而耕，不足（交赋税）则卖儿鬻女，（又）不足，然后不得已而逃，以至田地荒芜。"清康熙十二年（1673）左都御史吴正治《奏请酌减苏松赋额疏》称："小民一岁收获不足一岁之征，追比严急则多方借贷，剜肉医疮。"此类记载，地方志书中不胜其多，站在浦江之首，遥想封建时代浦江儿女的艰辛，不胜感慨。

话说丁娘子布

沈敖大

说起松江布，人们第一时间想到的是黄道婆，至于丁娘子，知者寥寥。可是明顾清所修《松江府志》却把细布、丁娘子布置于乌泥泾番布之前，不免引起了我的好奇。

顾清《松江府志》修成于明正德七年（1512），修志时参阅了大量史料，如南宋杨潜《云间志》（1193）、元徐硕《嘉禾志》（1288）、元张之翰《松江郡志》（1299）、元钱全衮《续松江志》（1357）、明孙鼎《松江府志》（约1426~1449）、明唐锦《上海县志》（1504），包括陶宗仪《南村辍耕录》等57部，比较可信。

顾清将松江布列在卷之五《土产》一目，所谓“布之属十五”，列举了15种松江布品类。首列“三纱木棉布”。这种布古称吉贝，引《续松江志》称“出沙冈、车墩”，顾清《松江府志》称“出东门”，因车墩在东门外之故。尤以细布名，细布又以丁娘子布名，“所织尤精，号丁娘子布，远近有名”。那时，丁娘子布成了车墩细布的代名词。明宣德年间（1426~1435）巡抚周忱见丁娘子布质佳，上奏朝廷，以布代税，“准一匹二石”（一匹折二石粮），每匹布两端织红纱做标志，输入朝廷，称红纱官布。这应该说是松江布作为名品进入皇宫的滥觞。

该志列举的第二种布名为番布，称番布“出乌泥泾，初，镇人（仿）效闽（福建）广（两广）广种木棉为（织）布”，但工艺、工具落后，“无踏车推弓之制，剖子成剂，厥功甚艰”，即事倍功半吧。后“元元贞间（1295~1296）有黄道婆者自崖州来，始教制捍弹纺织之具”，也就是改进了工具和工艺，于是乌泥泾的番布得以逐渐普及，开始销往周边地区，“贩鬻旁郡，镇人赖之”。后又在布上织出图案，明成化年间（1465~1487），先是“饷贵近”，作为礼品，送达官贵人，而后松江布“流闻禁廷”，明宪宗令“府司织造”，以供皇家，此是松江布名闻全国的第二步。细布织者也汲取经验，织出图案。因穷极讲究，松江布中的乌泥泾布、细布的部分产品走向贵族化，一匹布价至“白金百两”，那时明孝宗还在东宫，“深知其弊”。等到明孝宗即皇帝位（1488），“即罢之”，明令禁织贵族化的松江布。大众化的松江布才得以“衣被天下”，走向全国以至海外。

嗣后顾清《松江府志》列举的松江布品种是缣丝布、苎布、麻布、药斑布、金山布、线绫锦、紫白锦、织衲等，凡 15 种。

读顾清《松江府志》“布之属十五”，确乎引起了我的关注。丁娘子布的成名，居然早于乌泥泾番布，个中原因，尚需研判。顾清《松江府志》称“昔有丁娘子者”，这“昔”，或指明初，如属元时人，该书朝代名，而黄道婆则明确“元元贞”时从崖州来，论早晚，黄道婆早于丁娘子至少 70 余年，论所织布的成名先后，则丁娘子布先于乌泥泾番布，至少提前 31 年。

读史一得，写将出来，求教于方家。

松江看山

姚克明

小昆山见宝

小昆山，非昆山，山傍松江小昆山镇，上海市区少有传闻。

我去时，春光虽好，却是空山不见人，但闻云雀声。正心旷神怡，欣赏满目刺槐、刺杉、毛竹、红壳竹……忽见南峰上一处奇特的建筑。粉墙翘檐，院落古典，其间有个宽阔的平房，门窗褐黄，雕花雅致，瓦上却铺有茅草。檐下挂着横匾："二陆草堂。""二陆"者，三国时代东吴大都督陆逊之孙陆机、陆云是也。草堂，乃是吴亡后，两兄弟蛰居乡里，闭门读书、写作的地方。

我既惊又喜。"二陆"诗赋流传千古，名重一时，原来他们是华亭人。无意间的造访，竟然踏入大雅之境。想我年轻时，曾迷恋汉魏六朝赋，感叹天下如何出得《洛神赋》《长门赋》《七发》这等美文，尤为崇拜陆机的《文赋》。《文赋》华赡、精深，专论写作，堪称古文中探讨创作的开山之作。尽管文辞深奥，令我如入云里雾里，却常常夜不释卷，啃读几段。记得《晋书》中曾附有唐太宗李世民亲自撰写的《陆机传论》，言其“文藻宏丽，独步当时；言论慷慨，冠乎终古……百代文宗，一人而已”。评价之高，惊世骇俗。想不到，赋闲一游，无意插柳，居然在此遭遇先师，连忙鞠躬有三。莞尔一笑，能与先师攀附上海大同乡，荣幸荣幸！孤陋寡闻如我者，曾以为上海地区近一百三四十年来才有文学胜绩，岂知1700余年前即诞生了文学大师。谢谢小昆山，长我见识，开我眼界。

兴奋之情犹未了，又见草堂内陈列着《平复帖》复印件。大名鼎鼎的《平复帖》是陆机的书法手迹，用的是秃笔，显现的是万毫合力；体为章草，却无挑波，苍劲古朴，历来被公认为价值非凡的国宝。中国流传的书法珍宝，除了以土中发掘出的战国竹简、缯书和汉代木简，就数《平复帖》最早。悠悠岁月，这件稀世之宝在人世间收藏流传，过手的名士方家、达官显贵乃至皇家宗室不知几何，其曲折故事，即使铺以万言亦不足道。我只记得其最后归宿大体如此：乾隆皇帝在其生母钮祜禄氏做六十大寿时，将《平复帖》作为礼品献上。钮祜禄氏死后，又遗赐给了成亲王府。辛亥革命后，清宗室溃散，民国26年（1937）恭亲王奕䜣的孙子溥儒为母治丧需用钱款，以4万元卖给了大收藏家张伯驹先生。1956年1月，张伯驹将《平复帖》连同其他几件国宝捐给了国家，现存于北京故宫博物院。关于张伯驹先生大义之举和大难之遇，我阅相关书籍后，唏嘘不已，为国宝，也为国人。现在站在草堂前，情不自禁，感叹连连：《平复帖》啊，你这件千年传、万人赞，说不尽、道不明，世间沧桑都看遍的国宝，原来你老家就在我眼前这小小的小昆山上。

天行无常，学识有涯。以小山之微，观世界之大，正合着陆机先师所云：“精骛八极，心游万仞。”

环顾四周，峰高仅仅50多米的小昆山上依然不见人影，隐隐传来北峰那边南宋九峰寺的磬磬钟声，恍如千古绝响……

天马山意境

小昆山往北8里，有天马山。山有二峰，远眺之，状似天马行空。此山高冠松江九峰，相传春秋时干将曾在此铸剑，所以又称干山。唐宋以后，多处建有寺庙宫观，香火旺盛，俗称烧香山。我今来时，茂盛的林木，早已淹隐去古之遗迹。唯独中峰处，仍有三样罕见之物：斜塔、古井、古银杏，邈远、空蒙、灵动，构成独特意境。

斜塔，走近山脚下村落边，即可见其突兀歪侧的奇态，令人怦然心动。

7月酷暑，我上山急不可耐。一步一喘气，一步一串汗，穿越蝉鸣似潮的丛林，踏入中峰右侧，豁然而见“庐山真面目”。

塔为七级八角，砖木结构，高近19米。塔身底层，有直径大约2米的不规则破残圆洞，让人骇然。塔顶中心点已经偏离塔底轴心2.27米，但它就是不倒。据说20世纪80年代已经加以修缮加固，可抗10级以下风力、7级以下地震，真是不可思议。

近旁有石碑，说明此塔建于北宋元丰二年（1079）。清乾隆五十三年（1788），此塔附近的寺庙祭神，燃放爆竹，引起塔身着火，烧毁塔中的扶梯、楼板。以后有人不断在塔身上拆砖寻觅造塔时砌进去的唐宋古钱，久而久之，塔身的洞窟越来越大。

据说此塔初建时还藏进会发光的舍利。大雾天，塔身周围显现出众塔集聚的幻影，谓之塔朝，故名宝光护珠塔。

不知上海市区有多少人见过此塔？上海地区现存古塔13座，其中5座在松江。人们到了松江，大都去看方塔。方塔确是一宝，但其外观与龙华塔有些相似，头出檐，瘦塔身，塔顶上有塔刹尖耸，由复盆相轮宝瓶组成，腰檐平座上挑角飞檐挂风铃。护珠塔的建造年代与方塔、龙华塔相差也就二三十年，风格却不一样，既无塔刹，也无挑角风铃，倒是与初建于唐长庆元年（821）上海最古老的青浦青龙塔十分相似，颇有古堡风情，原始、简约。大家都知道意大利的比萨斜塔，但是知道松江天马山斜塔的并不多，据说此斜塔倾斜的程度还要胜过比萨斜塔。

相距古塔几步之遥，又可见到古井、古银杏。古井围有石栏，深约 5 丈，系宋代周镛所开挖。周氏家庭自宋以来是天马山一大望族。古井名曰上清泉，意味深长。银杏树由元代宣抚使周显手栽，奇貌惊世。它高寿 700 岁，高度仅 7 米。树身几乎枯死了，残枝却如虬爪指天，爆抽新绿，春意盎然。死亡与新生，融于一体；历史与未来，于凝固中奔放。

我站在浓阴之下，全然忘了酷热。只觉得在静寂、寥廓之中，弥漫着古气、仙气。既超世，又入世，此中况味现在已经很难在旅游景点寻觅了。有多少名山胜川，杂沓纷乱，索然无趣。难得天马山有此一方净土。

玩山，是一种陶冶、一种修炼；玩山，也是一首诗词。词以境界为最上，有有我之境，有无我之境，更难得物我一境。

佘山的思考

佘山，有东西二峰，遍野茂林修竹。传清康熙皇帝到此一游，吃过佘山笋，赐名兰笋山。东峰高 72 米，新辟浏览区，散放珍禽异雉，唱着天堂之歌；西峰海拔 97 米，建有天主教堂、天文台。佘山的经典在西峰。

我最早去佘山在 40 余年前。同学少年结伙骑车，从市区东部出发，行程三小时，为的是一睹天主教堂风采。但见被称之“远东圣母大殿”的气度确实非凡，大堂总高 38 米，屋脊高 22 米，东西长 56 米，南北宽 25 米。内装饰展现出 17 世纪巴洛克风格，自由灵活，到处可见花卉、天使、狮、鸟、牛、羊的石雕。门洞主柱为庄严雄伟的哥特风格。大堂屋面铺有绿色琉璃瓦，窗玻璃五颜六色。

最撩人眼目的，是东墙北墙有两个半圆形神龛，分别供着中国圣山圣母像以及从巴黎圣母院摹绘而来的圣母像，中西合璧。当时，我看得呆呆，感叹久久，这山顶上的艺术是如何创造出来的？

数年后，风闻这座教堂在“文化大革命”初被砸。悄悄又去，只见满地石砾、碎玻璃，桌椅歪倒，没有了圣母像，一片狼藉。我愣愣地说可惜。究竟可惜什么呢，想不深，悟不透。近十年来，我研究上海近代史，再一次次看佘山，方悟出，佘山是近代西风东渐上海的一个经典山头。发微探幽，充满思辨价值。

上海市区堪称近代优秀历史建筑的天主教堂，现存三处。建造年代最早的是董家渡天主教堂，清道光二十七年（1847）动工，清咸丰三年（1853）建成；其次为洋泾浜天主教堂，清咸丰十年（1860）动工，次年建成；再次为徐家汇天主教堂，清光绪三十二年（1906）动工，清宣统二年（1910）建成。这些天主教堂有着共同之点，都是鸦片战争后，法国教会在上海的产物。佘山天主教堂也一样。清同治二年（1863），法国人在山顶购得土地；清同治五年（1866）造起六角亭，供奉圣母像；以后的 30 年间，逐步扩展规模。民国 14 年（1925），山顶的小堂被拆除，改建成现在这座大堂。在时间顺序上，佘山天主教堂稍后于董家渡天主教堂、洋泾浜天主教堂，早于徐家汇天主教堂。由此可见，这四个天主教堂是当年法国教会在上海的系列工程。他们之所以选择佘山，精心打造一个堪称与市区最辉煌的徐家汇天主教堂相媲美的圣地，可谓谋略深邃。从地理位置上来看，佘山离上海天主教会中心徐家汇比较近；从人文历史角度来看，法国人显然清楚松江是“上海之根”，这一方土地与上海市区的渊源太深了。

宗教的传播，是一种思想文化渗透。松江、佘山历来是佛教的世界。松江现存有著名文物唐代经幢，佘山原本有多处建于宋代的佛门建筑：普照教院、慧日寺、昭庆寺、秀道者塔、西庵宣妙讲寺。

一旦天主教降临，山顶上的寺庙几乎全被拆去，原址造起了天主教堂。有个张朴村，村民都信奉了天主教。一到复活节、圣诞节，上佘山的朝圣者络绎不绝。一个多世纪前，松江社会变迁的印痕如此深刻地留在今天。我现在站在佘山天主教堂边不能不想：西风东渐，宗教文化也带来西方科技、医学，中西文化的融合，是不是推动了上海这座国际化大都市的历史进程？

佘山天主教堂的近旁就耸立着佘山天文台。我细细地观看着这座同样也是法国教会留下的建筑。清同治十一年（1872），法国人先是创办了曾经被称为世界上三大天文台之一的徐家汇天文台，内设气象、地震两部分。到了清光绪二十六年（1900），为了观察天文，又在佘山造了天文台。佘山天文台、徐家汇天文台两家其实为一家。身为佘山天文台台长的蔡尚质神父、劳绩勋神父，其研究成果和著作，令世界刮目相看，当年的佘山天文台已经进入国际天文学的先进行列。斗转星移，现在的佘山天文台和徐家汇天文台依然在烘云托月，耕云播雨。每天热切关注着天气预报的上海市民，是不是会想起百余年前的故事？是不是想来看看佘山上那个超长的像炮筒似的天文望远镜？

我已经几次摩挲过这个历经岁月沧桑的望远镜。我看不懂天文，远望出去的是历史、人文的星空。

上海的一抹茶绿

楼耀福

都说上海是水泥的森林，一日读《续茶经》，清人陆廷灿写道："《松江府志》：佘山在府城北，旧有佘姓者修道于此，故名。山产茶与笋，并美，有兰花香味。"上海大都市也产茶？我顿觉精神。少顷，又心生忐忑，这《续茶经》是270多年前的著作，在打桩机、推土机轰然作响的今天，佘山茶园还在吗？

2009年，我为文汇出版社撰写书稿《海上寻珍》，采访非物质文化遗产顾绣的传人，专程去松江。我问松江友人，如今佘山还产茶吗？他做肯定的回答，并相约来年早春去那里。"喝一杯是没问题的，要买要带却难。"他说因为茶产量太少，根本无法上市。

之后，我一直翘首以盼。

2010年清明刚过，松江友人约我们去佘山茶园。算了下日子，这天我将去泰州，感慨之后对殷慧芬说："你们去吧。"并叮嘱收集些资料，可能的话回来时捎上一小包，能泡一杯就行。

泰州回来，见家中多了两盒佘山兰茶，大喜。"不是说这茶要买要带难吗？”我问。殷慧芬说：“松江朋友说你喜欢茶，专门给的，他们自己倒没有了。老难为情的。”这么一说，我很过意不去。明末叶梦珠《阅世编》称：“佘山茶叶与松萝相等，购求甚难，非与地主关系密切者不可得。即得两许，价亦甚昂。”佘山茶之尊贵，古已有之。

殷慧芬说着她的佘山之行。佘山分西佘山、东佘山，为天目山余脉，系云间九峰之一。茶山在西佘山，茶园面积二十余亩。上海的土质多为碱性，而茶树适宜种植于酸性土壤，佘山的这块土地正是上海极少见的酸性土质。西佘山恢复茶叶的种植是在 20 世纪 60 年代，茶树母本从杭州梅家坞引进。经累年改良，加之土壤、气候、湿度等条件好，佘山茶叶颇具特色，曾被誉为“上海龙井”，是上海百宝之一。只是全年产量不过三五百公斤，明前茶更是少至二十多公斤，因此无法对外零售，只供特定客户。茶价颇高，仍供不应求。

殷慧芬让我看她拍的照片：郁郁葱葱的茶树沿着山坡由低向高延伸，山不高，背后有香樟林穿插其间；树高，遮挡了部分阳光；再后面是著名的佘山天主教堂。她说：“佘山林木郁蓊，山雾笼罩，有山泉沿苍苔石缝渗流茶园。”好茶产于佳境。

另一张照片是两名五十多岁包头巾、戴草帽的采茶女挎着竹篓在茶树垄中采摘嫩叶，见镜头对着她们，其中不乏好奇，表情很淳朴。殷慧芬说：“在你的想象中，采茶应是少女，佘山却是婆婆。一天劳作收入不过三十来元，却都笑眯眯的很愉快。”

照片三是炒茶师傅正在炒制茶叶，或轻揉或轻捻，手法非常娴熟。殷慧芬说：“佘山兰茶要经过抓、压、扣、磨等十余道工序手工精制而成，道道工序有讲究。”

看完照片，我打开并不奢华的包装盒，享受期待已久的佘山兰茶。茶色如绿玉，形如箬叶，与西湖龙井相似却稍显不规则，也许与纯手工制作有关。闻之，茶香馥郁。冲泡后，杯中色呈淡橙绿，形似朵朵兰花绽放，缕缕茗香也随之飘袅而起。啜一小口，滋味清纯醇厚、平和淳朴，有幽幽兰香，回味悠长。

关于佘山茶，明清时期诸多文人有文字记录，陈继儒在《茶话》中说："余乡佘山茶，实与虎丘伯仲。深山名品，合献至尊，惜收置不能五十斤也。"冯时可《茶录》说："松郡佘山，亦有茶，与天池无异，顾采造不如。近有比丘来，以虎丘法制之，味与松萝等。"清乾隆元年（1736）《江南通志》称："兰笋山茶，色淡而味清芬，亦绝品也。"

读着古人文字，品着今日佘山兰茶，别有一番滋味。岁月历经几百年，松江在城市化的进程中仍留着一抹茶绿，当不易。但愿佘山茶绿长在。

情系佘山兰茶

楼耀福

这些年，为茶我曾去过国内多地茶山，未能去近在咫尺的佘山茶园，说什么也讲不过去。佘山茶园和那里的兰茶，成了我生活中一件很牵挂的事。

2012 年 4 月 7 日，我算了了这个愿望。我的车尾随松江友人在佘山脚下的环山路周旋，拐进一条水泥小路，梯田状的一排排茶树便出现在我眼前，那就是上海唯一的茶园——佘山茶园。

见过梅家坞的漫山遍野和郎溪十字坡的无边无际，相比之下，佘山茶园实在太袖珍了，二十来亩，仅是郎溪十字坡茶场规模的千分之一。我想，也许正是袖珍，使这里的茶在采制时精细有加和成品后珍稀难求。

走进一幢白色小屋，这里就是制茶地，全部家当是四口铁锅，一台杀青用的简陋机器，靠墙木架上十多个大小不一的竹匾、竹篓。三四个员工，有的在杀青，有的在炒茶，有的用竹匾在筛选，不紧不慢，却动作娴熟，神情专注，很用心。

见我们到来，茶园主人安排我们在屋旁棚下坐定，两张拼合的小桌、几把竹椅、塑壳热水瓶、玻璃杯，一切质朴得不能再质朴。然而，玻璃杯里那一簇绿色，未及冲泡我已闻到一种特别新鲜清爽的茶的气息，这种气息在别处是很难体验到的。在农家品味刚从田里收摘、没有经过任何流通环节的青菜，我们戏称为活杀青菜，我不知道在茶园品茗刚制成的新茶该如何形容。

我又一次见到兰茶在杯中像兰花般初绽。两年前的这个季节，我欣赏过这绿色叶芽在杯中的优雅，像翠衣少女的水中芭蕾，旋舞须臾后便舒展着嫩臂在杯里静娴地小憩，令人爱怜。幽雅的清香、醇厚的滋味，那时品兰茶的独特感觉今又在它的生长地邂逅，它的隽永、鲜爽令人难忘。

喝茶聊天之间，我去茶园转了转，高大的樟树像尽职恪守的魁伟士兵为茶树挡风遮阳，绵延的一排排茶树长势喜人，嫩绿的芽尖直往上蹿，朝气蓬勃。于佘山茶农，每棵茶树像自己的孩子，靠着他们的精心抚育，才有如此惹人喜爱的品相。这也许就是袖珍的好处，茶园太大，就像子女多的家庭，难免顾此失彼照顾不周全。

往里走，茶园里一片忙碌，20 多个茶娘正采着茶，腰里系着个竹篓，戴着各式遮阳帽，身子在绿色的茶树丛中舒展俯仰，原本很安静的山腰一下子生动起来。

再回到棚下喝茶的时候，同去的殷慧芬问我看到些什么，我说："采茶的比你上次来时多！"陪同的松江友人说："今年天冷，采茶时间也晚，这两天正是忙的时候。即使如此，还是供不应求。上一回殷老师来，这里还有少量茶叶供应，这次一点儿也没多余的。"友人这样说算是跟我打了个招呼。屋里除了正在杀青和炒制的之外，其他的竹匾、竹篓中均空空如也，看来确实珍稀奇缺。我对友人说："没关系的，我来看过了、喝过了，就足够了。"

年过耳顺，我说这话时，像恋爱中的少年，面对心仪女子，虽不能拥有，却能一睹芳容并能得一轻吻便心满意足了无遗憾了。

我再次祈愿佘山茶绿长在。

跟踪辰山植物园

童孟侯

不谦虚地说，我对上海是见多识广的，哪里没去过？哪处不知晓？尤其是大的有名气的地方，比如浦东国际机场、磁悬浮列车、长江隧道、青草沙取水工程、杨浦大桥……我不但都见识过，还一一采访过。

可是，当诗人孟好转问我：“上海的辰山你晓得吗？”

我以为他跟我玩脑筋急转弯：“你是说浙江的嵊山吧？”

孟好转说：“不不，辰山是上海的，早晨的晨，上面去掉一个曰，也念早晨的晨。”

我目瞪口呆，说实话，我连听都没听说过，更不用说去了。

原来，辰山确有其山，在松江，高69米，佘山的“隔壁邻居”，都属于天目山的余脉。因为上海是上海滩，冲积平原，所以历来少山少石头，可是，上海又是一座繁华的大城市，要搞建筑就一定要用石料。于是，上海人看中了辰山，在这里挖山开石，凿子凿，炸药炸，然后把辰山的大石头运进市区。至今，辰山上还有一块牌子：

“松江辰山采石坑采矿遗址简介。”

如此这般，一直挖到1974年，上海人这才发现外地运来的石头比上海辰山采的石头要便宜多了，人家到处是山嘛！终于，停止了对辰山采石。当时是混乱的“文化大革命”，那个下令停止这项“愚公移山”行动的人，也是够大胆的！

孟好转不依不饶，继续“拷问”我：“辰山你没听说过，那么世博会听说过吗？”

我更是摸不着头脑了：“侬唱我咯？”原来，要在某个国家举办世博会，各国首脑都会前去参加。首脑们在世博园区共商大事，那么首脑的夫人如何安置？按照国际惯例，她们就在当地的植物园碰面。上海市政府把夫人们安排在龙吴路的上海植物园见面吗？那儿虽然很成熟，但是太小太拥挤了。于是，市政府决定，在上海松江的辰山，专门建立一个新的植物园，就叫辰山植物园，投资21.5亿，由上海市人民政府、中国科学院、国家林业局、中国林业科学研究院合作共建，这是世博会的配套工程，也是重点工程，世博会开园之前一定要建好。

孟好转说：“辰山植物园已经建设得像模像样了，你竟然到现在还没有去过？遗憾啊！我扳着手指给你算算辰山植物园的里面有多少个园：有木樨桂花园、月季园、儿童植物园、盲人植物园、樱花海棠园、木兰园、水生植物园、华东植物园、稀有植物园、植物造型园、藤蔓园、特殊花卉园、纤维植物园、金缕梅苑、植物迷宫、燃料植物园、蕨类植物园……占地面积达206公顷，你一天想看完这些园，估计腿是要跑断的！”

于是，我决定跟踪采访辰山植物园，每隔一个月就跑一趟松江，直到它完全建成向公众开放为止。因为不久的将来，松江将出现一个伟大的生物多样性保护和濒危植物保护示范基地，出现一个城市绿化物种和园艺栽培技术示范基地。

辰山植物园的设计向全世界招标，最后，有八个方案入选，上海园林设计院的“老法师”设计的方案很优秀，很“园林”：亭台楼阁、小桥流水、古树青草……但是，市政府领导最后拍板的方案是得分不是最高的德国瓦伦丁设计院的。为此，上海的“老法师”气愤不已，植物园快要建成时，领导请他们去看一看，遭到一口拒绝。

瓦伦丁这个德国佬很晓得怎样讨好中国人，他充分运用中国元素，植物园的布局就是一个大篆的“園”字。“園”字的外围一圈，不用围墙，不用栅栏，而设计成一个长4500米的绿环。绿环平均高度是11米，环上最宽处达到200米，最窄处也有40米，人们可以坐着电瓶车在上面欣赏植物园的风光，它避免了一马平川式的单调——这些设计，都是世界植物园中的首创。

当年采石挖出的一堵悬崖峭壁怎么办？就在上面设计一个瀑布，只见山顶有两个小瀑布呈“V”字形下泻，它们相汇在一个山崖的突出处，然后合成一股，直挂而下。

当年辰山脚下挖出一个60米深的大坑怎么办？就作为人工湖，湖水碧绿，清波荡漾，可供人们欣赏拍照。

山顶那个简陋的瞭望塔还要不要？当然要。山不在高，有塔则灵。拆掉旧塔，建造一座五层楼高的有道家风格的宝塔，700多组檐椽飞椽、100多个砖细斗拱……游客登高望远，整个松江尽收眼底。游客并不知道，塔心其实是一个暗藏的盛满消防用水的大罐，宝塔水塔两用，这又是辰山一景。

其实，一个植物园最大的功能不是供游客参观，而是科研，对已经有1.3亿年历史的地球植物的培植和研究。国际BGCI公认的植物园定义是：“拥有活植物收集区，并对收集区内植物进行记录管理，使之用于科学研究、保护、展示和教育的机构。”

早在植物园还没有建成时，20位中国植物学博士、硕士、专家已经进驻园内。很多植物要去寻找，很多种子要让它发芽，很多植物要适时种植。

一位专家让我看一张《采集记录表》，那上面是植物园内某一棵树木的登记：× 年 × 月 × 日 × 时采集，采自 × 省 × 市 × 县 × 乡 × 村 × 山，那采集点是在悬崖峭壁上还是在陡坡上还是在缓坡上，是向阳的坡还是背阳的坡……林林总总有100多个空格，每一株小苗苗都有自己的条形码，只要点击电脑，一览无余！植物专家一旦“跌”进辰山植物园，一辈子都爬不出来的。外行游览植物园，只是看热闹罢了。

辰山植物园是上海世博会的骄傲，更是松江的骄傲。因为它是国家级的，它已经是国内面积最大的植物园之一，也是全球同纬度质量最好、植物品种最多的植物园，植物品种达到 9000 种！

颐园因而记

戴逸如

初进颐园，笑语杂沓，快进快出，颇失所望。

二进颐园，仰望俯视，静观动察，疑窦丛生。

于是乎，我三进颐园。

据说颐园名列沪上十大名园。上海的园林前前后后、林林总总也有上百之数，没听说什么时候册封过十大名园呀。上海众多园林中享誉海内外的也不在少数，而颐园却不见于《中国园林》，也不见于《江南园林志》，连近时的《江南古典私家园林》也不曾将其收纳，何来名列沪上十大名园之说？

据说颐园听雨为松江十二景之一。查明清乃至民国，并无颐园听雨一说，而松江十二景是1998年评选取名的。我见过20世纪80年代的颐园旧影，危墙颓壁，门斜窗歪，瓦蹿荒草……是影视版《聊斋志异》绝佳的拍摄场景。经1989年小修、2005年大修之后，焕然一新，然而至今空置，没有开放。那么，请问，听雨者谁？

据记载，松江颐园始建于明万历年间（1573~1619），本名因而园，占地仅两亩许。园东北部原是住宅群，颐园或为宅园。园主人一说姓赵，身世不详；或说姓沈，为当地布商。

园中最负盛名的，当属园南之观稼楼了。观稼楼是典型明式阁的形制。据说凭窗远眺，可见野外田地，故园主人名之为观稼楼。我攀梯登楼，推窗而望，眼前竟是高墙一堵。想当年，即使围墙低矮，农田在视野之内，春耕、夏耘、秋收、冬藏，风雨旱涝，丰歉无常，庆丰收、醉太平，能有几天？何况明末清初，遍地乱象。那么，牵挂着园主，需要园主时时登而观之的，倘不是稼穑（时世）之艰难，会是什么呢？据说此楼多功能，卸去楼阁北廊十扇长窗即是戏台，可演剧。我目测考量此楼之面积、结构，甚惑。就这，经得起演戏吗？

颐园可分南北两部。园北之水池貌似静水一潭，不知由何处来，亦不知向何方去，不枯不腐，却是活水。池中不曾放养斑斓锦鲤，时见敏捷小鱼一两尾，悠然出没，分明是闲云野鹤。池上架桥，恰到好处地折为三曲，而不是直笼统地横空出世，也不曾强扭九曲做蚯蚓龙蛇状，坦然贴水而伸。石板桥，木栏身，尚存了一些古意。临池之建筑，是舫。整排舫窗，上可推，下可卸。一推一卸，四面来风。据说此舫曾是高君藩的沙龙，与“南社”诸公曾在此纵论时局，臧否人物。今日我来此地，凭栏垂手，且效濠梁观鱼，遥想庄子、惠子鱼乐吾乐之辩。

会心间一抬头，便见山了。水边叠山，山为黄石。黄石假山朴拙厚重，俨然崇山悬崖一角，有磴道上山。于山巅环顾四下，园中花木虽多为新栽，倒也疏密有致。春可赏茶花而喜天趣童心，夏可赏莲荷而念高洁不染，秋可赏桂花而闻九里飘香，冬可赏蜡梅而慕傲霜铁骨。假山中空，有磴道延入石室。穿石室，迎光走，又有通道。通向的，竟是一间隐秘书房。细看黄石假山，不过是磴道、洞壑、平台、主峰几样，然而开阖自然，寓变化于平淡。

每到山前，接待者都会出一道趣味题：假山通体由黄石垒成，中空无泥，高大挺拔的厚朴树是怎样扎根成活的？

我说，君不见黄山松，同样立足坡岩，更有东西南北风夹击，尚且活得精气神十足。抢答题，不宜出在这儿呢。问题是有的，在于：峰上植树，造园之大忌。小小一个颐园，叠山、理水、架桥、围廊、盖楼、修阁、筑榭、建舫、树木、莳花，真是麻雀虽小，五脏俱全，如诗之绝句，如词之小令，可游可品。造园人据说是张南垣，大抵是不错的。那么，为什么高明如张南垣，居然会容忍颐园马头上长角？

明时造园专著《园冶》作者计成说得透彻："三分匠，七分主人。"造园人的所作所为，从根本上来说，只是将园主人的学识修养、襟怀抱负物化而已。所以，这园主人我怀疑不是布商，至少不是个简单的布商，只怕是个志存高远的隐士呢。

据记载，当年假山上种的是一棵柏树，古人植柏即述志。天下传世柏树多矣，最出名的有陕西黄陵黄帝手植柏，四川成都诸葛亮手植柏。我看假山植柏，这一造园艺术上的奇笔、险笔，是把园主忠君报国之志重重点了出来呢："上承翔云，孤鸾时鸣。"他这只孤鸾欲栖在柏树上向天而鸣，企盼有朝一日梦想成真，翔云临幸。他必时时去树下低回仰望。因为连雨雪天他都考虑到了，专修捷径，可以无阻碍地由书房直达峰顶。园主人还要造一栋其意不在观稼的观稼楼，又要让不适合演戏的观稼楼兼一份演戏的虚拟功能。"世界大舞台，舞台小世界"，让他的演戏、观稼在理念上合而为一。他自许躬耕隆中的诸葛亮，随时摇着鹅毛扇"观稼"，瞭望风云变幻，企盼着"三顾频烦天下计"的历史重演。然而，明不是汉，时势不再，天下再无刘皇叔矣，万历帝正犟头倔脑地演着28年罢朝的"电视连续剧"，而他，也不是诸葛亮呀。他的苦心孤诣，最终，只书写出八个字，还是描红的："高节未彰，贞心谁识？"

园主的败落、园林的转手、柏树的枯萎，在造园之前，便已注定。

每一棵枯柏都是一部古籍。缺乏眼力，或缺乏雅量的后人，掘而毁之，实在是非常可惜的。如今人们看到的这棵厚朴树，民间流传有佳话一则，说是高君藩促狭，诱逼其准女婿栽种的。从树龄来估摸，此树为高君藩所植，倒是很有可能的。

颐园几易其手、几易其名，而对初名因而园的忽略和误读，使后人错过了一把认识它的钥匙。通常因而园只作为颐园的曾用名一笔带过。有些文章把“因而”释读为因地造势或因缘际会，牛头马嘴呵。“因而”二字，在现代汉语里基本上是以连词的身份出现。假如读元曲，读到过“仗聪明、国色两件儿，觑五陵英俊因而”，知晓这“因而”二字原有微不足道的意思，一切便都迎刃而解：一个占地仅两亩的袖珍园林，且不说皇家园林、寺庙园林，与动辄几十几百亩的私家园林相比，不是微不足道的吗？倾其全力只造了一个袖珍园林的人——一条做着成龙白日梦的塘鲤鱼——不也是微不足道的吗？此公为此园取名因而，是大可玩味的。其主观上或许带着怨愤之气，客观上却成了高明的低调妙着。

作为人，很不幸，因而园主人是没能等到化龙就被历史拭去了，消失得无影无踪；作为园，上海有多少大园、美园，曾因权势而显赫，曾因多金而妖娆，却没能逃过顷刻间香消玉殒的命运，或被改造得面目全非。而这个因而园呢，因微不足道而屡被忽略，真是万幸，却在被忽略中得以幸存。据有人称，因而园还是全国唯一保存得最完整最原汁原味的园林哪。

我摩挲假山顶上树冠如巨伞的厚朴树，因而，因而……噫，因而呀！

秀南街的奇迹

彭瑞高

细看了仓桥，才知历史积淀如此深厚的古镇，在上海已属凤毛麟角；才知这些年有哪些人在默默苦斗，要让古镇重现光彩，要把这片土地锻造成松江的钻石。

仓桥老矣，历经兵燹天灾、朝代变迁，要寻找一条原汁原味的古街古弄，恐怕已很困难。如果一定要在心中还原它们的样子，倒是有条捷径，那就是去仓桥走一走百岁古桥，再顺着它的形势，细细描摹你心中的古镇风情。

几百岁的古桥还在，这就给了我们还魂的线索。

最长的大仓桥，迄今已近400岁。大仓桥无愧其大：长50米，宽5米，高8米，全中国也少见这样的五孔大石桥。看见它，那感觉就像遇见了武士，雄厚、敦实、壮阔，以强者之势横跨河上，给人以安全感。我以虔诚的心情在桥上走了两个来回，细数南坡49石级、北坡41石级，对花岗岩石级在岁月磨砺下变得光滑如砥，不禁涌起无尽感慨。

最古的跨塘桥，则是一座美丽的古桥。远观近走，才能体味历代士人为什么称它“云间第一桥”。这桥比大仓桥更古老，至今已见识了550年的风云！跨塘桥全长40.5米，宽5.25米，高8米；南坡31石级、北坡27石级；比起五孔的大仓桥来，三孔的跨塘桥高挑秀美，在初夏夕照下拖出长长的桥影，显出了一种女性的玲珑纤美。

一见仓城的这两座古桥，我就被它们的气质所吸引。那种典雅朴素、内敛沉着，绝非江河俗桥能比。在大仓桥，我一度迷恋于桥下石孔的那方狭小空间。我低头走进南侧石孔，光线立即转暗，声音也马上静下来。半圆的孔壁上，拱石缝间析出了极细的水，各处积淀着白色、赭色或青黑色的碱渍。一见此景，潜藏在石缝中的古意，夹着一份杂乱与沉重，顿时扑面而来。在我看来，这无疑是拱石留下的汗渍。多少王朝随着河水无声逝去，只有它们——坚硬如铁的拱石，以特有的力度支撑起古桥的重量，也支撑起岁月的天空和万民的重托。在那石孔里，我闻到了一股铁锈与泥土返潮的气味。我想，仓桥的先民们，当年一定也很陶醉于这样的临河气氛吧？

瞻仰古桥，指点景观，我渐渐发现，仓桥古镇还在，它还没有走远。

秀南街逶迤在市河南侧，那是我心仪的一条老街。从秀南桥东头起步，至大仓桥南堍走完这条小街，计程1公里有余。令我惊异的是，在这里我看到了一个奇迹——

上海、中国甚至全世界，没有哪个城区，也没有哪条街弄，能为古建筑钉上如此之多的“不可移动文物”铭牌。我粗略数了一下，秀南街上“文物保护单位”和“不可移动文物”的铭牌，多达50多处。徜徉在秀南街上，走出十几二十米，就会看到一处不可移动文物。这诚然说明了仓桥的人们是如何珍爱着自己的历史，却也从另一个侧面证实了，这条小街上有着多少值得保护的古物。

人们抬头见到“不可移动文物”铭牌，目光中就会流露出敬畏之意。秀南街值得人们敬畏的古物——主要是古屋——确是一般区镇难以企及。从秀南街1号走到114号,仅一箭之地,就有古屋32处,说它们鳞次栉比、瓦墙相依，并不为过。秀南街13号的许威宅，是明代晚期的民居，这古宅怎么说也得有300多年的房龄了；著名的清代“沈氏三宅”，居于秀南街104、106、108号，深宅大院，气度不凡；而近大仓桥的宋氏宅、杜氏宅、侯氏宅则各具特色，与邻近其他大宅一起，形成了难得的群落之美。这些大宅古屋历岁月而不毁，经灾祸而永存，是选料考究、保护得体，还是因为设计周全、工艺精湛？值得建筑学家分析研究。

对于这些珍宝，最好的保护是修旧如旧。这是专家论证了的，也是事实证明了的。但是，老街的改造资金哪里来？古镇风貌如何体现？大量旧房怎样利用？巨量争议能否消弭？……

我不由得想起了古桥下的拱石，想起了拱石的斑斑汗渍。我想，如果把老街改建工程比作一座古桥，那么今日仓桥的有志者，就是桥下的那些拱石。他们能像花岗岩那样坚毅吗？他们能有拱石的力度吗？他们能承受万民重托吗？

如果能，秀南街将再现奇迹，仓桥将再现奇迹。

仓城的穿越

殷慧芬

友人邀我去松江胜强影视基地，我有些犹豫。说实话，对影视基地之类的景点我并无好感。有一年到浙江某地一个很有名的影视城，见那里连许多树都是假的，树干是水泥的，涂成褐色，染绿的树叶不知是用塑料还是某种化学纤维所制，一到夜晚便在光怪陆离中搔首弄姿，蒙骗不明真相者。回来后，深感恶心，发誓再不去那里。

我不知松江胜强影视基地如何，只是因为想会会多年未见的文友，便答应前往。

到了那里，印象比预期的好。至少这个影视基地的树木花草全是真的。正逢春暖花开季节，桃红柳绿，姹紫嫣红，景色还真不错。更让我不反感的是那里谢绝游客，没有卖门票以此招徕游客的主观故意。它纯粹是为影视剧的拍摄提供场地、实景，况且那里也确实拍摄了许多有点影响的影视剧，《天下无双》《铁齿铜牙纪晓岚》《投名状》《叶问》《十月围城》《霍元甲》等。一些实景如因为《十月围城》按 1：1 比例建造的 1905 年香港中环，确实还不算马虎，让我与文友们都乐意在那里合影留念。有一些景观，如江南水乡沿河而筑的仿古建筑，因为现实生活中真实的旧屋都被拆毁得所剩无几，今见之，虽明知不真，也觉几分亲近。

胜强影视基地所在的松江区永丰街道过去是有名的仓城古镇。今天的仓城，还留有明代后期至清代初期的古建筑16处、清代中后期建筑767处、民国时期建筑74处，其中区级文物保护单位8处、文物登记单位14处、不可移动文物登记保护单位81处。与影视基地新建的仿古建筑形成鲜明对照的是，这些古建筑和文物保护单位确确实实是旧时遗留，有的还颇有人文底蕴，没有丝毫虚假。

取名仓城，是因为此地是明清两代松江府漕粮的重要储藏地，松江大米进贡京城，漕运船队就是从这里始发。仓城地区河流纵横交错，"门前连街市，屋后闻橹声"，生动地描绘了古时市河两岸百姓的真实生活。建于明天启六年（1626），以南北向跨于古市河的大仓桥无疑是这里的标志性历史建筑，全长50余米，五孔拱形，为上海地区所罕见。明代松江书画大家董其昌曾作《西仓桥记》，称"蓄风气，壮瞻视，莫此为伟"，对其赞叹不已。

古时沿河而筑的民宅、店铺如今仍在，著名的有杜氏雕花楼、费骅宅等。

杜氏雕花楼是晚清至民国的建筑，现存四进，前两进为清代老楼，第三进是民国时翻建的新楼，据说还是时任松江区长杜怡清的婚房。此楼中西建筑装饰，如今虽显面目颓败，但其中的雕花门窗依然存留着昔日风雅的旧韵。

走在仓城的窄路上、市河畔，旧屋的破败、古桥的沧桑斑驳不时入我眼帘，它虽不再华丽崭新，却真实无比。这里有一代又一代繁衍生息的原住民，有老人们抹不去的酸甜苦辣的记忆，有虽然今已面目不堪过去却显赫的旧宅，有历经几百年却依然傲视河流日夜奔涌的大桥……正是这一切，让我对这块土地似曾相识而又充满情愫。

从新建的胜强影视基地，到饱经沧桑的仓城旧地，我完成了一次时空穿越，那是今古之间的穿越，更是虚拟与真实之间的穿越。得知松江区正式全面启动仓城历史文化风貌区保护性建设，可喜可贺，但愿在保护性建设中千万不要失去仓城的本真。如果没有了本真，那具有悠远历史的仓城与表象美丽却虚假的影视基地有什么区别呢?

浦江洲

叶　辛

上海有一条黄浦江。

所有的上海人都知道，黄浦江是上海的母亲河。尤其是滨江的外滩，自开埠以来的 170 年间，一直是上海的象征。甚至外滩的情人墙，由于在小说、散文、影视作品中被反映得太多，在全国也有点儿名气。至于浦东开发开放以来，世界上的人们也开始晓得了，噢，原来上海有浦西和浦东两部分，黄浦江以东，称之为浦东；黄浦江以西的老城区，称之为浦西。

黄浦江始终是上海人的骄傲。但是，如果问一下黄浦江究竟有多长？黄浦江的源头在哪里？到底是从哪里开始称之为黄浦江了？没有几个人讲得清楚。

十几年前有一位老人在安吉的一处水源地题了“浦江源头”几个字，于是人们就把那里叫作黄浦江的发源地。随即就引起专业人士的质疑，提出不同意见。安吉那地方的老百姓被问起这股水，也摇头说这里不叫黄浦江，他们说出的名称，完全是另一条溪河的名字。

1966年秋天，我作为一个中学生跟着全班同学去上海郊县下乡劳动，参加抢收抢种。以往下乡劳动，一般都是两个星期。这一次，却让我们在乡下待了一个半月。为什么呢？因为全国都在大串联，坐火车不掏钱，可以借着革命大串联的名义，去北京、延安、井冈山、遵义等革命圣地游览，顺道也就去了山水甲天下的桂林，去了大西南甚至大西北，还有人串联到了内蒙古大草原上。

我读书的中学，那时候还没有完全停课，怕我们坐着火车到全国各地乱跑，引出什么事来，就按原计划安排我们下乡劳动，故而一安排，便安排了整整一个半月。

其实农民们并不欢迎我们学生下乡劳动，一来我们不会干活，二来庄稼收得差不多了，没多少农活干，并不需要抢收抢种，慢慢种也不误农时。待在乡下，住在鸡棚里，干什么呢？吃饱了三顿饭，我们就到处跑。

我们下乡的地方是石湖荡，周围最大的特点就是水多。离开村庄走不多远，就要遇到河流，河流上有桥的地方，我们就走过去，碰到了农民再问：这是啥地方？有几条河流上没桥，我们就傻站在河边发呆，感受江南水乡河网密布的景致。回去嘛，不甘心；等下去么，太没名堂。但是没等多久，有同学发现，附近就有渡口，而且摆渡到对岸去只要一分钱。我们当然要去体验一下啰。

天天七跑八跑地找地方玩，跑多了就把周围地形跑熟了。我们还哥伦布发现新大陆般地看见了一座小岛。小岛上竟然至今无人居住，四面临水，于是我们和船工讨价还价，最后说定下来，每人付五分钱，船工负责送我们一个来回，条件是上了小岛，让我们在岛上尽兴地玩一个小时。我们老师学生，没有表，船工也没有表，不过他大度地说，你们玩，我喊你们的时候，你们就回船上来，反正不会少于一个小时。

我们兴致勃勃地摆渡上了小岛，不过没到一个小时，我们不约而同地回到了船上。因为小岛上除了茅草，实在没什么东西。回到岸上付钱的时候，我们问船工，小岛叫什么名字，船工说叫泖岛。一个同学接嘴说，是因为茅草多才叫茅岛吧？船工说是的。后来大队里的赤脚医生告诉我们，这个小岛学名叫小独屿，老百姓叫它泖岛，泖岛上除了草，还有各种植物、鸟类，就是没有人住，只因为天天涨潮落潮，小岛四边都会被淹。有了这一番议论，晚上写日记，我就把泖岛记了一笔。还突发奇想地构思了一篇小说：一个上海城里的中学生来乡下玩，游泳上了小岛，遇见了一位坐着小船捕鱼的姑娘……充分发挥着我 17 岁中学生的想象。

船工告诉我们，渡口叫三角渡，只因从地图上看，这里的地形是一个三角形，三角尖上是三条河流的汇合之处，怕从嘉兴、淀山湖、平望那边开来的船走错道，三角尖上还建有一座灯塔。我们也去看了，只觉得灯塔并不高，塔身斑驳脱落，没啥好看的。相反站在那个地势望出去，三水汇流，颇显气势，风光大不一般。

如今，石湖荡人又邀请我去三角渡、米市渡、泖岛观光，并且言之凿凿地告诉我，就从三角尖三水汇流的地方开始，这一片宽阔的水面，开始叫黄浦江。或者换个文雅一点儿的称呼，是黄浦江 0 公里处。汇聚了淀山湖流来的斜塘江、平望附近淌来的圆泄泾、嘉兴那里流过来的泖港河三条主流，从这里流到市中心外白渡桥处，是整整 68 公里。如果算到吴淞口，那么黄浦江的总长是 110 多公里。

我顿时兴奋起来，就说，三角渡这一穿入江面的半岛形地势，就应该称谓浦江洲；建在浦江洲上的灯塔，就该称之浦江之塔；夜间这一指示来往于江面上船只的灯塔，就该称为浦江之星。而近些年来，松江人已对外所说的三角渡是浦江之首，则可以将泖岛包括在内的周围景点一起，称作浦江之首景区。

没料到这一说竟然获得所有在现场人士的赞同，于是我便趁着心头仍热着，写下了这篇《浦江洲》。

仓城漕运

修晓林

松江的仓城地区，地处云间水陆要冲，河港纵横，光影星罗。这世间，可谓有水就有景，有景就有情，有情就有无穷无尽的人生故事。君不见仅仅是“松江”二字，即可见江上青松无水不绿的含义，而现在是永丰街道的自古已有的仓城地区，1000多年来，早就有让人歆羡的因为“粮仓满城”而志得意满、睥睨天下的兴奋眼神和骄傲姿态。这里，是古代松江最重要的水陆枢纽，成为松江府的漕运重地和市井中心，前后存续486年历史，人文积淀深厚，见证着松江千年工商文明的发展史。

随形而变、清澈晶莹、波光云影、滋养万物的流水，是松江的灵魂和精气，也是松江人“得水便得天下”自得心情的自然表现，且不说那风吹稻菽千重浪的壮丽景观，也不说这洁白云朵变棉田的迷人景象，就是这仓城名产、中国著名商标的水晶梨的名称，就有早生新水、丰水、爱甘水、秋水、幸水、金水等十几个品种。水灵氤氲、滋养万物的松江啊，真个是因水而兴，因人而兴，因粮而兴。

我们信步行走的松江永丰街道地区，即是曾经辉煌、闻名大江南北的漕运重镇。因漕而运——又是因为一个“水”字，诉说着在那个早已逝去却总是让我们久久思念回味的年代里，蓬勃兴起又是热闹非凡、由仓而盛的精彩生活画面。

松江府历来是全国重要的稻米产地，仓城又是松江府漕粮积储的重要仓廪。明清统治者均视漕粮积贮和运送为国家大计，把岁运漕米充实京仓作为最紧要之事，对漕运管理甚为严格。明崇祯八年（1635），修建后的仓城规制颇壮，松江知府采取赁民贮米的措施，形成了仓城一带众多的栈房，具有以米兴市的特色。入清以后，清政府对税粮征收、漕河粮运实行统一的官廒储兑制度，废除了借民居储藏粮食的制度。

市河和古浦塘是仓城的漕运之源。明清时，仓城人烟辐辏，商业繁荣，官廒耸立，廨宇林立。每年的秋收后，官府都要在仓城内举行场面宏大的开仓纳粮仪式。此时，府县官绅列队依次到仓王庙进香祭拜，祈祝开仓大吉大利漕粮满仓，还要召集江南名班演出三天，场面十分热闹。而当每届岁首立春漕运时节，各帮漕船列队于古浦塘再到仓城装载漕粮启运，这时，官府还要选择吉时举行盛大的漕运公祭仪式。府县诸官和当地士绅均每人高举三炷香，依次向仓王神像鞠躬、磕头、礼拜，祈求开仓吉利。而后，帮船运丁、船夫分别烧香磕头许愿，保佑漕运一路平安。祭祀完毕，由负责漕运的推官宣布开仓运粮，立时，仓城内鞭炮齐鸣，人声鼎沸，老市河上漕舟相衔，运粮队伍穿梭不绝，一派繁忙景象。

当天祭拜后，众官绅还要到古浦塘边巡查一番，只见前有大锣长号开道，后面跟有高举伞、扇、回避、肃静、官衔牌的队伍，一路前呼后拥，气势威严。巡查结束后，全体到仓城公署设宴庆祝，祈愿漕运顺风顺水，平安归来。仓城每年漕运的致祭共有三天排场，每天从大仓桥到跨塘桥一带，挤满了男女老幼，观看各式表演的民众人山人海，如墙如堵，盛况空前。热闹三天后，漕船正式启程，由古浦塘沿泖河入斜塘，取道京杭大运河，一路风波千里，北上运粮至通州。

清顺治十三年（1656）至十五年（1658）的三年时间里，娄县官署就设于这仓城地区——作为一府的漕仓重地，又成为娄县的行政中心，这不仅在江南，甚至在全国都可称得上独一无二。清康熙四十四年（1705）和四十六年（1707）春天，康熙皇帝南巡时，两次到松江巡视。志书记载："四月乙丑朔，上由西门跨塘桥登舟幸浙江。"此指康熙皇帝第一次巡视松江离去时，具体地点就在老市河旁的祭江亭。其时，松江提督张云翼率县府文武官员等在古浦塘边跪送，送行仪式之隆重，在松江历史上可称空前绝后。

因为这舟楫便利、水波远行、北去南往的漕粮运输，当时的漕船水手又多是北方人，他们将不同地域的生活习惯和思想观念，融合到这山清水秀的江南水乡，也自然地将北方的白菜、梨枣之类的特产带到松江售卖，一时货物地摊遍布仓城一代，民众熙攘，兴味盎然选购来自远方的各种商品。据《娱萱室随笔》记载，清道光、咸丰年间（1821~1861），仓城内外，"凡寻常日用之需、耳目玩好之品，左宜右有，无虞缺之者"。是时，茶馆云雾蒸腾，各方口音汇聚；旅店人来人往，长年应接不暇；饭店酒香四溢，尽数醉生梦死；至于游戏、赌博等场所，"其数殆不可胜记"，"鳞次栉比，非莺歌蝶舞之场，即酒池肉林之所，风雨之夕，肩舆驰逐，腊屐往来"。真是百业兴盛，商市兴旺，虽不说是挥袖即可遮日，口唾即可淹人，但也是摩肩接踵，人声鼎沸，且是数百年兴盛不衰，闻名遐迩。

直至清咸丰元年（1851），因运河淤塞，漕船难行，全部漕船由河运改为海运，松江府的漕运中心由府城转移到了上海口岸。此时，仓城周边的商业规模跟着急剧萎缩，昔日万灯照耀、喧闹声终宵不绝的盛景，告以无奈消失。

曾经的漕运辉煌和人文景观，如今的历史遗迹和民间故事，给我们这些岁月长河中的后来者，留下了多少不尽的回味和遐思！作为“松江之根”的仓城历史文化风貌区，这里因为物产丰富、水系发达、交通便利而带来经济繁荣、文化发展和天时无常、盛衰转换、新旧交替的现代启示，又给我们提供了多少轻松回眸中的严肃思考。

岁月河流，奔流向前，一涌一波，一波一进，一进一景。历史长河的两岸，可说是风生水起，风光无限，最令人惆怅和惋惜的却是“年年岁岁花相似，岁岁年年人不同”的历史沧桑和怀旧感。

仓城有跨塘桥即让今人百看不厌的“云间第一桥”，历经500余年沧桑，仍保留着端庄雄伟、古朴典雅的风姿。宋代陆蒙曾赋《跨塘桥》诗一首：“路接张泾近，塘连谷水长。一声清鹤唳，片月在沧浪。”每临皓月当空，轻云浮动，古桥犹如乘风而去，追月而行，跨塘乘月已成为松江十二景之一。

古老的石桥想搭乘轻风皓月而去，追赶那心中早已描摹已久的梦想，却扔下了古桥边仍然沉浸在无边思索中的人们——流水，漕运，松江，仓城……

云间情怀

沈善增

这回去松江观光，我带着一个疑问，历史上，松江为什么又名云间呢？这个别名很有诗意，但联系到松江，似乎太过浪漫。松江地处平原，虽然拥有被称为九峰的上海地区唯一的山丘地带，但九峰的高度都在海拔 100 米以下，最高的天马山也只有 98.2 米，最低的厍公山仅约 10 米，才三四层楼高。要说这样的低丘白云缭绕，隐约其间，实在是比“飞流直下三千尺”还要夸张。我也曾设想松江是个传统的产棉地，当秋天棉花绽放，遍地白云，人徜徉于云间，也是一道美丽的风景。虽说元代松江府乌泥泾出了个黄道婆，历史上松江府曾是全国棉纺业的中心，棉纺业发达，当然有大片棉田做铺垫，不过，松江同时又是以粮仓闻名天下，松江稻比棉的名气更响，怎不见金地之称？而且，由棉田生云间的联想，意识好像也现代了些，总觉得这假设依据不足。

现在我知道云间的来历，但这是回来后查阅资料方才知道的。在松江走马看花的匆匆行程中，我始终在寻找松江与云间的联系，或者说，我在寻找一种云间情怀，寻找松江之名云间的理由。我觉得，还真让我找到了。待查到称为云间的史实依据，我感到，古今之间自有一种内在的精神联系。正是这种精神联系，使松江之称云间名副其实，妙趣天成。

云间情怀，首先是浪漫的情怀。在松江新城，我们随处可以看到、听到属于奇迹一类的事物。而松江人的本领，更在于他们能使奇迹不以突兀、崇高的面目君临于世，而是使之自然化；不是让你在奇迹面前把脖子仰得很酸，而是使你生活在奇迹中就像在自己家里一样适性随意。白云萦绕峻岭，不减峻岭之高，却增山体之美，使人亲近高山。这种中国人的审美情趣，在建设中的松江新城随处流露。

在松江新城的东北方，是国家级的旅游度假区。中国的秀山丽水不知多少，国家级的旅游度假区却只有 12 个，也许因为在自然风景方面不占优势，松江的度假区是 12 个中最后一个被批准的。在其他度假区有许多因为经营等原因纷纷转向的今天，松江的度假区却显现出日新月异、蒸蒸日上的势头。月湖雕塑公园已经建成，月湖是在低洼地上挖出来的人工湖。月湖依傍着青峰，构成一片自然美景，自然的好像几千年来松江就是如此山水相映，素面菱花。挖一个湖的惊人手笔，淡淡地抹在松江新城的画卷上，这是何等的神闲气定。

听说正在筹划的深坑宾馆，是利用采石形成的100多亩的石坑，从石坑底部建起一幢高 19 层的大厦，只有顶端几层高出地面，往石坑里灌上水，投放上各种鱼类，整个大厦就是一座现代水晶宫。这样的构想，听着就令人神往。石坑变废为宝，点石成金，这不一定是松江籍设计师的点子，但松江的土地何以能激发设计师这样的灵感，想起来不无神奇感。松江的土地似乎也浸透了这种云间情怀，化腐朽为神奇，化神奇为自然，以最朴素的形式，展现着生命活泼泼的创造力。

云间情怀也是现实的情怀。“白云生处有人家”，云间并非仙府，而是寻常百姓家。松江近几年经济起飞，环境改观，生活质量提高，有平和务实的浩然之气，而没有虚华暴发的乖张之气。在松江，细细品味一下就可以感到，有没有文化底蕴真是不一样。

回头来看历史上云间的出典。云间的来历，就由陆云一语。晋朝的陆机、陆云兄弟，至今还是松江最著名的历史人物。陆机《文赋》，名传千古，而陆云也是少有异才，与其兄陆机齐名。27岁上，陆云与陆机同赴洛阳，一时名动京华。在太常张华家，陆云遇见名士荀隐，张华要他俩交谈“勿作常语”，陆云先自我介绍说：“云间陆士龙。”荀隐接着说：“日下荀鸣鹤。”一时传为美谈，后被刘义庆收入《世说新语》中，从此松江就别称云间。魏晋是中国历史上继先秦后又一个思想大解放的时代，文人指点江山，意气风发，一句非常语，即能转为一地之别称，这种文化氛围，真令人欣羡。但陆机、陆云受“八王之乱”牵连，命丧刀斧，魏晋也是政治极其黑暗的时代。然而陆云的非常之语，作为一种豪迈精神的载体，正在今日松江的风土人情中焕发新的光彩。这真是：抒云间情怀，还看今朝。

云间，见证一脉人文精神的绵延。

云间浮雕

姚扣根

松江有个春申村，春申村新建了一座春申君祠。祠前有一块照壁，凸现着大型青铜浇铸的浮雕《上海之根》，上面刻有吴王狩猎、陆机《文赋》、松江织造……聚起了黄道婆、陆逊、陆机、陆云、董其昌、陈继儒、陈子龙等一些松江籍，也就是上海初期的历史文化先贤。

记得法国巴黎，坐落在塞纳河边的巴尔扎克故居的小院里，也有一块浮雕，上面是《人间喜剧》中的各种人物，贝姨、高老头、葛朗台、钮沁根、拉斯蒂涅……当我坐在木凳上，品着巴尔扎克最喜爱的咖啡，细细地寻找着辨认着浮雕上的人物，心里充盈着一种与巴尔扎克进行神交的乐趣。

相对而言，在春申村观看浮雕《上海之根》，比在巴尔扎克故居看《人间喜剧》更加舒心气派。春申君祠坐落在田间，天地宽阔，绿荫环绕，附近地区没有现代化的高楼大厦，举目蓝天，俯身碧水，眼前还有绿油油的庄稼。春申君祠离主要来往闹市的交通要道远，没有喧闹，也没有匆匆忙忙赶时间的人影与车影。进入春申君祠，首先映入眼帘的就是那块照壁，照壁上浮雕巨大，长41米，高6米，好像对祠里的春申君展开了一幅巨型宽银幕。照壁前，有块可以称为广场的空地，细卵石铺就的道路中间有水如溪长长流过。空地右侧，有一长廊沿河而筑。夏日里，长廊里放置一张八仙桌，泡一壶好茶，邀一两密友，悠闲享受着从水面漂浮而来的习习凉风，细细品评着华亭九峰三泖和云间千年的凌烟阁，绝对是一个不可多得的半日闲。

浮雕上的人物，大多是云间才子、松江名人。

春申君，战国时期名扬天下的四公子之一。其他三个公子均出身于王室贵胄 ，孟尝君，齐威王之孙；平原君，赵惠文王之弟；信陵君，魏昭王的小儿子；而春申君出身寒门，一位青青子衿，游学各地，靠博学善辩著称，以才能和智慧荣登相位，受封为君。有句话说，篮球队最矮的往往是球打得最好的。春申君在四君子里出身最低微，但名声最大。今天的松江一带，是他受封的领地。他很珍惜地经营着这块土地。相传今天的春申村，就是当年他兴水利、疏通黄浦之水的指挥部所在地。现在还有人记得这首儿歌“嘟嘟嘟，嘟嘟嘟，爷娘去开黄浦江，回来又开春申塘，领头的爷爷叫春申君，住在伲村头黄泥浜……”

陆机、陆云两兄弟的祖父是三国东吴名将陆逊。两位名人之后，没有被声名所绊，却成就了更大的声名。陆机14岁时，父亲去世，他与兄弟分领义兵，当了一名牙门将。4年之后，东吴被晋所灭。两兄弟退居故里，闭门读书。后来，他俩致力于文学创作和评论，成为西晋时期最著名的文学家，其中陆机《文赋》成为文学批评史上第一篇系统而完整的创作论。

明代杰出的书画家董其昌，17岁那年参加松江府的府试，文章作得很好，但因书法欠佳，知府衷贞吉将他取为第二名。八股文做得好，他似乎并不放在心上，却耿耿耿于怀那个毛笔字写得好不好，从此以后他发愤学书，以审美为人生第一追求。最初时因家贫，买不起纸张，到处练字，甚至衣服和被子上也写满了字。虽然他后来做官做到南京礼部尚书加太子少保衔，但他最辉煌的还是翰墨人生。在中国画理论上，他创立了“南北宗论”，影响十分深远；在绘画实践方面，以他为代表的“松江画派”在明后期占据了画坛的主导地位，而且对后世山水画产生了巨大影响。

《上海之根》人物中最年轻的要算夏完淳了。其父夏允彝是著名士大夫，清兵南下，城破时，投河身死。夏完淳，5 岁读五经，7 岁能诗文，9 岁作《代乳集》，书法得到大儒陈继儒的赞赏，14 岁跟随陈子龙举义旗抗击清兵，17 岁被捕后慷慨斥敌，从容就义。在被押解离松江时，作《别云间》诗：

三年羁旅客，今日又南冠。
无限山河泪，谁言天地宽？
已知泉路近，欲别故乡难。
毅魄归来日，灵旗空际看。

郭沫若很佩服他的胆识和学识，根据他的事迹，创作了五幕历史剧《南冠草》。该剧于民国 32 年（1943）在重庆演出，座无虚席，连演半月。

生长在这块土地上的人，深爱着、建设着、保卫着这块土地，更是用艺术灵性审美着这块土地。据统计，松江列入《中国文学家艺术家大辞典》的文学家有 90 人，美术家有 586 人，而书法家在明代就有 90 人。

古人所谓“观乎人文，以化成天下也”，注重以文化教育来提高民众的精神灵魂。春申村的《上海之根》，并非述说一个个古老之梦，发思古之幽情，而是让我们细读先贤，深感空间久存，时间飞逝，精神不死，这里崇尚真善美的灵魂，赞美才气、文气、正气。

鲈乡笔记

陈鹏举

太 康

友人启程近得数十件汉晋时瓦甓，特地去看了，还乘兴题了十来件。记得有东吴永安七年（264）的一件。那年，吴主孙休休矣。节哀顺变吧，特地题了“长乐”。还有件是蜀主刘禅建兴三年（225）的，题了“思蜀”。东汉的万岁不败甓和鱼纹甓，分别题了“万喜”，和“黄绢幼妇”。还有一件西晋太康年间（280~289）的，很欣喜地题了“华亭文赋”四字。

启程是印人，老家还是桐城，文气、刀功都足，竟也乘兴刻去，当时就完成了几件。还有个汉瓦当，宝相花纹，团簇锦绣。通体如凝脂，盈盈一握，极舒服，感觉手心湿润。我题了杜牧句子“南朝四百八十寺，多少楼台烟雨中”14 字，之后是“鹏举题，启程刻”，依着已残或未残的周遭，信手题了，他也信手刻了。这瓦当，当天成了我的随身之物。

没过几天，启程特地选了数件，又送来。华亭湖边，见到西晋太康年间甓，心情尤其欣喜。这次细看了，这甓上尚存的字样是“太康十年（289）八月作”。

不知是太康甓流传得多，还是我的因缘关系，去年差不多这个时候，我得到的也是太康甓。甓上的字样是“太康九年（288）太岁在丙午”。早一年得到的，是早一年的甓，说是巧合，还真巧。我也题了字，“闻白衣诀以太康，托黄耳竟以失路”，是我所写的《松江赋》里的句子，之后是“甲午万喜楼头撰书之。陈鹏举草草。石香刻”。石香，西泠印社人，王福庵一脉的秉性，花了一天的工夫，让我的字进入了太康甓。

这一会儿，太康十年（289）八月甓又在案头了，“华亭文赋”四字，同样深入其甓。不禁写成了一首七律：“年来渐觉丘山重，吹散烟云转瞬浓。湖海因缘尘海影，风流人物水流踪。四鳃神色多生气，二陆衣冠亦动容。此日排山倒海去，可怜风雨不相逢。”

西晋太康这个年号，对松江，也就是史上的华亭来说，是个具有文化意义的时期。写出了中国文学史上第一篇文学评论《文赋》的作者、华亭人陆机，就是被传颂为“太康之英”的杰出文人。他读书十年,到太康九年(288),已经名满天下。也就是太康十年(289),他在盛名之下，到了洛阳。太康这个年号，总共十年。

我曾集《文赋》里的句子，作为浦江之首的抱柱联：“谢朝华于已披，抚四海于一瞬；启夕秀于未振，观古今于须臾。”对文人来说，陆机的《文赋》，就是华亭九峰之外的第十座山峰。有它的存在，华亭就是文学的、人文的。《文赋》以后，文学评论浩如烟海，瞬息而来，瞬息而去，像《文赋》那样的情采和灼见，真的不多。

对风流人物来说，譬如陆机，他的去留、他的悲欣，是长河奔流，带着潮汐，是万古的存在。华亭，也就是之后的松江，真是文化故里。不仅有陆机和他的兄弟陆云，风流人物，甚至还有一条鱼，唯一以地名命名的松江鲈，也称四鳃鲈。鱼哪有四鳃，也就多两个小酒窝而已，看起来像是四鳃了。这鱼的好处，在于它清、奇、古、怪都全了。就像所有的孩子，母亲都喜欢；这样的鱼，乡里人都喜欢。张翰想它了，就弃官回来了，那是西晋的事儿。这鱼和文人有关了，就有了文名。之后，它又进了许多文人的诗文里，苏东坡也写了它。它和《文赋》一样，是文学，是人文了。

对我们这些凡人来说，浪迹江湖，最后漂泊在何处，落脚在何处，是机缘，也是福报吧。刻着"华亭文赋"的太康甓，已被凿成了一个墨池。我没蓄墨，栽了蒲草，培了华亭湖边大树下的泥，带着苍苔。"华亭湖畔闭柴扉，漫写丹青坐翠微。定是青山新雨过，琳琅苔点绿成围。"改天，把这蒲草、太康甓，画下来。

锦 年

大雨，盛夏的雨热烈而锦绣。华亭湖边，水木更加鲜艳夺目。又是一个清早，思念还停留在昨夜的情景，形成了一首诗：

忍教辜负夏花枝，淑气芳华未竟知。
上古人存香稻粒，完淳谁惜锦年诗。
几曾清唳还如鹤，数度秋风若有思。
星斗满湖终不见，万家正是上灯时。

突然发现，华亭总是停留在夏天，或者说华亭只有夏天。所有的人间炎凉和悲欢，还有功名和气象，在华亭，甚至从上古以来都是夏天般热烈和锦绣。以前不知道，这回是突然明白了。这就是我栖迟华亭的理由吗？朦胧间觉得还真是的。

离华亭湖不远，有个地方，名叫广富林。近年发掘出了先民的遗址，距今5000年了。它的出现，表明了之前以为"突然崩溃"了的良渚文化的余绪，同时还有黄河领域龙山文化的遗迹。长江黄河两大文明在这里交汇，可见先民饱经续命和流徙的心力。这种心力，一定是夏天一般的热烈和锦绣。

我曾写《广富林赋》，起首一段是："鸿蒙开辟以何时兮，地兴东南拄天倾。良渚恋恋以萧瑟兮，龙山脉脉乎伶仃。江河交会以一瞬兮，此际栖栖以生民。依水可以眷顾兮，纵水患不泯其存。战争可以夺命兮，只尘念未能因之崩。直白为美之绝地兮，远古为泪之灵魂。流徙至此曾不移兮，及今得以识其真。静好若当时之稻粒兮，温婉如寸心之诗声。六千年托迹于须臾兮，遗万世以奇珍。"其中特别提到了，在遗址发现了至今还活着的稻粒。人在天地间其实很弱小，这就是为什么仰望星斗和月亮，人们会时常感觉要写诗的缘故。而诗其实不仅写在纸面上，还有写在天地间的，譬如让人们可以热烈和锦绣地活下来的稻粒。

几千年活下来，人渐渐离天地远了，人与人之间走近了，不是所有人的内心都像上古的稻粒一般静好和温婉了。于是人间的热烈和锦绣，会出现在汤镬和锋刃之前。为此，夏完淳，这个姓夏的华亭人，只活了 17 年。为着夏天一般的热烈和锦绣，他极其精彩地活过他的素时锦年。

我六七岁时，随父母杭州归来，途经华亭，去过外婆的娘家。外婆去世早，我没见过。外婆一个妹妹，住在娘家，那时也已去世。她的先生娶了新妇。我们见到的，就是那对已和外婆无关的夫妇了。这内情，我也是后来知道的。不过，当时的情景确实也没记着。过了两三年吧，我读到了夏完淳的诗，肃然起敬，霎时感觉外婆的故乡人真好。夏完淳真的很热烈、很锦绣，不是因为他死的时候还是江左少年，可以像俯视一个孩子一样激赏他，也不是因为他壮烈殉国，作为一个民族英雄，理当仰视而青眼有加。他的人品、他的作为，还有他的诗篇和史识，都是真正的英雄。从这里出发，再看他的年龄、他的殉国，可知人真的可以像夏天一样不懈地热烈和锦绣。

由此，要感叹华亭清朗的鹤唳，如今是不是还能听见，或者说今天的人们，是不是还能以鹤一样清唳为荣？散落在四海秋风里的客子和侪辈，是不是还怀念热烈和锦绣的夏天，这夏天无论在故乡还是上古？

素时锦年，我们曾经遇见，我们又可能丢弃。

昨夜华亭湖的湖光很亮，以至天上的星斗大概很少人会注意。湖边人家都已上灯。人间毕竟离天地远了。人与人间互相注意，久久，久久。夏天的热烈和锦绣，该是什么样，可能很少有人在意了。

昨夜，母亲早早睡了。我不知道我是不是也睡着了。直至清早，直至清早形成了一首诗。

青　山

中国画里的山河，以山为骨。说来奇异，这骨竟然多是江南一带妩媚的青山。董源的潇湘、巨然的万壑松风，还有王蒙的青卞隐居，画的都是江南的山河、江南的青山。北方的山河，很难入画，尤其是山，更难入画，太大。北方人有句感叹，叫作大得没影。在北方，不只是人，就连与人生相关的所有姿色，都在大山之上、之中、之里了。山的形态，甚至山的影子，一辈子也见不到。郭熙了不得，他画的西山行旅图，截断秦陇之山径。他为画山河的来者，开启了行旅图式。

山河入画。这山河，如说是岁月山河，就不只是赏画的感受了。我在麦积山，看到当年玄奘西去时那条蜿蜒的小径；在敦煌不远的榆林窟，又看到当地僧人指给我看的玄奘东归时的尘途。在天水去往泰安的山脊上，我仿佛听到了林则徐流放伊犁散落的马蹄声。茂陵秋雨，雪拥蓝关，铁马秋风大散关，这些都是山河，甚至都是北方的山河。这些山河，和人有关了，就是有岁月的山河了，就不只是入画了。

岁月山河，所谓岁月，不是山河的岁月，是人的岁月。历史上那些哲人、那些仁人志士，他们度过的岁月，其实是所有人从生以来，都曾念想过的光辉岁月。人就是有岁月的山河。岁月里的青山巍巍、大河滔滔，其实就是那些哲人、那些仁人、那些有骨气和有志气的人。

我是江南人，生活在入画的山河里。可惜我哲思不够，仁心不厚，骨气和志气也落在人后。有的只是对山河的迷恋，和对岁月山河的景仰，以至在迟暮之年，我选择了山河之居，以山为骨的华亭之居。

青山待我久，先我到华亭。
此意行风雨，击地亦涕零。
回肠生九曲，九曲作遥岑。
千年不相得，相得赋登临。
昆冈二陆宅，莼鲈六朝人。
萋萋长不绝，楚楚垂丝纶。
酩酊自昏晓，鱼龙几曾驯。
道是乐未央，多因悲已滞。
妩媚两相看，去住一睥睨。
我不如青山，但改青螺髻。

华亭的山河有岁月，甚至可以上溯到4000年前。华亭有这名儿的时候，距今也有2000年了。华亭九峰三泖，起于何时，有待专家去说。只是有一点，无须争议。它是有了人的岁月后，才成为九峰三泖的。它和华亭的先人共休戚，也以数千年计的过往，等候来者纷纷来临。

这会儿，是我来了。人的生命百年而已，过于菲薄。人生是由回忆积累的。人回忆儿时，回忆儿时的双亲和伙伴，还有那时的人事、那时的日落月出。之后呢？还会回忆出生前的岁月山河。说这是回忆，是因为所有的这片山河里归去来的人生血脉相连，所有的风雨都会感同身受，也都会因此热泪琳琅。

华亭的山河，以山为骨。为什么是九峰啊？太像前人常说的回肠九曲。九峰扑面，千年来的纷纭前贤，都无从交会，所能交会的只是同样的心的登临。

小昆山那边是太康之英陆家兄弟的生地，莼菜鲈脍是六朝文人魂的归宿。熙熙攘攘、萋萋历历，有多少拔萃的人儿飘过。湖泽畔垂钓的闲者，何处来归？此地乡酒醉人，直可以整天喝去，心中的豪气和壮志，山河怜惜，岁月明白。

回忆真痛快，尤其是突破百年的回忆。痛痛快快，快乐总是因为心痛不已。隔着酒杯，看见美好的人与我相视，看到他们清朗的目光越过九峰之上。

我和青山不一样。它是千年青未了，我是转瞬间满头华发。除了这一点，是不是一样呢？有了岁月，这青山，真的永远起来了。我呢？一个在岁月山河里活到老的人，能永远吗？

天马山三古成绝

赵丽宏

天目山如同一部曲折委婉的交响诗，自西南而东北，在浙江大地上蜿蜒回荡，它的尾声，却在松江。松江大大小小有十余座山，它们是天目山的余脉。

在松江的山中，最有名的是佘山，很多人只闻松江有佘山，不知周围还有其他山。其实，佘山并不是松江诸山之冠，最高的山是天马山。听说天马山上有神秘景象，比如斜塔和佛光。斜塔倾斜的程度超过比萨斜塔，佛光可与峨眉山和黄山相提并论。晨昏时分，塔后会显现七彩光环，如遇雾天，云霭中会出现无数塔影环绕斜塔，古称“百塔来朝”，当地人因而认此塔为塔中王者，历来心怀虔敬。

那天登天马山，已是午后日西时，进山门拾级而上，走过一片树林，便看到了山坡上的斜塔。那形象如同一个衣衫古旧的老人，背对夕阳倾侧着身子，仿佛马上就要扑倒在地，然而却不可思议地定格在倾倒的过程中。走近斜塔，呈现在眼前的景象令我吃惊，塔座西北角被挖去一大块，塔基残缺四分之一，倾斜的古塔看上去立足不稳，摇摇欲坠，似乎大风吹来便可能倒塌。斜塔原名护珠宝光塔，建于宋代，距今800余年，年龄比比萨斜塔还老。这座塔当初并不斜，倾斜的原因也是人祸。清乾隆五十三年（1788），在天马山赶庙会的人放鞭炮引起大火，塔上所有可燃之物都被烧成焦炭，古塔只剩下砖石骨骼。这情形如同杭州的雷峰塔。然而被烧毁的古塔没有坍，也没有歪。人们发现砌塔的砖石之间，嵌有不少唐宋古钱，于是不时有人来挖砖取钱，古塔很快被挖去一角，塔身也渐渐向东南方向倾斜。很多人都认为古塔必塌无疑，然而它却斜而不倒，任凭风吹雨打，依旧顽强地在山坡屹立。

古塔为何颓而不倒？这似乎是一个谜。当地人有一种奇妙的解释：塔不倒，是有佛手撑托。佛手何在？陪我登山的松江朋友指着古塔侧畔的一棵古树。这是一棵银杏树，树龄和古塔相近。古树主干早已枯萎，树身开裂，虬枝百结。然而古树还活着，斑驳的树皮上，又爆出青青枝叶，面古塔一侧的树根上，蹿出几株新枝，枝头绿叶葳蕤，在微风中摇荡着生命的活力。古树的枯枝伸展在空中，确实像苍老遒劲的手臂，它们都指向古塔的方向。站在古树侧后看塔，那些枯枝恰好托住了迎面倾倒的古塔，在夕阳的映照下，古树和古塔的剪影融合为一体。

把古树比作佛手，当然是松江人的奇思妙想。而古树生绿，却也是一奇。其中有什么玄妙？松江人也不乏想象：古银杏一息犹存，是因为斜塔的召唤。斜塔也是一个生命体，古塔和银杏相依为命数百年，在山坡上默默守望，互相支撑，所以一个斜而不塌，一个枯而不死。古树生生不息，还有一个原因：古塔和古树之间，有一口水井，名为上清泉，井中清泉滋润了古树，使之死而复生。这是一口凿于宋代的古井，古时寺庙僧人都从井中汲水饮用，石井栏上至今仍能看到被井绳勒出的印痕。现代人早已不再饮用井水，然而虽历经百年，井中泉水依然丰盈清澈。古井废而不竭，又是天马山上一奇。松江友人引我到井前，抚摸着井栏上古人留下的印迹，探首俯视井下，但见幽深之处水波漾动，水面倒映着斑斓天光，还有我这个寻古探奇者惊愕的表情。

松江友人告诉我，这棵银杏树下，曾是古时文人骚客的聚会之处，赵子昂、倪元璐、董其昌、陈继儒、张照等人，都曾结伴在树阴下喝茶饮酒，面对着夕照塔影吟诗作画。如果古人醒来重游旧地，见到眼前的斜塔枯树，将会有何等的讶异和惊叹。而现代人面对这样的景象，看到的是曲折漫长的历史，感悟到的是深奥的生命哲理。

闲话佘山

黄阿忠

知道松江有座佘山，是在我小的时候。那时，觉得佘山离我们好远好远，想要到那里去游玩，是一种奢望。因而，在春游或夏令营时爬山活动的地方，只有长风公园铁臂山了。所谓铁臂山，是由当初建公园时挖湖的土堆积而成。尽管我们攀登到“山顶”眺望四处风光时，心胸也很开阔；尽管我们在人工挖掘的银锄湖中驾舟推波，唱着“让我们荡起双桨”心中很开心，但是每年都去那里爬山划水，就觉得没劲了。于是，也就不断地有想去佘山看看的念头萌发。

在现在看来，佘山离市区很近，从徐家汇驱车30分钟便可到达。不过，那时的距离概念与现在不同，比如我们小时候家住曹家渡，往北一过三官堂桥或者武宁路桥，就已经算到了“乡下”。那时一帮小伙伴会经常聚在一起到苏州河北岸的“乡下”去白相，就像鲁迅先生小时候在百草园里捉小虫子、挖何首乌那样，在冬瓜田里抓蟋蟀，在小河浜里撩鱼虫、捞小蝌蚪。现在算算，离家不过也只有五六里路光景。那时候也想去佘山、朱家角，但一查地图，从市区前往，都有 35 公里，因此，也只能望“山”兴叹了。

向往佘山，一晃 30 年过去了。

当浏览佘山之奢望变成现实时，我已过了不惑之年，也快知天命了。那年，我们在佘山召开教学研讨会，下榻的就是小时候为之向往的佘山山麓。

是日，与会者走马观花般在佘山兜了一圈。说实话，佘山拔地而起不到百米，东西方圆不过 5 里，同泰山、黄山、峨眉山、九华山等名山相比实在是太见小了。就连与同属天目山余脉的莫干山等相比，好像也比不出什么腔调来。然而，它确确实实是山，是一座在上海地区唯一能真正称得上山的山，是一座有着自己独特气息的山。其实，作为一座山，是没有什么可比性的，泰山有其雄奇，黄山有其峻秀，而如此见小的佘山有其名声在外，那是因为它的历史与文化内涵。

佘山虽小，但是，当你走进山门，拾级而上时，就会不时感到属于佘山的气息。登石级后往左一拐，就走上了铺满鹅卵石的山路。但见两旁修竹夹道，绿翠欲滴，阳光下竹叶的绿色呈出透明之状，竹丛中蹿出的新篁节节向上，竹竿像是上了一层薄薄的粉末，散发出青春的朝气。路边植有黄杨、盘槐等灌木，风过之处沙沙作响，时有鸟鸣夹杂，更显出山之幽静。坡上长有小草，不见泥土裸露，空气中弥散着泥土与青草的芳香，入人肺腑，自然之景、之气无法用文字形容言表。

沿山路拐上两三个弯，就到了山顶。山巅有闻名远东的大教堂，还有天文台。凭栏举目远眺四周的一派气象，佘山虽然不高，但也望得山下公路如织锦之带绕山盘下，穿过红瓦别墅，绿树簇簇，消失于平芜尽处。凉风飒然而至桃柳之间，湖水如镜，时而折出闪亮光斑。侧眼望去，东峰远翠稠叠，隐隐而见大网罩盖，网住出没于翠涛之间的珍禽异雉。此为人工散养，亦不失为一道独特之风景。

山中筑有亭台，那是晚明山人陈继儒归隐之遗迹，可以想象，当年他是如何自在地在那片旷野中做他的灌园叟，过着一种领略花中之趣无拘无束生活的。我忽然发现，这里的街灯是西式的，不知是现在装点的，还是为当年的遗存而翻新的。但不管如何，有一点是可以肯定的，只要走进筑在山巅的大教堂，你就会知道，这佘山的名声，是因为西风东渐而赢得的。这座大教堂虽然根本不可能与巴黎圣母院、罗马圣彼得大教堂和伊斯坦布尔圣索菲亚大教堂相比，但是它综合了众多的建筑风格。其圆顶是拜占庭风格的，拱形、通道为罗马风格的，尖顶又仿造哥特风格，橄榄形钟楼却是以色列风格，而清水壁、斗角地砖、琉璃瓦则为中国风格。如果你站在教堂之中，望着那些集众多风格为一体的建筑，你一定会感到融合的伟大，建筑是历史、文化、艺术的体现。西方的传教士在佘山建造教堂，同时把西方的教义传入中国，使松江、佘山一带的人逐渐信奉天主教。宗教在一定意义上，是历史、文化、艺术的体现；宗教的传播，也是一种思想文化的渗透与寄托。我想，大凡山之兴衰，与庙宇、教堂旺盛有关。庙宇香火之旺，山岚之气亦盛。教堂钟声洪亮悠长，信徒朝圣络绎不绝，宗教、历史、人文带动着山水的流动。建在佘山之巅紧挨天主教堂的天文台，是当年法国传教士修建的。这些传教士在传教的同时，也带来了西方的科技。天文台的白色圆顶与天主教堂的红墙绿瓦交相辉映，蔚为壮观。天文台和天主教堂巍然而成佘山的气象，同时，也为佘山注入了历史与人文。

站在泰山之巅、黄山之顶俯仰天地，阴晴雾霏，朝辉夕阴，气象万千。这佘山虽高不过百米，似乎不能俯仰观瞻，然在白色的天文台里，却能仰望星空日月、银河流雨，预测日晦月亏、雷雨飓风。入夜，流星陨雨划过，天空留下闪亮的点线——我看到了；这闪亮的点线留在星空，仿佛也记写着佘山的历史、人文——我也想到了。

找回城市的记忆

黄阿忠

我们居住的这座城市往西南约 30 公里，在那片旷野中有一大群高高低低的建筑，它改变了那条原先比较平缓的天际线，也为这里增添了不少审美的趣味。那个地方叫车墩，是一个离市区很近的镇，上海电影集团在这里营造了一个“城市”，那是依 20 世纪 30 年代上海的模样而建的，是为影视剧的拍摄而建的。

走近那条富于变化的天际线，就到了车墩影视基地。跨进大门，就能感觉到老上海的韵味。街旁停靠着一辆老式的奥斯汀轿车，探头一看，车厢里居然配置齐全，说不定还可以开这辆车兜风呢。马路上有轨道铺设，设有车站，发出当当响的有轨电车行驶在这里。这里还有电线杆，有铁栅栏，也有红绿灯。电线杆有两种样式：一种是方形的木头杆子，选材很好，那是浸了油的红松；另一种是铁制的，因为是空心的，敲上去当当作响。在这座模拟的城市里荡漾，让你回想起儿时常在耳边的“笃笃笃，卖糖粥”“栀子花，白兰花”之类的叫卖声。路边铁栅栏漆的是黑漆，有些斑驳，看上去还真有点“包浆”。路的转弯处有路牌，是那种用水泥浇制的老式路牌。抬头望望马路对面，沿街都是些商店，店牌的名称也都是老字号的，比如雷允上、张小泉之类的。偶尔有一堵斑驳的封墙，上面贴着写有“仁丹”二字的广告，又或是“老刀牌香烟”的招贴。这一切都是 20 世纪 30 年代老上海的拼凑，但这只是感觉上的老街，又或者是你年幼时的记忆。

再往前走，就是南京路了，当然也是意象上的。包括当年闻名上海的先施公司、永安公司、新新公司等被复原了，总的体积好像小了，但如果用来拍摄，或者只是感观上的，都已足够了。街上还有舞厅，门口立着店招，上面写着 ×× 献艺，整个都是老上海的记忆。舞厅门口还有消防水龙头，盖罩都有铁链条相连，就这样挂着，和我小时候看到的一模一样。从大马路拐到小马路，这里可是另一番老上海的风情了。这里的街坊设计很有特点，这一块是石库门建筑，一个牌坊弄堂接着一个。什么福康里啦、永寿里啦等，你可以推开带有铁环的黑漆大门进去，房子里结构依旧，前厢房、后厢房、亭子间等都有，可观可赏也可爬楼梯游走，置身于此，俨然有张家姆妈、李草履的感觉。左边那一块又建造了许多小洋房，英、法、德、西等建筑风格，各有特点，还有竹子编的篱笆，上面涂有黑漆，看上去也很有些年份了。弄堂里有牙诊所、烟纸店，还有老虎灶，老上海的市井百态，在这里都有再现。

再往里深入，还会看到老城厢，就是南市区城隍庙一带的建筑。这又不由得让我想起小时候，有一次，我竟然踏着黄鱼车在城隍庙的九曲桥上一曲一拐地行驶，时过子夜，夜深人静，路灯昏暗。记忆中的建筑同眼前的感觉相仿，只是不见当年一曲一拐的九曲廊桥。从老城厢弯出去，就看到了天主教堂，教堂的门紧闭着，不得而进，但其外形综合了徐家汇、衡山路等教堂的风格，亦颇有些看头。

在这座“城市”中，还可以去看看服道选粹馆。其中豪门奢华是由走廊、客厅、书房等典型洋房的摆设组成，在那里，你可以看到大菜台、酒吧柜、欧式梳妆台、法式雕花宫廷沙发等高级家具，而在市井风情中则可以看到庙前老街的摊档风貌，比如挑担卖馄饨、卖臭豆腐的、擦皮鞋的等，为这老上海添上一笔浓重的彩色，同时也能勾起你旧时的记忆。

不知从什么时候起，电影厂把摄影棚迁到了室外，把一些已经消逝的风景复原在旷野。我曾去宁夏看过西部影视基地，看到了许多著名的场景，那是拍摄电影《红高粱》《新龙门客栈》等影片后留下的。电影越拍越多，场景也越留越多，渐渐地又成了一道风景线。我发现身旁的车墩影视基地，也在不断地构筑能让我们找回记忆的场景。

人到了一定年龄，怀旧情绪就会滋生。我们从小生活在这座城市，幼小时的城市模样依稀还有轮廓，那个轮廓时而在梦中，时而在幻中，恍兮晃兮，挥之不去。倘若我们能相聚松江车墩，或许，在那里还能找回已经远逝的城市记忆。

《平复帖》断想

钱汉东

韩国将书法作为文化遗产申报，这是继端午申遗成功后又一大动作，闻之国人愕然。

书法是由汉字衍生出来的，方块象形汉字的美感为书法的产生创造了得天独厚的条件。汉字书法，是世界上独一无二的艺术。从甲骨文至今，书法已有3000多年的历史，一部中华文明史就是用方块汉字记载的。由书法申遗，联想到被誉为“中华第一帖”的《平复帖》。《平复帖》是我国最早的书法墨迹，系1700多年前晋代陆机所书。

日前，我应邀到陆机故里松江小昆山考察。小昆山海拔仅为54.3米，石道两旁，林木茂密，游人稀少，显得格外幽静。虽说是仲秋时节，但天气依然闷热，走到山腰上著名的二陆草堂时，汗水已湿透了衬衫。二陆草堂是西晋著名文学家陆机、陆云两兄弟蛰居乡里十年，闭门读书、写作的地方。粉墙翘檐，褐黄色的门窗雕着雅致花纹，瓦片上长着茅草，这里的一切都透出古风、古意、古情、古调。下了阶梯，便是二陆读书台，“二陆”曾在这里诵经读书，切磋文稿……几块简单堆垒的石头里，蕴藏着怎样的文化内涵？

魏晋南北朝被鲁迅称之为“文学的自觉时代”，继曹植之后能堪称大家的非陆机莫属，可见陆机在文学史上的地位。我对陆机的崇敬源于大学时听刘衍文教授讲授《文赋》，课上得极其精彩，我不仅了解了陆机的才华，而且对他十分敬佩。《晋书·陆机传》云:“少有奇才，文章冠世。”陆机被章太炎誉为“太康之英”。陆机的文学成就掩盖了他的书名，他大名鼎鼎的墨迹《平复帖》，是被公认的稀世之宝、书帖之祖，今藏于北京故宫博物院。《平复帖》比“书圣”王羲之的《兰亭序》至少早了50年，且《兰亭序》的真伪尚存不同意见，《平复帖》的珍贵就可想而知了。陆机在西晋太安二年(303)遭司马集团迫害致死，这一年王羲之诞生，或许这就是历史的轮回。

上海世博会国宝展时，我曾见过《平复帖》，一封慰问友人病情的书信，能保存得那么久，这真是陆机的福分。《平复帖》是草书演变过程中的典型书作，秃笔枯锋，刚劲质朴，神采清新，字虽不相连，却洋洋洒洒，字里行间透露出书家的儒雅与睿智。中国的书法，其实是从类似草书的随心所欲开始的，彩陶上的字、岩画上的字，告诉我们书法是心灵渗透的艺术，无论是浪漫的诗人，还是落魄的文人，笔随心走，他们的墨迹，都与个性和情感紧密相连，所以人们又称书法是“心灵的舞蹈”。

谈到《平复帖》，有一个人不能忘记，他就是张伯驹。张伯驹为保管《平复帖》，经历绑票，险些丧命，后破家逃难。为《平复帖》张伯驹承担风险达20年之久，最后将之捐献给国家，使中华文化之一的《平复帖》传承。历代包括帝王在内的大收藏家，都在《平复帖》上钤下了自己的印迹，唯有张伯驹，白驹过隙，不留丝毫痕迹，他是一个让后人永远敬重的真正收藏家。

走出陆机故里，我感慨不已，其实中国书法的根就在松江，可是很多上海人并不知晓，让人遗憾。弘扬中华传统文化，让更多的人了解陆机和《平复帖》，让松江成为中国书法圣地，任重而道远。

跨塘桥——“云间第一桥”

钱汉东

跨塘桥冠以“云间第一桥”，是松江最古老的桥，对此我早有耳闻。松江是沪上文化重镇，我与之有特殊的缘分，先后不知去了多少趟了，每每行色匆匆，始终未能与之谋面，然心仪久矣。

跨塘桥位于松江镇西端古浦塘上。因石桥横跨古浦塘，故俗称跨塘桥。

古浦塘不算太宽，微风习习，波光粼粼，我们一行拾级而上，健步登上了跨塘桥心，向左右俯瞰。这一带正在大规模改建，保存了一些有历史价值的民居旧宅，拆除多年违章搭建的危旧房，正在恢复跨塘桥盛世旧观。远处一幢幢新建楼房已向古桥蔓延而至，偶有垂钓者的身影晃动在对岸农舍的树影之下，城市化的迅捷步伐即将到达他们的家门口，但古桥依旧给人寂寥的感觉。

桥心东边栏石下刻有“云间第一桥，同治十一年募捐重修”，字体为楷书，古意盎然。我请同行的作家修晓林兄用相机拍摄下这几行珍贵的字，可见民间所传“云间第一桥”不虚也。南宋《云间志》记载，跨塘桥原名为安就桥，系木结构大桥。该桥当时为松江府内最大的一座桥，其形制与《清明上河图》中的汴京（今河南开封）虹桥类似，故得名“云间第一桥”。据传跨塘桥在一次端午节时，因远近乡里百姓上桥争看龙舟，终竟不堪重负，桥被压塌，可见这里曾是繁华之地。明成化年间（1465~1487）知府王衡组织人力在旧址重建，改木桥为三孔石桥，青石与花岗岩构筑，彭玮有赋并序可见证。现存的这座三孔石桥的拱洞中石壁上，还清清楚楚铭刻着300多年前建桥捐款人的名字，把渡桥人的怀旧情绪引入久远的年代，桥柱上镌有“南无阿弥陀佛”之句，似乎在祝福船夫经桥洞时平安顺利。宋陆蒙《跨塘桥》诗云：“路接张泾近，塘连谷水长。一声清鹤唳，片月在沧浪。”石桥古韵依稀，飞絮无情，依旧烟笼。

眼前的怡然景色，让人思绪万千。我仿佛看到元末文坛大家、大书法家杨维祯驾一叶扁舟，缓缓地向跨塘桥驶来，伫立船头，仰望大桥，感慨不已。杨维祯因冒犯丞相达识帖木儿而辞官隐居，特来松江拜访好友陆居仁，在官场失意的杨维祯，想不到竟在松江找到了归宿，于是筑园圃蓬台，一往情深，住了整整20年，成为文坛佳话。杨维祯还时常偕同诗朋文友，周游山水，头戴华阳巾，身披羽衣，坐于船上吹笛，或呼侍儿唱歌，纵情自然，赋诗作画，酒酣以后，婆娑起舞，以为神仙中人。杨维祯爱上松江这方风水宝地，尔后也多次出入于跨塘桥，驾舟云游四方。杨维祯死后与好友钱惟善、陆居仁同葬于此。

跨塘桥是有故事的奇桥。据传，明崇祯十一年（1638）秋天，才女柳如是化装成一位风度翩翩的佳公子，独自坐了一条叫兰舟的小小画舫来到松江。当兰舟正向“云间第一桥”驶来时，巧遇为“复社”好友杨龙友送行的陈子龙。陈子龙站在桥上目送杨龙友的小舟西去，秋风撩动他的袍襟，陈子龙越发显得气宇轩昂、风流倜傥了。柳如是与陈子龙四目相视，心领神会，尔后相聚于南园。一位是满腹经纶的奇男子，一位是侠骨柔肠的风尘女，对国家和民族诸多事宜的默契，使他们大有相见恨晚的感喟。柳如是情意绵绵，以身相许。陈子龙为复明救国大业告别柳如是，他们同舟到“云间第一桥”，登上石桥，秋风萧瑟，各怀离愁别恨。陈子龙解下腰间的祖传宝刀赠给柳如是，柳如是赠《戊寅草》诗一首：

苍然万木白苹烟，摇落鱼龙有岁年。
人私许玄登望却，客如平子学愁编。
空怀神女虚无宅，近有秋风飘渺篇。
日暮飘零何处所，翩翩燕翅独超前。

这首诗是柳如是三更挑灯和泪写成的，谁知这竟是他们的诀别诗。

九年之后，清顺治四年（1647），陈子龙不幸被捕，他宁死不降。清兵押解他去南京，途经“云间第一桥”时，他提出要停船观看跨塘桥，趁清兵不防之际，纵身跃入古浦塘江中自尽。翌年，又是秋风萧瑟时，柳如是全身缟素来到“云间第一桥”，她跪在桥上，手托香盘遥祭陈子龙。后人为了纪念陈子龙，就在桥旁建了一座亭，名叫祭江亭。这个英雄加美女的悲情故事，至今仍感动着无数文人，也让跨塘桥平添了几分浪漫而绚丽的色彩。

广富林遗址断想

钱汉东

上海是一座年轻而古老的大都市，是太平洋西岸最充满青春活力和创造激情的城市之一。在这块热土上，6000 多年前远古时代上海人已经用自己的智慧创造了举世瞩目的崧泽文化和良渚文化。日前，我有幸到松江广富林遗址进行了实地考察，感慨颇多。

广富林遗址在著名风景区松江区佘山广富林北侧、辰山塘东岸，当地有市文管会竖立的石碑作为保护标志。放眼望去，一派江南田园风光，水道纵横，渔舟出没，绿树成荫，芳草遍地，禾苗青青，瓜果飘香，让久居大都市的我，找到了回归自然的感觉。1958 年当地农民在开挖河道时，在一块长满浮萍的方塘发现了大量的陶罐、玉器等文物。

1961 年 9 月，市文管会做出了试掘的决定，挖掘面积仅 73 平方米，初步探明地下文物有三层：最上层有许多几何图案的印纹硬陶和原始瓷器，陶器的表面有许多小方格和麻布纹图案，应该属于春秋战国时期的吴越文化层；中层发现的遗物以印纹陶为主，但陶质火候较低，纹饰多为篮纹、席纹，应属于夏商时代的马桥文化；下层陶器以素面为主，有夹砂陶扁足鼎和泥质灰黑陶豆、罐等，这是新石器时代的良渚文化层，同时还发现了马家浜文化、崧泽文化的遗存等，这是史前上海人生活以及社会活动的见证。1997 年 12 月广富林遗址被公布为文物保护单位，保护面积为 1 万平方米。近来又因四周不断有新的文物出土，市里又将保护面积扩大至 20 万平方米。

在广富林村，我们遇到一位 50 多岁的董姓老乡，他十分自豪地向我们介绍道，在这里任何地方只要动土，就可能发现文物。1974 年他家建造新房，挖宅基时突然发现许多鹿角、陶罐、玉器等文物，立即报告县文物保护部门，县里派人看了后说是良渚时代的东西，这才知道这里曾是 4000 多年前，我们的先民集中斩杀鹿的地方。农民在这里挖沟、筑路时经常有陶器、石器、玉璧等珍贵文物出土。老乡还告诉我们，广富林村紧靠施家浜河道，明清时期这里可能是驿站，过去还有轮船埠头，小货轮一天几班，交通十分便捷，村上光茶馆就有六七家之多，四方农民都来这里购物、歇脚、听说书等，这里曾是繁华的集市。我作为一名古陶瓷器收藏研究者，走在广富林的广阔田野里，有一种特别亲切的感觉。仰望碧蓝的苍穹，深深地吸着带有泥土芳香的湿润空气，任阵阵金风吹乱我的头发，心里有种说不出的爽快。我不知道在我的脚下埋藏着多少史前上海人的遗宝。我真想向老乡借把铲子，亲自挖掘一番，不经意中挖出一块先民用过的玉璧或一件陶器，经历一下发现的快乐。

让人感到不可思议的是，仅在浅浅的 1 米左右的土层里，却包容了 6000 多年的文明史，这是前所未闻的事。我去过浙东的河姆渡遗址，那里土层要厚得多。这里 4000 多年前的良渚文化层，离地表才 60~80 厘米。人们无法解释这一现象，我猜测在漫长的 6000 多年历史长河中，这里很少发生重大灾情，特别是特大洪灾，所以土层增速不快，变化不大。

同济大学海洋与地球科学学院张玉兰教授在距今约 5000 年前的崧泽文化向良渚文化过渡时期的泥土中，发现了水稻扇形和水稻壳形的植硅体。与此同时，通过对泥土样品中的孢粉进行科学研究，还发现此地层泥土中有大量栽培的禾本科植物。这两项研究充分地表明，当时上海广富林地区的先民已开始种植水稻。

考古工作者首先发现了新石器时代良渚文化人工堆建的台形基地和 23 座墓葬。在有些墓葬中还发现明显的人骨错位现象，这表明存在着一种特殊的殡葬方式。走进现代农舍，打开存放遗物的库房，目睹史前上海人遗骨时，我放慢了脚步。对先民我心怀敬意，尤怕惊扰了先民的美梦。良渚文化墓地上的祭祀手段主要是燎祭。这种祭祀手段来自黄淮之间。文献记载，4000 年前正是洪水泛滥的年代，大禹治水的故事就发生在这一时期。豫东地处黄淮之间，地形十分平坦，洪涝灾害不断。先民们为逃避灾难，举家迁徙来到松江，成为上海最早的移民，可见“上海是一座古老的移民城市”。但是，人们对上海移民的认识仅仅局限在当代，以为上海在 200 年前只是一个小渔村，开埠以后，才成为“五方杂居”之地。

站在广富林村头，我浮想联翩，这里依山傍水，河流密布，土地肥沃，物产富饶，气候温和，自古以来就是人类活动的舞台。良好的自然环境为远古上海人的生存提供了天然保障。勤劳的远古上海人在此养蚕织丝，种田捕猎，制陶琢玉，祭祀祖先，创造了多姿多彩的远古文明。几乎每个时代都留下了十分珍贵的文化遗存，为中华文明史写下了辉煌的一页，这实在让现代上海人感到无比自豪。可见上海不是一个没有根基的“暴发户”，而是拥有悠远历史底蕴和丰富内涵的伟大城市。

历史悠久人风流

钱汉东

松江的文物古迹比比皆是，文化名人遗址处处可寻，对松江是“上海之根”的说法，我深信不疑。

松江古属吴郡，唐天宝十年（751），吴郡太守赵居贞向中央政府奏请批准：分割昆山南境、嘉兴东境、海盐北境设置华亭县，范围到今虹口一带，南到海边，东至下沙。那时，杨浦、宝山、川沙等地尚未全部露出海平面。关于华亭得名，传说春秋时代周简王时（前 585~ 前 570），吴国郡主寿梦曾建筑华亭于其国之东、吴淞江之南，做停留宿会之处，也是贵族狩猎馆所，故名华亭。另史书载，东吴大将军陆逊封华亭侯，家族世居于此。

唐天宝盛世，经济空前繁荣，松江地处水乡泽国，这里江河纵横，湖泊星罗棋布，而水的特点是流动不居，吴地民性亦不保守，富有开拓进取精神。这里濒临东海，每年晒出的大量食盐源源不断运往内地，松江城自然成为物资流动的中转站。加上亭台楼阁相继建造，各地文人墨客云集此地，吟诗作画，华亭一时繁荣起来，名噪海内外。

松江人引以为豪的是这里不仅山清水秀，风光迷人，而且人才荟萃，名家辈出，在各个领域都有建树，他们犹如一颗颗明珠，镶嵌在中华博大的文化苍穹之中，灿烂夺目。晋代陆机的《平复帖》被认为是中国最早的书法真迹，一直珍藏在北京故宫博物院供后人瞻仰。明清两代，松江共有进士521人，仅明代就有进士287人，占当时全国第一。元代赵孟頫、明代董其昌、清代张照更以其书法成就而驰名九州，被誉为“松江三文敏”。松江人物中有一个人是不能被遗忘的，那就是黄道婆。因为这位伟大的女性，松江从此有了“纺织之都”“衣被天下”之美称，扬名天下。法国大作家雨果在小说中曾提到法国上流社会流行穿松江印花布做的裤子。枫泾、朱泾成为印染业集中之地，金泽出锭子，七宝出纺车，纺织业的发展，促进了贸易市场的扩大与城镇的发展，棉花种植面积不断增加，最终上海从松江母体中脱胎而出。元至元二十八年（1291），中央政府批准设立上海县，上海从此开始崛起，但仍隶属于松江府，“真正的上海人是松江人”。

松江近代更是出了不少风流人物，如史量才、俞振飞、赵家璧、朱雯、施蛰存等都是一代大师，举世瞩目。这里我想用点笔墨说说我崇敬和熟悉的施蛰存先生。2003年重阳节，我去看望恩师徐中玉先生，徐先生深情地同我谈起施老，他说，施老这几年出了很多的书，光你们文汇出版社就出了《北山谈艺录》《云间语小录》《北山谈艺录续编》等，施先生很了不起。这几部书长年累月用心积累而成，见解独到，令人敬佩。

我知道施蛰存先生是30年前的事了。“文化大革命”中，在一个初冬的下午，寒风瑟瑟，有人告诉我，那位在文史楼前看大字报的瘦削老头，是被鲁迅骂为“洋场恶少”的人，这引起了我的好奇。我对他打量起来，他个子不高，穿一件灰黑色的上衣，戴一顶深色呢帽，沉默不语，略有所思。有一次我读书中遇到了问题，资料室的老师说可以去问施老，他同我谈了许久，这大概是做老师的本能吧。我当初的印象是施老学识渊博，谈锋颇健，眼睛里不时会透露出坚毅的神情。几次交往后，我斗胆问起鲁迅骂他之事。说出口后觉得有点不妥，想不到他从容不迫地到书架上取下鲁迅骂他的著作，翻开后告诉我，他并没有受辱之感，这显示出施老的豁达和坦荡。我心里暗暗思忖，敢同鲁迅论战的人，决非等闲之辈。

但施老在历次运动中，因鲁迅“洋场恶少”一语吃足了苦头。徐中玉先生曾指出：“我读过他当年与鲁迅笔战的全部文字，深感30年代上海阶级斗争的环境中，要平心静气地讨论问题，非常之难。……蛰存先生一时被诬为‘反动文人’‘国民党政府审查官员’等，都是毫无根据的。”直到两年前施老还坚持道：“我这个人固执得很，30年代的有些观点与90年代的观点是一样的。鲁迅先生批评我，我也能批评他的。”这就是松江人的风骨。

我们在编辑《上海作家散文百篇》一书中，收入施老的大作《纪念傅雷》，他的年龄仅次于巴老。当时我们想在上海市公证处同志的监督下，完成100位作家签名活动，尔后将拍卖所得捐给上海慈善基金会。2001年11月21日，初冬的寒潮刚刚过去，我们约好先去施老府上签名。他的寓所在愚园路临街的一座楼上，楼不高，但楼梯十分狭窄，踏上去会发出吱吱的声响，光线很暗，扭亮电灯后，方敢登北山楼。那日上午，太阳缓缓地透过窗户照在施老的起居室、书房兼会客厅，他的屋子有点拥挤，书桌不大，显得有点零乱，书橱也是简易的，堆放着文献资料和书籍。施老耳已失聪，我写明来意，他起先答应只能签一本。我用笔写了这样一段话：“上海作家和新闻界朋友都牵挂着您，祝您老人家健康长寿，签名本拍卖后的钱款将捐给慈善基金会。今天烦请签完，非常感谢施老帮助。”

读着这段话，施老脸上露出笑意，但又觉得为难。我们一本接着一本请施老签着，家人不断递给他热水袋焐手。施老每签一本都重复道："字写不好了。"口水禁不住淌了下来，我们用手纸轻轻地为其拭去，心里充满了不安和内疚，真有点"迫害"文学大师的味道，施老毕竟是我们崇拜的前辈啊！停了三次总算很吃力地签完，我们松了一口气，一块石头落了地。平心而论，97岁高龄的施老的签字仍很苍劲。他著有《唐碑百选》一书，研究过书法理论和碑学，十分看重写字，故不想将"劣迹"留在人世间。

随着历史的发展，松江早已不是白鹤惊飞、花鹿腾跃的五茸猎场，勤劳聪明的松江人没有躺在"上海之根"的功劳簿上，而是朝气蓬勃，面向未来。8000亩土地上建成的松江大学城就是一个明证。美、日、德、韩等一大批外资企业纷纷抢滩松江，老城区正加快改造，由外国人总体规划设计的松江新城区正在兴建之中，佘山已经成为山水兼备的上海后花园……千年古城松江正焕发出青春活力。

诗意松江

陆　澄

也许是得陆机“诗缘情”赋言的神旨，抑或因“松风”“祈雪”“弥洒”等历代诗社的催发，古老的松江千百年来在氤氲的诗意中生息着、蓬勃着。

这里的诗意凝结在悠久的历史里，遍布于云间胜景中。当你在醉白池畔信步时，昔时墨客骚人们低吟浅唱的余韵，便会殷殷然从那清池绿荫、曲廊亭榭间飘漾入耳，纯净你的灵府。而当你蹀躞于九峰三泖之间，更会不由得随宋代山谷道人遁入“云横疑有路，天远欲无门”的诗境，为明代钱惟善“茫浴九天”“天随会约”“势翻震泽”“气浸高寒”的诗意所簇拥、融化，那连绵跌宕的灵山秀水早已被你的步履踏成了抑扬顿挫的诗行……

松江的诗意更是绿色的，它是松江人民勤劳、灵巧的双手挥洒出的时代骄傲。行道树、绿化带、公共绿地横竖点画，书写着松江人的绿色畅想、绿色守望；方塔园、醉白池、其昌公园、中央公园、思贤公园、市民广场更是铺展在新老城区的绿色诗篇，香樟、桂花、雪松、红枫……数不胜数的名木嘉树呼鸟唤雀，昂首共鸣绿色浪漫与绿色荣耀。2005 年，松江赢得了国际花园城市的美誉，在世界面前尽显天蓝、水清、气净、居佳的秀美风姿。松江还在绿着，还在美着，它绿得自然潇洒，美得典雅蕴藉，松江何尝不是一位风流倜傥的当代抒情诗人！

在这片物华天宝的诗意热土上，自然会滋生出葱葱茏茏的民间诗情、大众诗兴。在人们疑是世风不古、诗情不再的当下，丰衣足食、居安情闲的松江人却盛迎八方诗客，“风景这边独好”。逢时过节，从醉白池、方塔园到佘山之巅，诗声朗朗不绝于耳，诗情难抑的松江人不仅热衷于诗人艺术家的珠玉之声，也醉心于引吭自娱，在上海国际艺术节上，松江开上海朗诵艺术节之先河。一时间，写诗诵诗之风荡漾于校园家舍，诗会层出，佳作迭传，师生同台，合家放声，一派和谐温馨、生机盎然的美妙景象。

忽然记起南朝诗论家钟嵘的名言：“正得失，动天地，感鬼神，莫近于诗。”这种天人感应的诗情奇迹在松江真的见证了。那是 2006 年 5 月 31 日以和谐为题的松江端午诗会，上海数十位朗诵名家齐聚醉白池朗诵传统经典诗词。气象台预报有雨，然而是日天朗气清，和风徐徐，诗会圆圆满满。及至次日，大雨倾盆，终日未止。真是奇哉！莫非天公有灵犀，便赋真情化诗意？

诗意的松江，我要深深祝福你永远和谐、吉祥！

松江探源

朱大建

打开上海地图，松江的地形就像一只结实坚强、粗壮有力的手掌。沪杭高速公路、同三国道和黄浦江在松江穿境而过，像是在手掌上镌刻下三道纹理线，使手掌更显得血肉丰满。

手掌，厚实的手掌，让我向你投去尊敬的目光。

手掌的厚实，源于历史文化根基的厚实。

松江又名华亭。据《三国志·陆逊传》所记，东汉建安二十四年（219）11月，陆逊因军功被孙权封为华亭侯。唐天宝十年（751）正式建华亭县，元至元十四年（1277）升为华亭府，次年改为松江府。至清嘉庆十年（1805）松江府辖七县一厅。民国元年（1912）废府，华亭、娄县合并为华亭县，民国3年（1914）改称松江县。1949年5月13日，松江解放，属江苏省松江专区。1958年1月，松江专区撤销，松江县并入苏州专区。同年11月，松江县划归上海市。

松江依山傍水，土壤肥沃，物产丰富。早在新石器时代，先民们就在此从事渔猎和农业生产。考古工作者在松江境内先后发现了汤村庙、广富林、平原村、姚家圈、钟贾山、北竿山、佘山等七处新石器时代至春秋战国时期的古遗址，出土了石器、陶器、玉器等数以千计的文物。由此证明，早在6000多年前，松江先民就开始在这里繁衍生息。

松江人文荟萃。据《晋书》记载，晋代文学家陆机、陆云都是吴郡华亭人。兄弟俩于晋武帝末年进入都城洛阳，因才学优异，赢得很高名声。陆机所著《文赋》是我国文学史和美学史上一篇很有创见的重要文献。宋代至清朝，松江云集了许多本土和江浙一带的著名文学家和书画家，如赵孟頫、任仁发、方从义、杨维祯、陶宗仪、曹知白等，他们都留下了珍贵的文化遗产。特别是明代出现了文化昌盛的局面，著名的“松江画派”声誉日隆。华亭望族莫是龙、顾正谊、孙克弘等作为“松江画派”的第一代画家，诗文书画均有成就；后起之秀董其昌、陈继儒、赵左、沈士充等数十人，均名留史册。尤其是董其昌，作品淡泊高雅，气韵生动，以山水自然为对象，注入了士大夫的趣味和情感，讲究笔墨韵味，达到非常高的艺术境界，成为“松江画派”的领袖人物。晚明时期，陈子龙、夏允彝等创建“复社”，倡导“风声、雨声、读书声，声声入耳；家事、国事、天下事，事事关心”的风气。在明末清初社会动乱时期，显示出封建社会正直知识分子的社会责任心。至清末民初，松江又涌现出一批著名的文化名人，如《申报》总编辑史量才和他的报业班底都是松江人。再如柳亚子创办的爱国文学团体“南社”，其中30多人为松江人。从20世纪30年代起，松江还涌现出一批出版家、作家、金石家、画家等，如赵家璧、施蛰存、朱雯、雷圭元、程十发等文化大家。

松江风景优美。境内的九峰三泖是从古至今的名胜。九峰是松江境内十余座小山峰的总称，是上海市唯一的一丛山丘，显然是浙江天目山之余脉，确实为松江增色很多。九峰指佘山、天马山、横山、小昆山、凤凰山、厍公山、辰山、薛山、机山等九座小山峰，实际上还有钟贾山、北竿山、卢山等。其中以天马山为最高，98.2 米；厍公山最低，仅约 10 米；佘山最有名，山上的天文台和天主教堂是松江重要的人文景观。三泖指的是大泖、圆泖、长泖，古代广袤壮阔，可惜如今已难觅其踪迹。

沧海桑田，弹指一挥间。松江如今是上海市区的重要卫星城，城乡面貌发生着惊人的变化。尤其是松江新城，整齐的街道、浓郁的绿地、崭新的社区、松江大学城及环绕四周的泰晤士小镇别墅区及其他住宅区，显示出松江人的宏大魄力和长远眼光。

这魄力和眼光，源于松江厚实的历史文化根基。它就像一棵根基很深、生命力顽强的老树，一遇春风吹拂的季节，便蓬蓬勃勃地绽放、舒展出青翠的枝芽。

松江之眼

于建明

我对松江印象最深的是她的古。松江是上海文物古建筑保存最多的地区。厚重的历史文化亘古绵延，岁月无法抹去留存的痕迹。松江像是挂在上海这座大都市胸前的古玉，散发着神奇璀璨的光晕。当我置身于松江这片土地，总会被那神奇的、迷人的光晕所吸引，总会被那远逝的智慧所震撼。冥冥中，似乎感受到一种神秘而深沉的目光在凝神着我。这是松江的眼吗？

这只是一种感觉。我曾拜访过不少名山大川，游览过许多名胜古迹，我总觉得面对的是富有灵性的、有生命的物体。你在看她，她也在看你，时常会有似曾相识和相见恨晚的感觉。我相信她们千百年留存下来，内心就是期待与来访者对话，用眼睛来对话。眼是什么？是心灵的窗户。此刻，松江的眼中传递出什么？从中看到了什么？又能读懂什么？眼是沉默的，却能传神，拨动人的心弦；眼是深邃的，能洞察人的心灵，而心灵的沟通需要缘。缘是心与心的交融。有缘千里来相会嘛。寻古探幽，凭吊感怀，用心去聆听，用心去感悟，细细品味出松江历史文化的古意。

在老几辈的上海人眼里，松江就是上海，上海是松江的上海。据考古发现，早在6000多年前，当上海城区还是一片汪洋时，西部地区因浅海沉积和长江泥沙冲积而成陆地。先民们就在九峰一带繁衍生息。春秋战国时期，这里先后是吴国、越国和楚国属地。松江古称华亭，唐天宝十年（751），置华亭县。北宋时期，位于松江（吴淞江）下游一条支流上海浦的西岸边，时有江海口来往的渔船停泊，逐渐形成聚落之地，称为上海。南宋咸淳三年（1267）上海正式建镇，属华亭县管辖。元至元十四年（1277），华亭县升为华亭府，翌年改为松江府。元至元二十八年（1291）成立上海县，这是上海独立成为县治的开始。在上海开埠前，松江是上海地区政治、经济、文化的中心，是上海历史文化的发祥地，可称“上海之根”。

我想，生活在这片土地上的人们是幸运的，也是幸福的。松江有水，大自然造就了松江之地河流密布，水网交织。黄浦江上游的干流形成于松江，东西横贯27公里，全区1000多条河道与黄浦江相通，形成绿水青山之乡。松江自古以生产稻谷、棉花为主。早在元代，就有黄道婆在此传授先进的棉纺技术，使当地棉纺业处于全国的领先地位，赢得“衣被天下”的传颂。历史上更有“苏（州）松（江）财赋半天下”之美誉。再往前追溯，在松江广富林古遗址的泥土中，留存着5000年前海水浸润和稻谷腐烂的遗迹，证明先民们早已生活在海滨或湖沼的高冈地上，以犁、石镰等工具开始耕种水稻。我们的祖先早已过上了丰衣足食的生活，据说，就是灾荒之年，松江也没人外出逃生。历史给予松江的最大恩泽是厚德载物和富庶自足。

松江还有山，西北部为上海地区唯一的山丘地带，主要有佘山、天马山、薛山、凤凰山等九座山峰。山间林海苍茫，时有奇石山泉闪现。历代留存下的亭塔楼台及文人墨客的遗踪古迹，更凸显历史文化的厚重和斑斓。

对我来说，最有感触的是天马山、佘山。天马山海拔 98.2 米，是上海市陆地的最高点。对不到百米的山，我不敢多加赞美，但她占有居高临下的位置，却别有意味。现在上海城市建筑越造越高，超过天马山的比比皆是，人造的标志，几年就可创个新高。天马山的高度却是大自然所孕，有天地之气、万古之韵。正因为先有了这一片山，山脚下才会生成一片绿地。传说松江古代有五片毛茸茸的肥沃草地，成群的野鹿在绿色的原野上嬉戏。先人们就在绿洲旁建城立县，繁衍生息，故松江又称茸城。如今，一片长 2000 米，宽 300 米的绿林带镶嵌在松江新城中，像是古城绿茸的铺展和回归。再向东南一带延伸，便有了上海大都市的喧闹和繁华。大自然给了松江最高的馈赠。天马山寂寞无语，像历史老人默默注视着上海数千年历史演变的进程。

再说佘山，最有意思的是那风景秀丽的山顶上耸立的天主教堂和天文台。佘山天主教堂宏伟壮观，初建于清同治十二年（1873），民国 31 年（1942）罗马教皇将其敕封为圣殿，被称为“远东第一大教堂”，包括中山教堂和山顶大堂两座建筑。中山教堂中有“三圣亭”：圣母亭、圣心亭、若瑟亭。山顶大堂的顶部竖有一铜铸圣母托耶稣像，故有圣母山之称。每年 5 月的朝圣日，各地涌来的信徒们登山虔诚朝圣。我没有考证过当时为何在佘山顶上建筑教堂，但我想，佘山定是一方风水宝地，也许这样便可与上帝靠得更近，上帝垂爱的眼神也可以看得更清。

佘山天文台是中国最早具有现代意义的天文台。人们借助天文望远镜，将目光射向太空，观星象运行，探宇宙奥秘，科学的精神在此得以发扬光大。这种具有现代意义的探索目光和精神，在佘山顶上闪烁，令人产生遐想。将神学和科学相拥在一起，将西方文化植入古老的东方泥土中，是个很有意思的文化现象。正是在西方文化的渗透与中国传统文化的碰撞交融中，上海城市逐渐形成一种独特的文化环境，进而成为状态较稳定的民众文化，这就是上海特有的“海派”文化。它善于兼收并蓄，不受陈规拘束，敢于探索创新，对全国有很强的辐射力和影响力。这是中国近代历史文化留给松江壮观神奇的纪念。

松江之塔，也是一奇。塔是一种佛教建筑，常与寺庙建在一起。佛门讲求修身养性、扬善抑恶、功德圆满。建塔为了祭奠神灵、弘扬佛法、普度众生，是一种精神寄托的象征。上海郊区一带现存古塔十三座，松江就占其五，可见佛教在松江历史上的影响。元陶宗仪在《南村辍耕录·卷十五》中记载：“松江城中有四塔，西曰普照，又西曰延恩，西南曰超果，东南曰兴圣。”普照、超果二塔早毁，唯有兴圣教寺塔、延恩塔历经风雨，巍然屹立。先人已逝，城内空留双塔的身影，遥相辉映，竟成了松江古代标志性文物建筑。

兴圣教寺塔始建于五代后汉乾祐二年（949），因建在兴圣教寺内而得名，塔形呈平面正方形，俗称方塔。北宋熙宁、元祐年间（1068~1093）建成。传说，设计宝塔的老木匠，是从他女儿苗条的身材和随风飘起的裙摆中顿生灵感，设计出大出檐、瘦塔身的九级方塔。因造型清秀飘逸，被誉为江南最秀美之塔。清松郡诗人黄霆《松江竹枝词》专记方塔的巍峨和壮观：

> 巍巍楼阙梵王宫，金碧名蓝杳霭中。
> 近海浮图三十六，怎如方塔最玲珑。

延恩塔由圆应法师建于南宋咸淳年间（1265~1274），位于西林禅寺内的接待院大殿前。明洪武二十五年（1392）僧淳厚重建，题名圆应塔，以示不忘其本，习惯称西林塔。圆应塔为砖木结构楼阁式佛塔，八面七级，高47米，是松江最高的塔，也是上海地区最雄伟壮观的古塔，据碑记称：“塔势峥嵘庄严，三吴诸塔无出其右者。”

人们都说，兴圣教寺塔和圆应塔是松江古城的象征。她昂首屹立，俯瞰大地，经千年而不倒，是什么力量在支撑她、守护她？我们在赞叹她的巍峨、她的古韵、她的气度时，是否还能读懂她眼中流露出的文化意蕴？我有些犹疑和茫然，但当我站在松江唐经幢前，耳听海眼的传说，内心顿生感悟，有豁然开朗之感。也许这就是缘。

经幢也是古代佛教建筑，也有人叫石塔。最初的形状只是一根八角或六角形的石柱，上刻经文，称幢身，下托基座，上盖幢顶，造型简朴。中晚唐时期，造幢风日盛，并由北方影响到南方，雕刻造型日趋华丽，规制谨严。

松江唐经幢高 9.3 米，呈八角形，有台座、托座、束腰、檐盖等 21 级，通体用大青石雕刻垒砌而成，第 9 级与第 10 级为幢身，呈八面体，上段刻有《佛顶尊胜陀罗尼经》，下段刻着题记和捐助者的姓名。从第 11 级至第 21 级依次雕刻有：狮首攒尖华盖、排篷、云纹、天王、腰檐、盘龙、仰莲、平座、《郡主礼佛图》、联珠华盖、宝顶座。其中，《郡主礼佛图》描绘郡主在仆人服侍下拜佛的场景，佛像、菩萨、供养人等造像栩栩如生。各层还刻有卷云、海水、莲瓣等纹饰，雕刻精致生动，造型和谐优美，深刻反映了佛教对唐代社会物质、精神、文化生活的影响和渗透，显示了中唐时期的艺术风格和气度，是中国古代经幢中的代表作，是上海现存最古老的地面文物建筑，也是全国唐经幢中保存最完整的。

据传，唐代的松江已是富裕的江南水乡，但当地有海眼，常有海水涌出，泛滥成灾，影响百姓生活。为消灾避难，故立此经幢镇之。幢身上却刻留着另一种记载，主要是松江笃信佛教的信徒们为超度亲朋好友的亡灵而立，并称多造经幢，可以消灾免罪。相传绕经幢一圈，或诵经一遍，即可消灾并得福。

按理讲，刻在经幢上的记载是准确的，但我的内心仍倾向海眼传说。或者说，我更愿相信传说与记载内容有着某种内在联系。

此刻，夕阳斜照，晚霞披洒在唐经幢上，一片金红。我在唐经幢前徘徊，久久不愿离去。我想，关于海眼的传说和唐经幢得以流传和保存下来，显示了历史文化顽强的生命力，这是集体文化心理的走向和价值观念判断的某种延续，从中透出一种民间关怀的意识，充满向善抑恶的情怀。历史的发展，是通过政治、军事、经济、科技和文化等形态的变化而显现，其中不乏冲突和纷争，当然也有众寡向背和是非曲直之分。在历史的长河中，最终得以流传延续下来的多是一种生态文化，即民间的寻常态的一种生活方式。这种充满感性的生活方式，往往通过寻常生活细节展现出来，看似纤细琐碎随意而漫不经心，却最能打动人心和征服人心。

海眼传说也好，超度亲友亡灵也罢，从文化的本意上说，透露的是民众意愿：保佑百姓平安，驱邪消灾免难，祈求幸福安康。唐经幢伫立千年而不毁，它在深沉地凝视我们，它想传递的不仅是古代文明留给人类的艺术和智慧，更是上海的先人们留给后人的祈佑和祝福。

也许这就是松江的眼。

秀野桥的四鳃鲈鱼

王琪森

记得孩提时代，家父要我诵读古典诗词，其中北宋范仲淹的《江上渔者》印象很深：

江上往来人，但爱鲈鱼美。
君看一叶舟，出没风波里。

其后又学习书法，胡问遂先生要我临写北宋米芾的名帖《垂虹亭》：

断云一叶洞庭帆，玉破鲈鱼金破柑。
好作新诗寄桑苎，垂虹秋色满东南。

从此，随着诗意雅韵与翰墨飘香，这一尾美丽的鲈鱼就入住在一个小小少年的心间，化作一缕悠长的文化记忆。

及长后，有一次到上海中国画院院长程十发先生的画斋三釜书屋拜访，见发老正在一张画桌上挥毫敷彩，一条条头大嘴扁、鳃状宽大、体形如长纺锤的四鳃鲈鱼正跃然纸上，并随之题上了唐代陆龟蒙的诗句："君住松江多少日？为尝鲈鲙与莼羹。"对于松江，发老有着深深的乡梓之情，他用惋惜的口气对我说："我伲松江有三宝：一是《平复帖》，一是方塔，一是四鳃鲈鱼，现在前头两宝还在，鲈鱼却几乎绝迹了。"说罢，他又提笔在四鳃鲈鱼黄褐色的鱼体上，再加上深色的墨斑点，使之更凸显出一种肌理感。"四鳃鲈鱼主要出在仓城的秀野桥，从前辰光有句民谚叫'四鳃鲈鱼八月鳑，卖田卖地也要尝'。"发老放下笔，边说边深情地在画上钤上了他常用的闲章"鲈乡十发"。一尾小小的鱼儿，撩动这位大艺术家的乡愁，这又是怎样的一种史思情缘！

在发老所讲的松江"三宝"中，《平复帖》、方塔都是物化形态的，唯有四鳃鲈鱼是生命形态的。以至从古到今，引起我们集体性的痴迷。诚如古人所言："京洛归来真梦醒，秋风无复忆鲈鱼。"而鲈鱼与松江又有着太多的因缘际会而令人发思古之幽情。正是怀着这样一种情结，前不久，因友人之邀，我赴仓城采风，首选之地便是秀野桥。

如今的秀野桥，已是一片当代市井的风貌，唯有嫩绿的河水还在那么悠然地流淌，它就是一条长长的岁月风景带，映显出曾经的春花秋月。秀野桥的堤岸用块石垒起，在逝水年华的浸润中，长满了厚厚的黛绿色青苔，积淀了往昔沧桑世事的记忆。明清时的秀野桥，是松江西部的商贸繁华之地，其中尤以米市为盛。当时的河道内，驳岸的块石布满了缝隙洞穴，正好供体形娇小的四鳃鲈鱼栖息生长。同时沿河的米行又鳞次栉比，掉在水中的米糠、麸皮养育了各种水蚤、蚬子及米虾，为四鳃鲈鱼提供了丰富的食物链，从而使这里成了四鳃鲈鱼生长的得天独厚之地。每到枫叶含丹、金桂飘香的秋季，渔民食客多集于此，形成了热闹而独有的四鳃鲈鱼交易市场。

据明正德年间（1506~1521）《松江府志》载：“乡俗以鲈鱼为盛馔，每遇上客，新婚宴集，必设此盘钉。庖丁凌晨群立鱼肆，视所买多寡而往，裁红缕白，铺成花草鸾凤或诗句辞章，极甚精巧，造齑亦甚得法。”如此隆重的礼仪、如此考究的食法，从“花草鸾凤”到“诗句辞章”，可见古人品鲈有如一次精彩的演出。其时的秀野桥畔，酒铺饭庄均以烹饪四鳃鲈鱼为招牌菜，食客云集，高朋满座，亦有人从他乡专程赶赴于此尝鲜。文人雅士更是食鱼吟诗，挥洒丹青。南宋诗人范成大就写有“西风吹上四鲲鲈，雪松酥腻千丝缕”的咏鲈名句。其后清康熙帝下江南行至松江府时，礼部侍郎王琐林在秀甲园专设鲈鱼宴。这位食遍天下的皇帝在品尝了用各种方法烹制的鲈鱼后，钦命四鳃鲈鱼为“江南第一名菜”，遂令松江府年年进贡。民国16年（1927），有昆剧“曲圣”之称的俞粟庐携子俞振飞回乡探访，族人在秀野桥畔的秀野草庐专门订了四鳃鲈鱼席款待。在那个月白风轻的夜晚，“曲圣”在品了家乡的鲈鱼后，心满意足地唱起了“良辰美景奈何天，赏心乐事谁家院！”松江籍的现代著名学者、作家施蛰存在其《云间语小录》中，亦记下了一段令人缅怀的温馨往事：“己巳冬，余成婚，友人沈从文、胡也频、丁玲、戴望舒、姚蓬子、刘灿波，均来松观礼。余于婚筵外别设鲈羹款之，俱甚称尝，灿波生长日本，习于击鲜，谓彼邦鱼亦无有如此莹白细净者。越一年，郑西谛先生闻而羡之，邀叶圣陶、徐调孚二公来舍下，亦饱饮而去。”

四鳃鲈鱼早在东汉时就成为席上之珍，列为中国四大名鱼之首。唐代房玄龄在《晋书·张翰传》中载有：“张翰，字季鹰，吴郡人，故宅在松江思鲈巷。西晋齐王司马冏执政时，张翰任大司马东曹椽。因见秋风起，乃思吴中菰菜（茭白）、莼羹、鲈鱼脍，曰‘人生贵得适志，何能羁宧数千里以要名爵乎？’”遂弃官而毅然东归故里。

这则千古流传的莼鲈之思，可以讲是整个中国鲈鱼文化中的华彩乐章。它凸显了中国文人士大夫的文化人格和人生追求。什么名分俸禄，什么爵位高官，在这小小的一尾鱼儿前，都可弃之而去。为此，明代张万堤有诗赞曰："为忆莼鲈归计早，临流差不愧前贤。"

而今站在秀野桥畔，凭杆临风，遐思无限。遥想当年的苏大学士在把酒品鲈后，带着醉态朗声吟道：

金橙从复里人知，不见鲈鱼价自低。
须是松江烟雨里，小船烧歼祷春荠。

一尾小小的鱼儿，从古到今，牵动了多少人的情思，从帝王大臣到文人学士乃至平民百姓，这个穿越历史的精灵，已化作了一个民族的人文图像和文化名片。

浦江之首巡礼

王琪森

如果说黄浦江最亮丽时尚的景观是荟萃在外滩两岸，那么黄浦江最恢宏壮阔的景观却呈现在“上海之根”——松江的圆泄泾、斜塘江、横潦泾的三江汇合处，长达110多公里的黄浦江就是以此为开端，因而获得浦江之首之称，成为上海具有历史、人文、地标意义的景观。

我们乘坐的汽艇飞驰在开阔的江面上，盛夏的阳光映照着浩瀚的江水，泛出带有金属质感般的光泽，如播洒碎金万点。不一会儿，汽艇便靠上了三江汇合处的三角洲，古称三角渡。整个三角洲林木茂盛，郁郁葱葱，仿佛一块绿色的翡翠镶嵌在江之洲。一座颇有历史感的灯塔临江而立，把无尽岁月的时光记忆化作一种永恒的守望。不远处，有座飞檐翘角的方亭悄悄地掩映于绿树浓阴之中，传递着江南华亭诗化的风情。

我们一行人站在三角洲头仰观俯察，极目之处只见圆泄泾、斜塘江、横潦泾从三个不同的方向顺流而下，至三角洲的顶端处顷刻间亲密地融合成一体，由此汇成上海的母亲河——黄浦江，浩浩荡荡、气势激越地奔腾向前，那飞溅的浪花，使人遐思无限。黄浦江曾名黄浦塘、黄浦港等，南宋时即有记载。清代时始称黄浦江，老上海人又习惯地称为黄歇浦、春申江等。传说因春秋战国时，春申君黄歇开凿而得名。清道光二十三年（1843）上海开埠后，黄浦江上舶舻相接，帆樯林立，迅速成为“江海之通津，东南之都会”的黄金水道。那百里之长的江水如一面明镜，见证了世纪的辉煌和百年的沧桑。“海纳百川，有容乃大”的“海派”文化及都市风情，因有了黄浦江水的涸润涵养，而显得气象万千、流光溢彩。也许是一方水土养一方人吧，上海的父老乡亲对黄浦江也充满了桑梓之情，把自己称为浦江儿女。而今我们置身在这浦江之首，也算是浦江儿女对母亲河的一次朝拜吧。

临江观景，水天一色。不知是由于光照的反射，还是水汽的氤氲，不远处的江面上飘拂着乳白色的烟雾云霞，如山水画家笔下的水墨晕化，时浓时淡、时聚时散，把浦江两岸的景色渲染得朦胧而又绮丽，让我们领略了浦江之首的特有景色：浦江烟渚。为此，这里变幻莫测的四时景色，受到摄影家们的青睐，他们时常跟着时序的节拍，相聚在此打开镜头：春江水暖，桃红柳绿；仲夏观日，江花如火；秋水明丽，枫染江帆；冬雪独钓，玉树琼花。

由于是零距离的亲水接触，我们发现江水嫩黄而清澈，带有透明度，和市区段的江水相比，其明净度要高得多。再浏览整个江面，也被梳理得颇为整洁，很少有漂浮物。原来，这里是上海市民饮用水的主要取水口，我们每天如喝十杯水，那么有六至七杯就取自这里。为了还江于净，沿浦江之首的两岸关停了所有带污染的企业及家禽养殖场，使这母亲河的容颜变得明丽而清亮。站在浦江之首，饮水思源，我们的心中也涌起了一种特别亲切的情感。

在三角洲的顶尖处，树有一块小小的石碑，上面镌刻着一个“0”，这就是黄浦江0公里处。也就是说作为东方大都市的地标之河，黄浦江就是从这里开始了人文的传承，从这里开始了文明的讴歌。为此，浦江之首的开发规划已分二期拟定，准备刻赋建碑，并在三角洲保留了1700多亩绿化景观地，以做综合性的游览、休闲、度假设计。

黄浦江 0 公里处

徐甡民

坐船，溯流，到达目的地。“丫”字形的浩大江水中，如巨大的舰船犁开江面，那三角洲的尖端突入江中部，就是黄浦江 0 公里处。

这种水陆冲决接交的态势，与非洲的好望角，与台湾的鹅銮鼻，同出一理。虽然规格较小，却也水势澹澹，烟波乍起。三角洲名号三角渡，位属上海松江区石湖塘镇。

上海，松江，石湖塘，舷边滔滔的江水，绵延翻卷的是历史的记忆，和对 21 世纪的瞻望。

农耕文明时期，经济发展和城市建设的百舸之舟，恰由内陆水系承载。早年的苏州正是以南连杭、嘉、湖，北连扬、润（镇江）、金陵的态势，逐渐成为太湖流域的经济中心，名垂千年。此后，杭州特别是到了南宋时期也因此而很快发达与繁荣。

随着商品经济的发展，促使货物流通的江海航运开始在整个经济体系中占据了越益重要的位置，由此促进了整个长江三角洲的发展。

同样的上海之舟，也是由水托起。

农耕时期上海的自然经济，原本只是整个内陆经济和农业文明的附属部分，在依托内陆水系上，它比之其他许多地方，并无历史积淀的优势。美国人霍塞在《出卖上海滩》中写道：“起初这地方是连城墙都没有的，直到明朝年间，为了抵御倭寇常来骚扰打劫，方筑起一座城墙。此后，它是靠着本地的努力渐渐地兴盛起来，的确也没有什么了不起的成绩。在英国人占领的时候，也不过是一个三等县治罢了。”杨东平则在《城市季风》中说：“据 19 世纪 40 年代两次抵沪的英国植物家福钧的估计，当时上海人口约为 27 万，而杭州为 100 万，苏州、南京、宁波为 50 万，长江三角洲地带的松江、嘉定、常熟、嘉兴、无锡等拥有与上海相似的人口。清代上海的地位远不如苏州，《松江府志》等均有‘府城视上海为轻，视姑苏为重’的记载。”

真正以地理乃至是水系优势而奠定上海发展前景的，是 15 世纪初黄浦江的开浚。从那个时候开始，黄浦江就由原来吴淞江的一条支流反客为主，贯长江，入海口，吴淞江却改以苏州河的名义，反过来成了黄浦江的一条支流。这种因江河倒置而孕育上海的情形可能是偶然的，但是它以江海航运而得以汇入世界经济的潮流，则体现了历史发展的必然趋势。

所以人们要说，黄浦江是上海的母亲河，上海由此而逐步繁荣兴盛以至终于崛起为一座现代都市。

站在黄浦江 0 公里处，不免让人油然而生思古之幽情。

0 公里处的尖端部位，一座白色的灯塔耸入云天，周边绿树掩映，一派郁郁葱葱。两侧的浩浩河水，一起汇入面前的江水，它从这里开始，叫作黄浦江。这里不像好望角、鹅銮鼻那样的宏大辽阔，无边无际，但目力所及，两岸绿树连绵如墙，白鹭飞翔成行，江中巨大的鱼网由伫立水中的四根铁柱高擎，缓缓升起，鱼鲜的白鳞和阳光一起跳跃，就感觉它们一下子缩短了心理的距离，且具那样的亲切与诗意。三角渡2500余亩，历以浦江烟渚之名而为胜景。

江中又行须臾，抵达江中的冲积绿洲——泖岛。岛上除了些许的渔作工房，便全然是连片的芦苇！500余亩的芦苇在江风中摇曳摆动，动人心魄，牵动了人们的诗情画意。

千百年来，浩荡的江水，使这里河道纵横，水面广阔，灌溉便利，从而孕育了一个典型的鱼米之乡，让亚细亚的农耕文明，在这里臻于完善，同时也让这里向来贯穿了勤勉劳作的主题，崇尚诗书、考取功名便构成了这里的历史人文传统。

千百年来，浩荡的江水，孕育了一个松江府，孕育了一个大上海，然而让人十分惊奇和感叹的是，它仍然在现代都市的咫尺之遥，还如此完整地保留了这样的水文处女地。冥冥之中，它让人觉得，这里作为某种意义的起源，正是一个积聚元气的地方。

每个人都在由衷赞叹，赞叹石湖塘人在一座大都市的眼皮底下，捂住了这样的风水之地；每个人都在情不自禁地抒怀，想要为它的保护和开发出谋划策。

不用担心，只要历史的钥匙一经转动，在这里做任何的规划、任何的设想，都不会过分，它们只会有一个结果——画出人间最美最好的图画。

佘山人文茶

张大成

我爱喝茶，喜喝好茶。多年喝茶，与茶结缘，好茶名茶，年年有缘。但没想到这次去品好茶，竟是家门口的佘山龙井。

说来令人惊讶。8 月的一天上午，在佘山茶林场的凉亭里，一杯佘山龙井，立即让我刮目相看。古人说，从来佳茗似佳人。望着杯中的佘山龙井，片片形美，碧绿清灵；品着口中的佘山龙井，幽幽奶香，沁人心脾，真是妙不可言。我忽然悟得佘山龙井，如深闺佳人，似翡翠碧玉，贵在人文历史中……

佘山产茶，古已有之。据明末吴履震《五茸志逸》记载，佘山产茶，质地不错，但采制往往不得法。明末有苏州僧人以虎丘茶法制佘山茶，滋味与全国名茶松萝相仿。可是佘山的老和尚坚决反对，说佛以名为五欲之一，名媒利，利媒祸，佘山出了名茶，是“开膻径，置火炕”。于是，把那位指导茶叶生产的外来和尚撵走了。

其实，佘山不但产茶，周围还有名泉，如洗心泉、上清泉，都以水质清冽甘醇、提神醒目而闻名江南，被历代文人雅士所称颂。

据记载，松郡九峰中，佘山为九峰之冠，分东、西两山，西佘山海拔 90 余米，翠竹幽篁，笋有兰香，又名兰笋山，是种茶、品茶的好地方。明末的大名士、大文学家、书画家陈继儒，他“年未三十，取儒衣冠焚弃之”，便隐居在佘山，建神清之室了却一生。陈继儒是今日的松江人，在佘山时，他每天听洗心泉，每日饮佘山茶，与茶结下了不解之缘，为后人留下了《茶话》《茶董补》等多部茶著。如今的西佘山已有茶园 20 余亩，抬眼望去，茶树满坡，片片葱绿，宛如一条条轻盈飘带，伸向山的深处；二五茶农，园中忙碌，恰似一个个神女下凡，采集人间珍品。我坐在茶园里眺望，满山一派幽深旷远，清风徐来，声声入耳，沁人心脾。中国名茶向以名山秀水为宅，以清风明月为伴，钟山川之灵秀，得天地之精华。佘山种茶，真是一块得天独厚的宝地啊。朋友告诉我，如今佘山的茶树，是 30 年前从杭州梅家坞移植而来，为龙井 43 号，所产茶叶形美、味甘、色绿、香郁，为茶中上品，故命名为佘山龙井。如以佘山洗心泉水泡之，那便是名副其实的汲云间九峰之灵气，吸日月之精华了。显然，佘山龙井是极为珍贵的。

我端起玻璃杯，慢慢地又品了口佘山龙井，那茶汤，微苦中微甜；那清香，润喉时润心。正如近人黄霆《竹枝词》写道：

佘山茗叶胜寻常，制焙初成气更香。
门外洗心众味好，为郎手煮润诗肠。

捧着半杯香茗，读着前人诗句，我又想起了陈继儒的诗句：“山中日月试新泉，君合前身老玉川。”隐居佘山的陈继儒，把自己比喻成唐代茶人卢仝，并在《茶董小叙》中写道：“隐囊纱帽，翕然林涧，摘露芽，煮云腴，可一洗百年之尘胃。”可见，他隐居佘山时，忙碌在山野名泉，采茶、煮茶、品茶；享乐在神清之室，作诗、作文、作画。清泉配佳茗，如佳丽许才子。陈继儒每天享用名茶名泉，创作诗文书画，是何等之快乐。

而今的人们几乎都知道，喝茶器具，宜兴紫砂壶便是首选。其实，说起陈继儒，他的另一贡献也是值得松江人骄傲的。那就是推动了宜兴紫砂壶制造的创新与突破，并使其文人化。明万历年间（1573~1619），宜兴出现了紫砂壶制作的四大家，即董翰、赵梁、元畅和时朋。但真正使宜兴紫砂壶转向文人化、艺术化的，是时朋的儿子时大彬。一开始，时大彬也像他父亲一样，模仿做些紫砂壶，只不过是做得精致点罢了。有一年，他外出云游，在佘山巧遇陈继儒，在聆听大名士品茗论茶的一席话后，对“一人得神，二人得趣，三人得味”的茶论茅塞顿开。回到宜兴后，他开始琢磨创制小型紫砂壶。后来他的壶“不务妍媚而朴实坚栗，妙不可思”，遂开一代风气。如今，在美国旧金山亚洲美术博物馆里，藏有明代时大彬的一把瓜棱壶，壶底铭文为“品外居士清赏己酉重九大彬”三行十二字，研究者发现，“品外居士”就是陈继儒号，（万历）“己酉”为1609年。这把壶足让后人看到了陈继儒与时大彬的非凡友情，也证实了松江是历代文化名人荟萃的好地方。

我走出茶亭，拾级走进茶林小道，顺手摘了一片茶叶，放在鼻前嗅了下，低声吟道：“试佘山茶，煮洗心泉。神清之徒，继儒有人。”望着眼前青翠的茶园，舔着留存齿间的茶香，我想，人文历史需要研究整理，佘山茶园更需要一尊陈继儒的雕像。因为，佘山茶林得到了一份仙气，文人墨客沾上了一份灵气，茶人茶友增添了一份福气。我忽然在脑中涌出一个念头，品佘山龙井，其实是在品佘山人文史，那么，将它改称佘山人文茶该多好啊。

旧仓城　新仓城

棒　子

我们的工厂就坐落在仓城之北。每天午饭以后，我和同事们以散步为小憩，沿乐都路西行。厂区西面，是大片的稻田和油菜地，工厂处在农村包围之中。走到变电所驻足，那里已完全是乡村景象。在高大的输电网笼罩下，只见田畴平整，小路蜿蜒。

说起来已经25年前了。当时厂里的上海同事说，松江是上海的郊区，而乐都路、玉树路又是松江的郊区了。

从工厂出来，沿沈泾港向南行走，片刻光景可到秀野桥了。秀野桥旧称绣鞋桥，名字的变迁过程就是文化积淀的过程，就让这座石桥有了历史和文化意味。那时秀野桥下的水还是绿的，公交车从桥上开过，单薄的石桥发出轰隆隆的震颤，让人担心它能不能经得住历史脚步的碾压。我望着桥下的绿水，想那古代先贤为之垂涎的一尾尾四鳃鲈鱼，都摇头摆尾游到哪里去了呢？

曾经在民国时期的旧《茸报》上看到过一则社会新闻，就发生在秀野桥一带。说是一个民家女子，因婚姻之事与父母发生争执，愤而跳河。父亲撑起木船追赶，女儿在齐腰深的河水里奔逃，船追到东她逃到西，船追到西她逃到东，沿岸皆观者……这就是解放前发生在秀野桥的民间故事，那抗婚女子仓皇的脚步，会不会惊吓了水里的四鳃鲈鱼？

第一次见到颐园，西南角上那座二层楼阁，惹起我极大的兴趣。那是一座“回”字形结构的建筑，沿窄窄木梯上去，当中据说是戏台，四周一围打开内窗便可看戏，打开外窗又可观野外田景，所以主人又为它起名观稼楼。由于主人几经更换，颐园又称作因而园、罗氏园、高家花园……我却以为颐园叫得最好，现在它成为孤寡老人颐养天年之所，真是再好不过了。一切都是在不知不觉中改变的。不知从什么时候起，稻田和油菜田见不到了，工厂四周住宅楼、商业楼林立，工厂由乡村里的骄傲变为时代发展的对照物。站在繁华的玉树北路商业区，若不是亲身经历，谁会相信这里曾经稻菽遍地、油菜金黄呢。

仓城历史中有过太多的桥：有“云间第一桥”之称的跨塘桥、古朴雄伟的大仓桥、四鳃鲈鱼曾经栖息其水中石缝的秀野桥、邑人雷瑨孝母所建的年丰人寿桥……真是仓城28座桥，桥桥有一段历史，桥桥有一段传说。而我新近关注的，是玉树北路那座跨线桥。

新建的跨线桥离我们工厂不远，它造型美观，如弯月横跨高速公路，把仓城和新城区连接起来。在桥上向北望，新城区气象万千，蔚蓝色的天空里，高大雄伟的大学城与佘山天主教堂遥相辉映，让人欣赏不够。往南看，是今日的新仓城，它以仓城历史文化风貌区为中心，明清古街散发着古韵魅力；它又有自己的工业园区、文化创业园区、影视基地……哪里又比新城区逊色。

如果让我选择的话，我倒更想把仓城的古桥古迹走遍，那是多么美的事情。我可以从中寻找古人的足迹，品味深厚的历史文化，更可以体会出时代的进步和民族的强盛。我愿在夜晚站到跨线桥上，看现代与历史怎样贯通，看高速公路南北两岸的灯火，怎样汇成松江城区美丽的星河。

忽逢旧城

马尚龙

到松江永丰街道仓城的某一处。那一刻的感觉，竟然就可以比之于《桃花源记》。只不过，陶渊明是“忽逢桃花林，夹岸数百步，中无杂树，芳草鲜美，落英缤纷……”我们则是忽逢旧城，青砖黑瓦，中无时尚，断壁残垣纷纷……十来分钟前还是在泰晤士小镇，驱车过去，几个转弯，欧陆风情荡然无存，太阳也似乎暗淡了下来，眼前分明就是旧城。

这是一个影视基地。我们的表情都有些疑惑，影视基地已经见识多了，凡是影视基地也必是旅游基地，热闹有余，清静不足；不管是皇帝的宫殿，还是小桥流水，人流和导游喇叭交错串通；再者，虽然是仿古的城门，一看就是新砌的模样，尤其是那些十里洋场，灯红酒绿，更加是单薄——因为都是在影视剧中装门面的背景。这一个影视基地，就像是一座旧城，除了些许清朝打扮的男女在晃荡，了无人影；再看旧城的旧楼，完全就像是真的，木窗棂是历经风吹雨淋的，旧砖破瓦也已经是到了危房的地步，而绝不是人工做旧。

我们的疑惑是有道理的，作为松江仓城历史文化看点之一的胜强影视基地，是唯一一个不向公众开放而尽供拍影视剧之用的影视基地，以至于当天的我们，如果不是因为来松江采风的作家身份而获得“开后门”的特殊照顾，那么就会像以往一样不止一次来过松江，不止一次去过各个景点，却不知道胜强影视基地之所在。胜强影视基地建于 1999 年，当年投资者选中这里的主要原因是：这是一块文化底蕴深厚的土地。眼皮子底下的疏漏，正是信息时代的悖论特征，一方面信息已经泛滥到了可以用垃圾来对接，另一方面信息又被垃圾信息厚厚地覆盖。就比如这么一个影视基地。游客被谢绝了，减弱了影视基地旅游式的秀场意义，旧城更加突兀地伫立着，价值也被一目了然。旧城中的许多旧房是真的，而不仅仅是为了拍影视剧装装门面的一堵堵墙，那一堵堵墙在影视剧中或许看不出破绽，但是在真实的视野中，就显得虚假、单薄和滑稽。这里的旧房，是投资者从乡村动迁而来。这些旧房在乡村已经一文不值，差不多就是一些旧木头，但是动迁到了上海，这些旧木头就有了“知遇之恩”，它们不是旧木头，而是旧房的栋梁、大门、窗棂……

我们去的时候，听说《十月围城》摄制组驻扎其间。开拍那天，监制陈可辛给每一个到场的嘉宾和记者准备了一张“围城”地图：“如果没有人带路，很容易在城里迷路。我们还原了（香港）整个中环的面貌，所有的店铺都是按照1∶1搭建的。”想象得出它有多大了吧。

循着旧城走马观花，出了旧城，豁然开朗，阳光更加温暖，温度也似蹿了上去。

松江的别墅

程小莹

季节的更替，让房顶上的一切都好像是泛旧的，是经过风风雨雨的，有一股沧桑感；在别墅，有栅栏，手脚触摸到的，是一种粗糙里的精雕细刻，有一种风尘感；是人世里一些背景一样的东西，刻出来的。抬眼望去，人工湖面上，树影与桥，都是些立体的几何图形，有很多的人工痕迹，都是人做出来的；再远去，是小镇，湖面上的轻烟支不住世间的喧哗与骚动，就醉倚在桥的臂弯里，却平添了几分幽静。

这是松江。恍如隔世。

女人透过玻璃门坊，在她的别墅里，看着窗外。男人在园子里浇花。男人穿着一件旧夹克，下身是一条肥大的灯芯绒宽松裤子，头上顶着垒球帽，像个园艺工人。这像是一夜里化成的一个神奇迷人的神话。

别墅就是这样——可以是许多年之前，或者许多年以后，女人和别墅，总归会有这样的傍晚。

太阳落下去了。女人出了玻璃门坊，步入阳台。东西侧墙的剪影效果，创造出江南水乡特有的造型意境，令人神往。女人可以觉得：光线依然，侧逆光，应该可以看出这样的局部细节，玻璃门坊镶刻玻璃家徽的手法，是中国现代文明中的传统人文写照。

这是一种透空望院的建筑造型。女人喜欢这样的采光、捕风、现水、引绿、透景的设计观念，一种很中国化的生态住宅空间。

阳光照在园子里，有些水珠，湿淋淋地闪着耀眼的光泽，像是有个过客,在去往邻近小镇的路上,匆忙行走之间,遗落下一把钻石。

这个黄昏,女人在怀旧。松江是个怀旧的地方。从这里去往小镇，十分钟的路程，女人就一路上说着往事。这种僻静的小镇乡游，对女人来说，是静静的、悄悄的，用不着声张，却带着居高临下的躬身前往的意思，从现代走回往昔，是随心所欲的回望，但有许多积蓄起来的东西，就带到一个小地方去花销；情感就是很多余的，是要溢出来的，就要在这样一个老地方，去缅怀旧事，便促成了回忆。

女人的脚在青石板上踩出一串有历史、有年代的故事来。

其实，女人用不着，也的确不知道，这个地方过去究竟是什么样子的。因为有了别墅，松江就是一座城市，也是一个乡村；就是一个世界，几经沧桑沉浮。像人生，心里边镶着欢乐，也嵌有创痛，就有了一些通灵和感应。没有文字的，是一些符号和标志，像湖面和那些曲折的水道，一些岛屿，一些活的生灵；像一把细沙子，撒落在水里，飘飘然地沉淀，却是固体的；是可以堆积的。

水和思绪在其间纵横交错，就记起来了。

醉白三看

王 勉

不游醉白池，枉称来松江。

醉白池，起于明清时期，是江南著名的苏州式古典园林。“醉白池”之匾，飘逸空灵，若得仙气，为松江籍书画大师程十发手书。

醉白池，有小桥流水，有庭院楼阁，有奇石柔坡，有曲廊迂回……凡古典园林之精华，已尽其中。在我看来，醉白池实在是一部读不厌的史书，在不同时代、不同心境中每读一遍，都会领略一番不同的意境。近来重游醉白池，竟觉有三处佳境必看，戏曰“三看”。

一看十鹿九回头。此乃醉白池内一块石碑。石碑雕刻着十只动态各异的梅花鹿，栩栩如生，呼之欲出，其中九只鹿都是回头鹿，仅一只鹿的头勉强地朝外伸。十鹿九回头的传说，这一带的百姓都知道，这石雕上的鹿就是人的化身。古时松江是江南富饶的鱼米之乡，外出做官或行商的松江人，往往因痴痴地留恋家乡，十人中有九人都会返回故乡。此碑最初置于宋代松江普照寺前的石桥上，桥毁后，移至“云间第一楼”上，1949 年以后才移送至醉白池。虽然在“文化大革命”中该石碑遭破坏而图像已显不完整，有几处还修补过，但在松江人的心目中，十鹿九回头早就是引以为豪的完美形象。已故国画大师程十发多次以此为题材作画，当今活跃的松江画家唐西林也对十鹿九回头爱不释手。

二看云间邦彦画像。步入醉白池东南方向的内园长廊壁间，镶嵌着数十方墨色的画像石碑，上面的人物生动而传神，简练而老到，这就是被画坛史界称奇不已的文史精品云间邦彦画像。云间为松江别称，“邦彦”一词则来自《诗经》“邦之彦兮”之句，云间邦彦是指松江地区的人杰贤士。云间邦彦画像置于一池荷花、半圆廊壁之上，由 30 块刻石组成，每方宽 67 厘米，高 29 厘米。石刻画像共有 91 人，其中状元 3 人，进士 55 名，还有不少是当时松江书画界的名人。浏览画像，有官至礼部尚书的书画家董其昌，有被郭沫若写进《南冠草》的明末抗清英雄夏完淳父子，有宰相徐阶，有状元钱福、唐文献、张以诚等，线条流畅，形神兼备，画像旁还刻着各位人物的名字和简介。画像为清乾隆年间（1736~1795）松江人徐璋的得意之作。抗战时期，云间邦彦画像的栖身地明伦堂被日机炸毁，幸存画像石刻，于民国 30 年（1941）安置醉白池至今。“文化大革命”中，文物工作人员在画像石刻上抹以石灰，并以宣传画廊为遮蔽，躲过了横扫“四旧”的红卫兵的手下之劫。云间邦彦画像不仅以其刻画惟妙惟肖、人物个性鲜明、布局结构严谨而为世人所赞赏，更是了解松江史，尤其是上海人物史的瑰宝。

三看半山半水半书窗。醉白池的池西南隅，浮着一座六角攒尖亭，一半悬空于绿波之上，一半倚于岸边。水波之上的半座亭又绽开着半面窗。小憩于六角攒尖亭，一抬眼，悬挂着的“半山半水半书窗”之匾映入眼帘，潇洒遒劲的行书为沪上书法大家胡问遂先生墨宝。在亭中静坐，更如置身仙境。池东岸半面窗影里，悄然伫立着几株舞姿优雅的芭蕉，宛如一帧淡淡的水墨画。西面是临水的半亭，抬眼眺望，蜿蜒的青瓦龙墙隐约在幽篁古树之中；垂目凝视，窗含池中千朵粉荷，暗香阵阵袭来，令人神不守舍。倚着半面书窗，更能体验到“鱼跳密藻深无影，燕掠平鞠静自香”的情趣。一边是岸上的实在，一边是湖中的灵气，浑然一体，若不是“三半”的造化，是绝对享受不到这份魅力的。

行走云间

王　勉

年少时，好像是秋天，随家父由松江古城横穿旷野而步行去佘山。途中，父亲突然朗声说道："哈！我们这是在行走云间！"我望着隐约的远山，大惑。很多年以后，我才知父亲口中的"云间"，便是我居住了几十年的故土松江的别称。

云间之名，始见于南朝宋刘义庆《世说新语》，后唐代王勃作《秋日登洪府滕王阁饯别序》中有"望长安于日下，目吴会于云间"之名句得以流行。明成化九年（1473）钱冈修松江府志，题名为《云间通志》，云间遂成松江代名。

我对松江较为深刻的认识，不是因为童年时我曾久久仰望过大仓桥，不是由于少年时我驻足于西林塔而惊叹不已，不是青年时有幸目睹松江大画家程十发信笔而就的栩栩如生的四鳃鲈鱼……而是听了上海老市长徐匡迪在一次大会上所说的几句话。这位极具科学家气质的领导曾说过这样的话，大意是：在上海，许多人的祖上，都是移民来的，还不能称是上海人。真正的上海人，应该是松江人。

这让许多松江人听了，别提有多舒服、多得意。松江的原住民，也是这般认为的。而我，在振奋激动之余，开始默默审视起这片我熟悉而陌生的故土，探寻着我曾经无数次行走过的这片山水之间的足迹。

松江的行政建制，无疑是上海地面上最早的。唐天宝十年(751)，设华亭县。松江城被称为“上海地区延续时间最长，对后世影响最大的行政性城垣”。自此到清朝末年，华亭县、华亭府、松江府、娄县等所有衙门都设在这里。如果我没记错的话，应该是在元代，从华亭划分出的上海县，应是今日上海城市的前身。

每当我沉思于小昆山的二陆草堂之中，就会不由自主地反复默念着“人杰地灵”四字。这块浸淫着浓厚文化底蕴的土地曾经涌现过多少在中国历史上灿若星辰的人物，陆机、陆云、黄道婆、徐阶、董其昌、夏完淳、柳如是、施蛰存、赵家璧、白蕉、程十发……我是因《平复帖》而知晓陆机的，这幅被推崇为“皇帖”的书法作品毋庸置疑是国之瑰宝，全帖虽寥寥数十字，但观其笔走龙蛇的气势、那行云流水的线条以及天然不饰毫无疏漏的布局章法，使其稳坐中国草书第一。难怪中国邮政发行的《平复帖》邮票风靡一时。信手翻开《昭明文选》，陆机的那篇《文赋》洋洋数千言，却写得一泻千里，毫不凝滞，对于为文之道，深入浅出，曲尽其妙，真个是大气开阖，势如磅礴，掩卷静思，回味无穷。

我曾流连于松江的古迹雨巷，为此地景物所迷恋。松江早有“唐宋元明清，从古看到今”的称誉。唐经幢，至今已有 1000 多年，是上海现存最早的地面文物。此经幢全部石雕而成，经幢中身依稀刻有经文，雕技极显盛唐成熟之艺术风格，给人以庄正肃穆之感。坊间传说松江过去常闹水灾，主要有黑鱼精作怪，建此石幢，意在将其镇住。至宋代，此地又建方塔。方塔，原名兴圣教寺塔，砖木结构，塔高 42.5 米，共九层。松江地面共有五塔，方塔为此中形体最完美之塔。塔檐四角悬有如梦的铜铃，又称警鸟，风吹铃响，动听至极。《松江竹枝词》有赞：“巍巍楼阙梵王宫，金碧名蓝杳霭中。近海浮屠三十六，怎如方塔最玲珑。”矗立在松江老城东端的“云间第一楼”，于元代成形，现是名校松江二中的门面。该楼原是松江府谯楼，即打更报时之鼓楼。因气势宏伟，结构古拙，又处松江府街的前门，为当时上海地面上最雄阔高大的楼宇。明洪武三年（1370）的松江，出现了中国最完美的砖雕照壁之一——方塔照壁。此照壁最吸引人之处，就是图案中间有只貌似麒麟的巨型怪兽，此兽名“獇”，四足踩有元宝、珊瑚、如意、犀杯，四周环有灵芝、摇钱树，还有所谓平升三级、封侯挂印、凤衔天书、八仙过海、鲤鱼跳龙门等吉祥之象。传说此“獇 ”拥有一切荣华富贵和金银财宝，犹嫌不足，妄想把太阳吞入肚中。结果太阳照样升起，“獇”却淹死于汪洋之中。整个画面，既富艺术感染力，又充满警示意味。至于清代，松江更是名胜遍地，令人叹为观止。

许是我数十载饱览云间山山水水，松江的山色湖光曾无数次入梦而来。松江是上海地面上仅有山峦的妙地，俗称云间九峰，其实却有十二山。佘山最为著名。佘山满目苍翠，篁竹如海。每到风起之时，这竹林便时而碧波荡漾，时而静若寒潭，宋人曾有名句：“多少人来看明月，谁知倒被明月看。”据说就是由佘山游历而来。元凌岩曾有诗曰：“月落轩空人不见，野花山鸟自春风。”深得佘山山居雅趣。康熙南巡，偶啖有兰花香味的佘山之笋，信手御书“兰笋山”，一时传为美谈。近代，法国人筑天主教堂于佘山之巅，旁依天文台。青峰绿树红瓦白顶，相映生辉。而比邻佘山的辰山植物园，因其满目葱茏，生机一片，更为这座名峰锦上添花。天马山亦不逊色。相传春秋时干将曾于此铸剑，故又名干山。旧时，山多梵宫琳宇、寺院道观，香火鼎盛，故又名烧香山。山有一塔名护珠塔，始建于北宋元丰二年（1079）。清乾隆年间（1736~1795），因失火烧坏木结构，后几百年间塔底遭毁，塔身向东南倾斜，据说现在为世界最斜之塔。

松江的湖泊灿若翡翠，含而不露，触肌生凉，更是令人神往。放眼神州，叫作月湖的何止一处，长沙月湖令人惊叹，宁波月湖闻名遐迩，淮安月湖风景旖旎，而佘山月湖的得名，皆因其状圆如满月。漫步湖畔，只见数峰如抱，中间却是一汪如镜碧水，此湖镶嵌于佘山、薛山、凤凰山之间，不远处欢乐谷的喧嚣给宁静的月湖平添了几分热闹，几十尊美轮美奂的以水为主题的现代雕塑星罗棋布点缀于湖岸，掩映绿树丛中静卧的是著名的艾美酒店。纵然有丹青高人在此，也叹手中画笔之枯。佘山月湖，把山与水和谐得恰到好处。值得一提的是，佘山月湖雅名为一高人所题，此人便是上海的老市长徐匡迪先生。说松江的水，自然绕不开醉白池，醉白池并不就是简简单单的一方水池，而是与豫园、古猗园、秋霞圃、曲水园齐名的上海五大古典园林之一。其池美就美在"醉白池"寥寥三字，依水而名，因水而誉，徜徉其间，无酒人也醉了。在松江新城，松江人把对水的偏爱发挥到了极致，一片如梦似幻般的湖泊荡漾在新城的中央地带，这就是松江人引以为傲的华亭湖，依湖而起的是充满现代气息、极具英伦风格的泰晤士小镇；不远处，披着神秘面纱的广富林群筑已初露姿色。几代松江人的梦想在华亭湖畔正悄然落成。

置身于云间的秀山绿水，凝视着松江的古道新城，驻足于华亭的故尘厚土，我常想， 这片生生不息的土地，究竟是地灵孕育了人杰，还是人杰造就了地灵，还是兼而有之？我穷尽思绪，无法回答。

秋日的一个下午，眼前是一片收获的金黄。我的思路被一阵急促的手机铃声打断，松江实力派画家刘亨邀我去其画室。之前，刘亨因画《松江十二俊》而轰动上海西南的这座名城。此次，刘亨在我眼前徐徐展开了一幅生动的画卷，略显疲惫的脸色难掩亢奋的激动，他说，此画名为《云间千秋形胜图》，共12.6米长，献给松江的。我大惊！大喜！大叹！激动的心随着我眷恋的目光，在绘有松江一草一木、一景一物的宏幅巨制的画卷上行走久久，久久……

松江五塔

王　勉

据说，上海地面上能给人留下印象的塔有九座。松江竟坐拥五座，且每座都有腔有调，不但养眼古今，还给人以丰富想象。

先看一则真实的故事：20 世纪 90 年代，有一世界著名跨国集团总裁来松江考察投资，总裁是年逾古稀的日本人，一路上听了许多领导费尽口舌介绍松江投资环境如何好，他只是微微含笑，少有言语。连续三天，谈判未果。松江方面急了，却又无计可施。最后一天是参观活动，这位总裁看到了一座塔，顿时两眼发直，双腿难移，问得仔细，看得入神，如朝圣者在塔前慢慢转了三圈，临走时迸出一句话："就这样，投资在这里了！"不久，一个拥有几千万美元的企业在松江亮相了。有人不解，问总裁此乃何故，总裁笑答："一座塔能在这块土地上经历 900 多年而保存完好，足见松江人文环境之优越，企业办在这里，还愁没有好风水吗？！"

这位总裁所饱眼福的，是松江的方塔。方塔是上海的名塔，也是松江地面上形象最美的塔。方塔坐落于城中方塔园内，砖木结构，共九层，呈四方形，故俗称方塔。据元人任叔实《兴圣教寺记》载，该塔于北宋熙宁、元祐年间（1068~1093）建于兴圣教寺内，故正名为兴圣教寺塔。方塔曾多次修葺，历来被誉为江南造型最完美的塔。方塔南临一泓碧湖，北屏一墙照壁，周围小山绿树环拥。最为可贵的是，该塔第三层西壁上还保留着两幅宋代佛画，至今仍很清晰。从塔顶伸向檐角的四根铁索，线条优美至极，世人称为浪风索。每层塔檐四角悬有梦幻般的铜铃，曰警鸟，风吹铃响，悦耳动听，恍若仙境。清代《松江竹枝词》诵吟："巍巍楼阙梵王宫，金碧名蓝杳霭中。近海浮屠三十六，怎如方塔最玲珑。"方塔声名大震，亦不足为怪矣。

最高的为西林塔，位于古城西端的西林寺前。该塔七层八面，高 46.50 米，也是砖木结构，为明建宋式。远眺塔身呈圆柱形，塔顶的塔刹呈葫芦形。该塔与方塔在松江古城正好处于一东一西，平衡着当地人的崇拜心态。如果说，方塔是秀丽的美女，那西林塔无疑是雄伟的俊男。西林寺隐隐传出的诵经声，更衬托了西林塔的高贵。

沿古城西南而行，可至李塔汇镇。观其名可知其义，该镇因李塔得名。李塔是松江历史最悠久之塔。据《松江府志》记：相传为纪念唐太宗十三子曹王李明曾任苏州刺史而建，故名李塔。该塔七层四面，酷似方塔。砖面四周约有 200 尊形态各异的佛雕，塔砖依稀有捐款人名。因该塔地处偏僻，故鲜为人知。若对江南唐宋遗风有兴趣者，该塔值得一看。

还有一塔近年来知名度亦颇高，那就是天马山斜塔。斜塔耸立该山中峰之右，因其塔身向东南倾斜，被好事者戏称斜塔。据说可与意大利比萨斜塔相媲美。其实此塔大名为护珠塔。史记："寺后护珠宝塔，宋元丰二年横云里人许文全建。"清乾隆年间（1736~1795），寺里演戏祭神，乡人不慎燃放爆竹而起火，塔身受损而致其斜，幸斜而不塌。20 世纪 80 年代，有关部门因势利导，制定了“按现状加固，保持斜而不倒”的修缮方案，使后人有一睹其奇观的眼福。

来到西佘山的东坡上，可见一座形似杭州保俶塔的塔，此乃秀道者塔，又称月影塔，为松江最具神秘色彩的塔。此塔不高，仅20米，塔身细长，道貌岸然，令人想起深山之隐士。此塔建于北宋太平兴国年间(976~983)，斯时，山上有潮音庵，一修道者名秀，结庐山麓，亲历筑塔，塔成后，遥望南天，引火自焚，该塔因此而名。秀道者塔身居半山修竹丛中，名气虽不及方塔与斜塔，但每年蜂拥而至佘山的朝圣者们，都不会忘记到此流连瞻仰。

由此，称古城松江为塔之城，亦不为过吧。游人来上海，若不观松江五塔，实为憾事也。

露天博物馆

朱全弟

在上海，没有一座公园承载着如此厚重的历史感、沧桑情。我们却在喧嚣的尘世中忽略了她的倩影、她的存在。因此，这样的一种目之愉悦、心之抚慰，全都在人们的眼皮底下白白流失了。但是，方塔园以芳龄二八的滋养，如今出落得丰满含内敛、娇艳又端丽，仿佛待字闺中的淑女，神闲气定，端的不凡。

似曾相识我归来。承松江好友臧志明举荐，春和景明一游方塔园。自以为，来过，故园重游，无非忆当年。可是，一个只有些许鸿爪的旧地，给我太多新的发现、新的享受。

走进园门，钢结构的框架，高大宽敞，天空与你同行渐进。往里，越走越低，路面次第往下最后来到砖雕照壁前。很久以前，走过这条路，然而，你走过但未必清楚，设计者的匠心在于：游客进来，必须潜下心来。原来还要再挖下去 50 厘米，是水了，止。凝神伫立，见照壁，壁下果然有一方“古水陆池”。此乃松江城内地势最低处。

照壁原是屏风墙。640 年左右的风吹雨打，数以百计的细泥青砖，没有一块因脱落毁坏而离开“岗位”，是上海乃至全国地区最古老、最景致、最完好的大型砖雕。砖雕工艺自不待说，砖雕是人造的，个中寓意多有少年得志、平升三级、封侯挂印、福禄双至等。有一传说，有怪兽贪得无厌，欲取红日而吞噬之，结果掉进东海覆没。松江版的“獈”之说，现在成了反贪的参观之地。

我以为，如果仅仅附会现在警示贪官，似不可取，太狭隘了，其实，它是针对人心的。不管你是位高权重，还是平头百姓，在你的范围内，无论大小，都不要贪。养成了坏习惯，就是祸害。

我明白了，为什么从北门进方塔园是往下走的，越走越低，在照壁面前，所有人只有“低开”才能“高走”。

照壁后面才是镇园之宝：方塔。方塔原名兴圣教寺塔。旁边一座石础，奇大无比，遥想当年庙宇建筑之雄伟。方塔后面是曲水，特别是偌大一块大草坪，空无一物，在这182亩的公园里，其时有人视为奢侈，现在看来就是共享空间。环绕方塔园一圈，曲径通幽，兴会无穷。1978年建造，已故同济大学教授冯纪忠当时就设计了栅栏围墙，不封闭，让马路上的行人一眼瞧见方塔园的容貌。这，比起如今才想到的破墙透绿，有先见之明。

如今，方塔园内的文物古迹达20多处，被誉为最好的一座城市里的公园，还有露天博物馆的称号。在此，我不敢赘述了。因为，文物和古迹，那是看的。你尽可在悠闲的踱步中享受方塔园的美妙。

水红菱

朱全弟

历史上，松江产菱，且以水红菱著称，迄今已有200余年历史。

谓予不信，请阅《松江府志》，有云:“菱有青红两种，红菱最早，名水红菱，稍迟而大者曰雁来红；青者为鹦鹉青，青而大者谓馄饨菱，极大者为蝙蝠菱；最小者曰野菱。唯草场浜水红菱最佳。”

古人对此多有描述，今天的松江人则因草场浜水红菱形状如元宝，喜称其为元宝红。

另有灼灼可见乃传统沪剧《卖红菱》，就出自松江，男女主角的传情物即是草场浜水红菱。昔时此物鼎盛时，每到中秋节，松江城内的车站、码头、菜场以及小路小巷，均有农民叫卖红菱。

水红菱属菱科一年生浮叶水生植物，性喜温暖湿润、阳光充足，不耐霜冻，不抗深水，只适宜在浅水的河塘水池中种植。水红菱的花期是6~7月，果期9~10月。水红菱的生长能力很强，它藤蔓上密生须毛，只要栽到淤泥里就能成活分枝。一棵菱头，春萌秋收，可长100多个头，主茎延伸可达三四米；叶柄有浮囊，托举叶片浮上水面。春来播种夏开花，到秋天采收，生长期达七个月之久。据称，一般早熟种，清明播下，立秋始收嫩菱，处暑、霜降收老菱，平均亩产800~1000斤。果形较大，每斤25~35个。从前在马路摊头上，50后、60后人至今多能忆及老菱的肩角细长平伸，且尖可刺手。

种菱很平常。我则觉得很有趣。选种，在菱塘中选一方红菱长得壮实的菱棵，用稻草扎结做好记号，待到重阳节时，将菱棵上自然脱落沉入塘底泥中的菱种捞起洗净，放入注有清水额缸甏中过冬，当中换水两三次即可。等到来年清明节时，再将菱种播入清塘后的菱塘内。只消半个月，嫩绿青翠的菱秧头就急不可耐地浮现于水面了。

松江农民有种植水红菱的喜好。解放初期，以草场浜最盛，北起长脚娄，南至黄泥娄，种植水面长约2500米，宽达40米，面积百余亩。其中吉祥有80%农户种植水红菱，20世纪80年代尚存80余亩水面。

时间过去了30年，这是7月盛夏的日子，我站在一池水红菱生长地的河边田埂上，前面是秀春江，后面是毛竹港，还有一方鱼塘。我被三面环水围在中央。金菊宝告诉我，这里的水是活的，与黄浦江相通，为有源头活水来，水红菱才长得这么好。

水红菱名字好听，令人想起水灵灵的诗意来，可以触摸可以啖食也，不亦乐乎？可是，8月，正是大伏天里，人们看见太阳唯恐避之不及，采菱人却要顶着头顶的烈日摘收果实了。

菱是收入，也是农户家中幸福的一部分，尽管还说不上是苦尽甘来，因为年年种年年要吃苦。正因为有吃大苦耐大劳的朴实农民，路边街头才有喷香的水红菱。

但是水红菱价值并不高，将来还有谁肯种水红菱呢？我们正面临食无菱的现状，我为水红菱忧。凡美好的东西，都应该尽可能地保留下来。

老城的心态

桂国强

作为一个生于上海、长于上海，喝着黄浦江水而由一个顽皮的小男孩嬗变为一名成熟男子汉的老上海，望着身边数量剧增、操着各种方言、来自五湖四海却个个自称为上海人的新移民，我的内心时常会滋生出一种倚老卖老的自得，一连串硕大的问号也会情不自禁地从胸中蹦出——

你们——我的新老乡们！尽管你们穿着比老上海更时尚、更耀眼的服装，驾着比老上海更新潮、更豪华的汽车，整日穿梭于申城的大街小巷，出没于高级的交际场所……可是，你们了解上海的历史吗？你们熟悉上海的风俗吗？你们体验过石库门的滋味吗？你们能够真正解读“海派”文化的内涵吗？……

就在我豪气十足、沾沾自喜时，最近的一次短暂之旅，却给了我这个自诩为老上海的成熟男子汉当头一棒，使我身上那狭隘的优越感荡然无存。

我去了松江。

早就听说，松江乃“上海之根”，有着6000多年的文明史，是长江三角洲地区较早出现人类活动的地方。据传，还在久远的周代，吴王寿梦就在松江筑亭；到了东汉，东吴大将陆逊则被封为华亭侯；及至盛唐，松江已发展成为长三角一带颇有影响的重镇……可以说，在将近1100多年的历史岁月中，松江一直是古代上海地区政治、经济和文化的中心。

传闻终究是传闻。当我真的到了松江，身临其境，直面浩繁的广富林文化遗存，吟诵流芳百世的云间“二陆”诗文，亲睹建于北宋年间的方塔雄姿，观赏开创一代文人书画风气的董其昌作品……我被震撼了——我为古城松江丰厚的文化积淀和璀璨的科技成就所折服。

慨叹之余，未免感到几许羞赧，脸上也一阵接着一阵地发烫——眼前的这一切，以前我可并非皆知，甚至是知之甚少呀！天哪，一个连自己的根文化都不熟悉的人，哪还有资格自封为老上海？哪还有资本与别人奢谈“海派”文化？！

更让我惊讶的是，在这座处处洋溢着古文化气息的老城中，居然还十分自然和谐地包容着显现当今文明水准、展示先进科技元素的工业园区和大学城，令这座千年老城青春再现，生机勃发，充满了旺盛的生命力。

不知怎的，我突然就想起了另一个文明古国中另一座更著名、更古老的城市。

开罗是埃及的首都，也是世界上最古老的城市之一，其形成可追溯到约公元前3000年的古王国时期。在它西南约30公里处，是古都孟菲斯遗址。由此西行约20公里，即是世界七大奇观之一的金字塔。在寸草不生、遍地黄沙的平野上，这些古埃及帝王的石砌陵墓气势磅礴，风貌壮观。长期以来，开罗人在向游人展示墓主昔日威仪的同时，也在向世人炫耀着自己古老的文化。

几年前，当我伫立于仰慕已久的金字塔前，凝视着这座 10 万人用 20 年时间建成的非凡建筑，不禁热血沸腾，心潮澎湃……当即取出手机，准备在第一时间向远在上海的朋友通报我的所见，分享我的愉悦。可是，无论我怎样使劲按键，就是无法在显示屏上看到信号。难道……情急之下，我只能向一边的埃及导游求援。

“很抱歉，开罗城已留存了太多的古代文明，再也容纳不下其他的现代文明了。”导游似乎已遇到过太多像我这样的游客，根本不必费太多的口舌，便从容而又娴熟地为自己解了围。这位开罗男人的话语虽然不乏机智和幽默，却也在一定意义上折射出了老城人的一种心态。

是啊，当一种文化遗产被视作一口永远也取之不竭的矿井时，自然是无须再去开采第二口矿井的；同样，当开罗城依托金字塔的光芒整天吸引着成千上万游客的眼球时，自然也不必为通信网点出现一些真空地带之类的区区小事而犯愁……

我不知道世界上是否真有永远也取之不竭的矿井，也无法预测开罗城的未来，但置身于古今两种文明之光共映的松江，我却仿佛已经看到了松江的未来。我虽惭愧对松江的历史文化知之甚少，但我深信：几千年的文明历史及辉煌历程，一定会在松江这片充满活力、生机盎然的土地上延续下去。

松江是一座老城，她的心态却很年轻——也许，这就是我推崇松江的理由。

由佘山水蜜桃想到的

邵　唯

每到品尝桃子的时节，松江的佘山水蜜桃总是十分受人们的青睐。这不仅是因为喜欢它那极佳的风味，更是出于一种特殊的情结。我由此也想起一些往事。

上海在明代就盛产水蜜桃。相传，明代大科学家徐光启之子徐龙与，早在1600年前后就已从我国北方引来硬桃，于今老北门外培育水蜜桃。到明天启元年（1621），王象晋所著《二如亭群芳谱》称："水蜜桃，独上海有之，而顾尚宝西园（即顾氏露香园，位于今黄浦区露香园路一带）所出尤佳。"及至清初，顾氏衰落，露香园逐渐荒废，但水蜜桃佳种并未失传。褚华在19世纪初期写的《水蜜桃谱》中说："今桃之最佳者，产黄泥墙、李代吾园（即今黄浦区学前街、龙门村一带）。"当时，黄泥墙有卫姓桃园一个，栽培水蜜桃树300余株，桃熟之际果实累累，远近争购，供不应求。王韬在清光绪元年（1875）出版的《瀛壖杂志》中赞誉："沪中水蜜桃为天下冠。相传系顾氏露香园遗种。花色较淡，实亦不甚大，皮薄浆甘，入口即化，无一点酸味。最佳者每过一雷雨，辄有红晕。”正因上海水蜜桃品质优异，汁多味甜，所以闻名遐迩。

据《上海县志》记载，光绪初年，“浙江奉化从黄泥墙引种水蜜桃，自行繁殖推广，名为奉化玉露桃”；民国初期，“无锡引种奉化桃，名为红花水蜜桃”。至于外地引种上海水蜜桃的细节，郑逸梅在《艺海一勺》中曾这样叙述：客居沪上的奉化人黄岳渊很爱吃上海水蜜桃，便从黄泥墙买了一株桃树，栽种于自己供职的静安寺附近的花衣店后天井。后来，一位奉化农场主将它移植到当地，经过精心管理，结出了硕果。由此可见，大名鼎鼎的无锡水蜜桃、奉化水蜜桃，在品系上都与上海水蜜桃一脉相承。

上海名桃不仅被江浙地区引种，而且还传至海外。据美国出版的《果树育种进展》提及：19世纪时，有位植物学家将上海水蜜桃引入美国，育成著名的爱保太黄桃。如今，当地不少桃子品种都是它的后代。我近年抵东瀛访问时，鹿儿岛大学的一位教授曾介绍：日本岗山的白肉桃品种，是江户时代引入上海水蜜桃育成的；日本的金桃，则由上海水蜜桃与其他桃种杂交而成。日本学者菊池秋雄也做过考证，认为昔日美国和日本所引进的是上海水蜜桃中白芒品种，其果肉呈黄色，具有黄桃基因。这说明，上海水蜜桃很早就在国际上受到重视。

在长期的栽培过程中，上海水蜜桃品种不断衍化，除白芒外，还有红芒、鹅毛管印、簪簪红等。到晚清，随着城区人口日益密集，地价持续上涨，上海水蜜桃主要产地逐渐移至大木桥、龙华等处。龙华桃花，曾是沪上著名的风景之一。抗战期间，龙华的桃林多为日军炮火所毁。嗣后，沪郊虽尚存少量桃树，但已形不成产量，因而上海水蜜桃在市面上便突然销声匿迹。与此同时，无锡水蜜桃和奉化水蜜桃却声名鹊起，佘山水蜜桃则成为后起之秀。

现在，露香园、黄泥墙名桃遗种在本地所剩无几，但它们却早已飘香海内外，而佘山已种植水蜜桃数千亩，成为沪郊新桃花源之一。可以说，佘山水蜜桃与昔日上海水蜜桃一脉相承，它入口冰爽，开胃沁脾，令人观之悦目，食之赏心。

华亭鹤两记

朱少伟

唐天宝十年（751），置华亭县，这是古代上海地区有相对独立行政区划之始，也系现今松江区之源。然而，作为昔日松江名物的华亭鹤，却远在此之前就已闻名遐迩了。

陆氏家族与华亭鹤

华亭在未建县前，即有士人养鹤。《三国志·陆逊传》记载：东汉建安二十四年（219），东吴儒将陆逊因破荆州有功而获封华亭侯（秦汉时期以郡统县，县以下设乡亭），此应是华亭首次作为地名见诸史籍。陆逊很欣赏鹤的特殊气质，早年曾养鹤于华亭鹤窠村，因而清末黄报延《南沙杂识》谓："鹤坡，一名鹤窠，相传陆逊养鹤处，傍有鹤坡塘。"如今，沪郊民间仍流传着一些陆逊在鹤坡塘边逗鹤的生动故事。

西晋太康元年（280），吴国灭亡，陆机、陆云退隐故里。明代陆蓉《菽园杂记》提及："（小）昆山在松江府华亭界，晋陆机兄弟生其下，皆有文学，时人比之昆冈玉片"；《松江县志》也记载："小昆山上有二陆读书台遗址，山后有二陆故居。县城内普照寺旧址原为陆机旧宅。"在华亭的十年间，陆机、陆云闭门读书，以鹤为伴，陆机的代表作《文赋》《辩亡论》，即为此时所作。《上海地名志》有"晋陆机放鹤处，古称鸣鹤桥"之说，这引出一段佳话：当年，陆机曾选择一个秋日，去天马山东乡访友和放鹤，那鹤在木桥上一出笼就长鸣三声。他首次听见鹤鸣十分高兴，便筹资把木桥扩建为宽4米，长30米的石桥，起名为鸣鹤桥。西晋太康十年（289），陆机、陆云离开家乡赴洛阳，不料后来卷入"八王之乱"的政治旋涡被冤杀，南朝宋刘义庆《世说新语·尤悔》谈及："陆平原河桥败，为卢志所谗，被诛。临刑叹曰：'欲闻华亭鹤唳，可复得乎？'"陆机遇害后，小昆山的乡亲们在二陆读书台附近建起鹤鸣亭，以志纪念；这位文学家、书法家临刑前的一叹，更使华亭鹤誉满士林，而且萌生了华亭鹤唳的成语。

成书于南宋的《云间志》记载："虞魏顾陆，皆吴之贵姓……而顾陆特华亭著姓。"从汉末到西晋，陆逊及后代作为当地的名门望族，其爱鹤养鹤之雅举，进一步提高了华亭鹤的知名度。

《瘗鹤铭》与华亭鹤

在江苏镇江焦山碑林，有被誉为"大字之祖"的著名石刻——华阳真逸撰的《瘗鹤铭》，碑文存字虽少却气势恢宏，结字率真自然，萧疏淡远，简约古拙，浑朴厚重，沉毅中含逸致，雍容处显苍茫，堪称我国六朝时期摩崖书法艺术的瑰宝。《瘗鹤铭》可算是给鹤写的墓志铭（瘗意为埋葬），其中云："鹤寿不知其纪也，壬辰岁得于华亭……相此胎禽，浮丘之真，山阴降迹，华表留声……鸣语化解，仙鹤去莘……爰集真侣，瘗尔作铭。”可见，此文涉及华亭鹤的动人故事。

唐代孙处元《润州经》认为，《瘗鹤铭》系东晋大书法家王羲之墨迹。相传，王羲之的妻子是镇江人，他曾趁走亲访友到焦山游玩，见寺院附近有一对华亭鹤在盘旋起舞，姿势很优美，不禁感叹：“要是写字像仙鹤这样灵动就好了。”寺院住持见状，就表示愿赠鹤，并要王羲之回家前来取。然而，待王羲之再次到焦山，那对华亭鹤已死，于是他感伤地写了《瘗鹤铭》。

北宋李石则判定，《瘗鹤铭》系南朝医学家陶弘景所书。陶弘景一生经历南朝宋、齐、梁三个朝代，他博学多才，通晓山川、地理、医药、天文、历算等，晚年辞官退隐句容句曲山（今江苏镇江茅山）华阳洞，自号华阳隐居。据说，陶弘景早年曾在镇江觅得一只华亭鹤，因极喜欢而常伴左右，谁知这只华亭鹤突然患重病，他虽是名医却无法救治，只能眼睁睁地看着这只华亭鹤死去。陶弘景痛惜之余，在焦山风景秀丽之处埋葬了它，并撰写下了《瘗鹤铭》。

《瘗鹤铭》成文之后，被摹刻于焦山西麓栈道上的摩崖石壁，大约在晚唐山石崩裂全碑坠入长江，裂为五块。直至北宋，镇江郡守钱子高发现两块残碑，惊为天书，仍置于原处，不料仅隔数十年又落水。清康熙五十二年（1713），谪居镇江的苏州知府陈鹏年募工再度从江中打捞出五块残碑，移放山上。如今陈列于焦山碑林的《瘗鹤铭》残碑，共计93字。经查目前流传最广的《金山唐人抄本》，《瘗鹤铭》全文为180字。

从20世纪90年代以来，有关方面曾多次进行考古和打捞，尽力搜寻散布江中的《瘗鹤铭》残碑，希望能使它恢复原貌。

在松江观蟹簖

朱少伟

不久前，前往松江区秋游。作家朋友金兄热忱好客，陪我沿油墩港转悠，该河道南接黄浦江，北通吴淞江。在路上，我告诉他："吴淞江如今虽只流经相邻的青浦区，却与松江区关系密切。因为吴淞江古称松江，松江区之地名即源于此。"

我俩走得有点脚酸时，就拐进镇子，步入热闹的茶馆。金兄知道我熟谙地方风土，就问："梁简文帝《吴郡石像碑记》记载：'松江之下，号曰沪渎。'那么，六朝时期上海一带为何叫作沪渎呢？"我把自己所知和盘托出：从前松江出海口段曾"宽二十里"，渔业资源非常丰富；下游两岸渔民创造出一种叫"沪"的捕捉鱼蟹的工具，并广泛使用。南朝顾野王《舆地志》谓："插竹列海中，以绳编之，向岸张两翼，潮上而没，潮落而出，鱼蟹随潮碍竹不得去，名之曰扈（扈因在江河中使用，后来被加上三点水，即简化字'沪'的繁体，而呈喇叭形的出海口又唤作渎，故谓之沪渎）。"到了唐代，由于沪渎常作为河名出现于诗文中，渔民们为避免概念混淆，遂依据“沪”那断鱼蟹退路的功能，将它改名为簖，如陆龟蒙《渔具咏》序提及：“沪，吴人今谓之簖。”松江在元代初期改名吴淞江（因为这时华亭府改名松江府），随着地理环境变化和出海口东移，如今面对它当然已难以想象昔日水势浩瀚的壮景，而历史悠久的“沪”作为地名沿用下来，古老的簖因用途变化被江南一带的农民叫作蟹簖。我见金兄听得津津有味，便说：“记得，清代魏秀仁《花月痕》有这样的描述：‘大家上了水阁，凭栏四望，见两岸渔帘蟹簖，丛竹垂杨，或远或近，或断或续，尤觉得烟波无际。’这说明蟹簖同人们的生活关系密切，所以才被写进了小说。今天，您应该带我去看一下松江乡村还在使用的蟹簖！”品茗闲聊，半天很快就过去了。

傍晚，金兄又带我走向油墩港，在它与一条小河相交处，有位正在等候的老伯迎上前打招呼：“哦，想看蟹簖的客人来啦。刚才大金特地拨手机要我安排好。”我谢过老伯，就听金兄指着水面介绍：“制作蟹簖其实很容易，只要用细绳把长短合适的竹片编成栅，带到河汊口的有利地段，将下端插入水底，让上端超出水面，就可以了。由于竹栅有弹性，船只经过时会变得弯曲，随即又恢复原状。”我望了一眼慢慢爬上树梢的圆月，有点疑惑地问：“就凭这竹栅，怎么捕蟹呢？”老伯捋着胡须笑道：“螃蟹有着趋光特性，夜间见到明灯闪烁，会拼命地往竹栅上爬。”说着，他顺手点亮一盏汽油灯，悬挂于蟹簖上方。大概隔了十多分钟，有只螃蟹沙沙攀至竹栅顶端。他伸出小网兜轻轻一抄把它捉住，并说：“由于蟹簖像水中一道闸，所以村里的老人把用它捕蟹叫作闸蟹。我猜想，大闸蟹这个俗称可能就来源于此。”我知道大闸蟹系吴语大煠蟹的谐音讹传，但不愿扫老伯的兴，便随口附和：“嗯，这种推测有点说服力。”在我摸弄那“横行将军”之际，老伯低声提醒：“快看，两只螃蟹跟着上来了。”旁边的曹兄眼疾手快，立即上前一手一只，将它们逮了个正着。我正有点怨自己错失良机，却发现又有两只螃蟹在使劲往上爬，便迅速行动，将它们请入篓子……大概忙碌了两个多钟头，篓子里已经装满螃蟹。当我用手电筒照看这些“无肠公子”时，不禁感慨：“上海先民发明的‘沪’，虽然简单却挺神奇，这一古老渔具名最终竟演变成了一座国际化大都市的简称，真是很富有诗意呀！”

在松江吃鲈鱼八生火锅

朱少伟

拣了个好天气，赴沪郊松江探望笔友老张。寻抵其舍，老张十分高兴：“老兄，来得好巧！等一会儿请你品尝佳肴。”他说着指了指灶旁的小缸。我俯身细看，缸里养着数尾活鱼，它们长约12厘米，体呈纺锤形，头大而扁平，眼小而生于上方，腹灰白，背枯黄并有黑纹多条；鱼头鳃盖膜上各有两条橘红色斜带，似四片鳃叶外露。原来，这就是久负盛誉而又难以寻觅的松江鲈鱼，又称四鳃鲈鱼。

松江鲈鱼与黄河鲤鱼、松花江鲑鱼、兴凯湖鲅鱼合称为我国四大名鱼。松江鲈鱼以前在我国沿海好些地方都出产，别称花鼓鱼、媳妇鱼，以产于原松江府秀野桥下的质量最佳，是野生鱼类中最鲜美的一种，自魏晋以来就驰名全国。《三国演义》提到，曹操在许昌大宴群臣，忽然来了不速之客左慈，他看见席上有一道鱼菜，就说吃鱼一定要有千里之外的松江鲈鱼。曹操正觉得疑惑，左慈跑到宴厅前的池子边钓起了几十条四鳃鲈鱼。如果讲这只是小说家之言，那唐代杜宝《大业拾遗录》也记述：“吴郡献松江鲈鱼脍，鲈鱼肉白如雪，不腥，所谓金齑玉鲙，东南之佳味也。”清乾隆皇帝也喜欢松江鲈鱼，御赐它为“江南第一名鱼”。松江鲈鱼肉嫩而肥，鲜而无腥，无细毛刺，滋味独特，历来是招待贵宾的佳肴。1972 年，美国总统尼克松访华时来到上海，曾慕名品尝松江鲈鱼；1986 年，英国女王伊丽莎白二世来上海，少了这个口福，因为水质遭污染很难再找到松江鲈鱼。20 世纪 80 年代，松江鲈鱼被列为国家二级保护动物。后经两代人工繁育，现已可供食用。老张家里的这些鲈鱼，就是他设法从养殖场买来尝鲜的。

我主动提出要帮着洗鲈鱼，谁料老张连连摆手，赶紧端过小缸自己干了起来。只见他将鲈鱼洗净后，并不剖腹，而是用一双竹筷插入鱼嘴内，慢慢挖出内脏，留下了肝。原来洗鲈鱼也有讲究，据称剖了腹会减损鲜味。老张收拾完毕，喜滋滋地说：“我今天不做传统的名菜红烧鲈鱼或鲈鱼羹，而是搞个鲈鱼八生火锅。”我以前曾听长辈言及鲈鱼，却从未闻说有以鲈鱼下火锅的，故怀着好奇心在一旁看老张忙碌。

鲈鱼八生火锅的做法是：先在暖锅中放入鸡汁汤和香菇、冬笋，俟其烧滚后，逐样将精肉片、鲜虾仁、腰花、鸡鸭肫片、鱼片、蛋片、火腿片、鸡肉片等八种生片投入，随即放进整条鲈鱼，再沸时加入油氽粉丝、菠菜和调味品即成。动箸品尝时，只觉那鲈鱼细腻可口，鲜美无腥。尤其是鱼肝，极其肥嫩，简直没有哪样佳肴可与之媲美。其他八生，也许是沾了鲈鱼特有的鲜味吧，竟也令人感到格外有味。

老张见我吃得津津有味，便风趣地诵读起北宋苏东坡的诗句：“京洛旧游真梦里，秋风无复忆鲈鱼。”我禁不住复吟了一遍，之后两人相顾大笑不已。

三角渡，一块迷人的处女地

秦文明

这是一块古老的土地。滚滚东来的斜塘江、圆泄泾两大源流和横潦泾在这里交汇，天长日久，便孕育出了这块三角形的土地。曾几何时，这里南来北往，轻舟飞渡，人们叫它三角渡。百多年前，几经变迁，渡口早已湮灭，三角渡的名字却留了下来。

千百年来，斜塘江、圆泄泾、横潦泾三条大河，紧紧环抱着三角渡，柔柔清波，倾吐着它的向往；絮絮细语，询问着松江儿女的憧憬，留下了几多由古及今美丽的传说。

三角渡，人们称它浦江之首，黄浦江的0界碑就矗立在这块土地上。

站在0界碑处，眺望黄浦大江，苍穹下，悠悠大江，碧波荡漾，时有机船劈波而来，船过处，船尾激起层层向上翻滚的浪花，如姑娘身上美丽的蝴蝶边百褶裙在不停地翻飞；几只欢快的水鸟尾随浪花，时而低飞，时而高翔，不时发出唧唧细语，那么轻、那么柔，如同一个个浮荡的音符，传入耳穹，似乎听到了一曲生命与大自然的和声，使人沉浸在一种缠缠绵绵的诗韵里。机船远去，船后，排排细浪，前赴后继，转瞬间，轻轻拍岸……此时，那流淌不尽的绿水，酷似醇浓的春醪，一定会勾起你胸中一腔恬美温馨的激情，或蓦然想起你心头恋人的倩影，或追忆如旅的人生，或灵感来潮诗兴大发……

如果在月夜，站在三角渡岸，景色更是别具一格，月色水波里，轻舟点缀，那船上的点点灯火、那清幽的月光，互相辉映，沉入水中，长短粗细不一，颤颤巍巍又摇摇晃晃，似一位位入浴的醉美人……此刻，这美妙的意境，随着每一口清醇气息的吸入，使人觉得灵魂已超脱躯壳，和盈盈水波融为一体，平素那千般人生失落的愁愫，万种功利希冀的俗念，都被一一荡涤干净，消逝于广袤静谧的夜空。

受邀拜谒三角渡，屈膝三角渡岸，手捧一汪绿水，犹如捧着一个心愿，捧着一份上苍恩赐的情缘，萌生一丝眷恋，想这块迷人的处女地不日将要开发，真不知该伤感还是该祝福。绿水慢慢从指缝里悄悄溜走，双手情不自禁地颤抖起来，好想将它留住。绿水终究带着它的梦融进黄浦源头，随着黄浦大江从容东去。蓦地，一缕淡淡的情愫，如江面薄暮中氤氲的轻雾，从心中袅袅升起——忘却了对往事的留恋和依依的曾经，带着最深的爱，把心交给了脚下这块迷人的处女地。

松江古园梦寻

葛昆元

明代中叶，松江府百业兴盛，文化繁荣。达官贵人、文人雅士竞相构筑私家园林，尽显一时之盛。虽然数百年来，松江的这些古代园林，有不少已被历史的尘埃所湮没，但由于其中有些园林，曾作为皇帝驻跸、文人雅集的场所，故而或载于史书，或口口相传，流传至今。比如，秀甲园和赐金园就是这样。

清康熙年间（1662~1722），松江有王顼龄、王鸿绪兄弟俩，皆科举及第，高官厚禄，便想在家乡建造园林。兄长王顼龄官至大学士后，就先在松江买下明朝宰相徐阶之弟徐陟的别墅竹西堂，加以修缮之后，更名秀甲园。园内有小九峰等景致，还植有名木佳卉，一年四季胜景更迭，美不胜收。清康熙四十四年（1705）春，康熙皇帝南巡松江，早闻秀甲园景色优美，名闻江南，于是就决定驻跸秀甲园。此刻，正是紫藤花盛开之际，那青紫色的蝶形花冠，分外妖娆，博得康熙和太后赞叹不已。康熙龙心大悦，随即提笔题写“蒸霞”两个大字，赐予王顼龄。王顼龄自是受宠若惊，连连叩谢皇恩浩荡。两年后，康熙再度南巡，到了松江还是驻跸秀甲园，整天带着一帮随从，遍赏园中景色，在秋水轩前，因闻有鸡犬之声，随口赞道："此处安乐。"王顼龄闻言，如奉圣旨，赶紧请来画师将此情景绘成一画，悬于家中，以显荣耀。秀甲园从此名声大噪。

尽管以后秀甲园几度易手，一部分卖给宁绍会馆，一部分为纪念抗英英雄陈化成建造了陈公祠。秀甲园实际上已消失，但作为一个古代名园依然留在人们的记忆中。

王鸿绪虽是王顼龄的弟弟，名气却比其兄大得多。他中进士，授编修，任修《明史》总裁，后来官至工部及吏部尚书。康熙皇帝第一次来松江，驻跸秀甲园时，也曾奉太后临幸王鸿绪的赐金园。当时，王鸿绪未随康熙南巡，人在京城，家中只能由儿媳蒋季锡恭迎太后。幸亏蒋氏言语举止颇为得体，博得太后高兴，赏赐给王鸿绪家许多珠宝、绸缎等。康熙见太后高兴，自然也很喜欢赐金园，又挥笔写下"百物静观皆自得，四时佳兴与人同"的对联和"松竹"二字，赐予赐金园。两年后，康熙再次来松江时，又重游赐金园，兴味依然。

后来，王鸿绪因官声不佳，又因卷入夺嫡之争，力挺八皇子胤禩为太子，遭康熙忌恨，被迫致仕。他的赐金园也因此逐渐废弃，至清嘉庆、道光年间(1796~1850)已经湮没。但终因康熙来过两次，其园倒也在史籍上留下了些许痕迹。

浦江烟渚

胡绳梁

黄浦江很长，作为上海的母亲河，流淌了数千年，传说由战国时春申君黄歇发起疏浚而得名。

假如上海评选特色景观，作为“上海之根”的松江之景黄浦江起始处的浦江烟渚入列似也在情理之中。

在浦江起始处所在地的石湖荡镇政府，我看到了航拍照片：松江西侧石湖荡，圆泄泾、斜塘江与横潦泾三水汇流处，那片俗名三角渡的渚像极了鹰首，两泓湖塘似鹰眼，尖角微钩如鹰嘴。尾翼后掠，蓄势欲翔。此地俗名江鹰渡岂不更形象些？

尽管这块三角渡尚未完全开发，少有人涉，但如今自然景色最难得的不就是原汁原味吗？！

如今不少游人喜欢到浙江诸地寻寻觅觅浦江源头，忽略了浦江起首处，更不知道黄浦江0公里的界碑就在浦江烟渚的三角渡上。作为上海人，这难道不是一种遗憾？

或许有人说，这三角渡才一渚而已，水之上仅一座白塔、一座望江亭而已。其实这是因为你没有去过之故。

移舟泊烟渚，依栏倚白塔。三水一眼中，满目尽东流。背后，绿色的田野如扇面般发散；两侧，沿岸芦苇在风中摇曳，如歌似诉；前方，首尾相衔驳船成队，交会笛声亲切如晤；远眺竹林深处，几处炊烟淡淡地飘荡，一水之隔悄隐人家；东去北弯，便是外滩的一脉繁华之地……上海的灵动画卷就这样在灿烂的阳光下明晃晃地展开去了。拂一拂0公里界碑，多少世尘史迹随那潺潺流水微微清风，瞬间烟消云散，能不叫人心旷神怡？人生如这碑，始于零，归于零。俗世有尘，激浪涤之；禅意深深，临水而悟。

不过窃以为，欲观赏浦江烟渚的神韵，非泛舟江上难得。如烟似雾朦朦胧胧的神秘是一种诗意的魅惑，虽然这种况味往往是可遇而不可求的。

曾经因了工作关系，随船多次经过此地，晨来暮去，春去秋来，感受迥然。

记得这是暮春的一个清晨，随船沿圆泄泾顺流返沪。水流沿着三角洲的边际有些急急地滑去，遇丛丛芦苇，立马疾速地打着漩儿，甩下几串涟漪。船是几乎贴着渚边上走的，遍野的绿在雾中是溢动着的，田地里似还爆出庄稼拔节的脆声。晨曦在江面上漾着微光，夹着绿色的薄雾在岸上飘、在水上漫。水生烟，烟笼滩，朦朦胧胧，水与岸难分难解。到了三角渡口，眼前豁然开朗，黄浦江张开宽宽的怀抱，只是泾水与江水无甚区别，本是一脉之流，相逢原来就相识。

水流柔柔地推着，船驶入了黄浦江。回眸一瞥，刚刚露脸有点红红的霞晕已迷迷蒙蒙地投过去了，白塔上泛着幽幽而又离离的光。塔上有灯吗？那光此刻像是江的界限。

氤氲，如雾的元气，向着浦江烟渚聚集，生机勃勃。浦江的早晨就是这样有韵有味地开阔了起来、亮堂了起来。

晨是诗，暮是画。沐着夜色溯流而观烟渚，别有一番滋味。

那是出沪远航的一个秋夜。月初悬，天阔，江宽。薄薄的暮霭在江面上被风拨动着舞成了丝丝絮絮。从圆泄泾与斜塘江汇流而下的江水扑着船首而来，月色在两舷碎成了簇簇银光。三角渡头，迎面而下的两股水流激情地拍着手，在石栏下扬起了烟雾状的水花，与暮霭共舞，烟渚名不虚传。

清黄霆《松江竹枝词》云：“甘露桥边野菊黄，秋风萧瑟起斜塘。”秋色最宜人，可船儿不得不恋恋不舍地过了三角渡头。水面一下收窄了，江瞬间成河。告别了浦江，渐渐地远离上海，一丝丝的惆怅便织成心中的烟渚了。

夏天的这个午间，我等是顶着烈日拾级而上江首三角渡的。晴空万里，能极目浦江远处。这里的水较之下游是清了许多，当无愧于上海的饮水之源。一览无余之际却觉着那烟渚的况味少了些许。烟渚，诗情在晨霭暮色中萌，画意自细雨薄雾里生。好在松江将这里规划为景区，游人终于可以在这里坐看云卷云舒，卧听江风水声，笑对日起日落，静候雾聚烟生。

浦江胜景从零开始，江首新景由渚延伸……

如鹰般的三角渡要展翅了。

佘山有笋香如兰

胡绳梁

忆佘山，最忆是兰笋。

因为亲手挖过，其乐无穷；因为亲口尝过，其味无比。修篁节节高，兰笋处处香。独一无二产于佘山的兰笋，历史悠久，传说纷纭，其秉性很契合发展道路独特的松江。

我是在佘山举办兰笋文化节时去的松江，那是早春二月的一天。我们上山的时候，朝阳才露脸，遍野的翠竹渐渐地亮起来，那种亮色青里透金。去过好多以竹乡竹海著称的地方，满山的竹子挤挤搡搡，密得连阳光也很难透进去，阴得有点郁。翠竹笔直向天，竹叶交叉纵横，森森幽幽的感觉挥之不去。

而佘山之竹林，大气疏朗，阳光投下来，经轻盈的竹叶一摇曳，满地碎金。兰笋出土便茁壮得很，大概也有迎着阳光的缘故。

沿着佘山竹径上山腰，千米曲径，翠竹夹道。有人将此地与杭州的云栖竹径相提并论，但我以为，这里有更胜一筹之处，那就是幽幽兰香，“眼看翠竹满幽径，犹闻兰笋连山香”。且这里的竹子，不但笋似兰，竹叶亦形似兰；笋溢兰香，成竹亦溢兰香。一路观竹赏叶，养眼舒目。有风过时，幽幽兰香扑鼻而来，兴之所至，凑近竹竿使劲吸气，那兰香直沁人心脾，让人通体舒泰。兰花香幽、竹子香清，那种糅合的清幽之香唯有此处闻得，能叫人不回味?

松江，是上海历史文化的发祥地；佘山，是上海绝无仅有的世外“山”源。上苍是否因此将兰笋独赐于此?

据传，兰笋的由来颇多传奇。民间故事中有一则：佘山本无竹，漫山兰花，遍野幽香。某日，一位知府慕名前来佘山赏兰，兴致才浓，却逢山风突袭，吹落兰花无数。知府怒极，扬言来年再来赏花，如再遇兰花被山风所摧，便唯当地山民是问。聪明的佘山人急中生智，围兰遍植翠竹以挡风。兰竹同山，山竹山笋由此始发兰香。这则故事意蕴兰笋是由佘山人创造的。与其说天缘，不如说是人缘。

佘山的人文胜景多依竹径，而我们一队人马急着去挖笋，美景无暇看。一路顺竹径而行，直至近山顶的竹林深处。

这是一片山势已缓的坡地，四周皆竹，只见两三位佘山中年农妇正扶着笋铲等着我们。有男士笑言，挖笋应以女士为佳。有言曰：“女为清，男为浊。”女士温柔细心，挖笋不致毁坏滋生竹笋的竹鞭，兰笋的形态也不致损坏；兰香一片，自是为女士而逸。男人气浊，大概寻笋也难。反正这天寻笋挖笋女士收获皆丰，男士少有斩获，是否正应了传言，不得而知。

我们每人领了一把笋铲。笋铲铁铸，上柄下铲，拎在手中颇有些分量。我与一同行者跟着一位农妇进了竹林。挖笋先得找笋，这笋尚未破土（大概出土者早已被人挖走），怎么找？农妇很热心，先叫我们边走边细察，看地上是否有微微隆起之处，抑或表土有开裂的初痕。不过，教了半天，我们还是难得要领，只是随农妇指点举铲往有笋处猛破浮土。见笋尖乍露，那兴奋谁也难掩，犹如初次垂钓者见鱼上钩。可惜我们铲下的笋大多有点“破相”，但破了皮的笋其兰香更胜。近中午时，我们的背筐里或多或少都有了成果，只是手臂有点酸。谁知盆中笋，根根皆辛苦。

午间在兰笋山庄摆开了兰笋宴，看着自己掘来的兰笋被烹成佳肴，未入口已神怡。兰笋体硕，口味鲜美，品之满口兰香，难怪清代诗人黄霆《竹枝词》曰：

闲从人日说平安，荠菜新鲜做粉团。
待得佘山新笋出，兰芬沁齿劝加餐。

几根兰笋，令文人食客竞折腰。就连康熙皇帝下江南两次巡视松江时，都特地到佘山品尝兰笋宴。康熙对兰笋的脱俗清香赞不绝口，同时对松江百姓的安居乐业和松江官员的“养廉爱民”大加褒奖。一方水土养一方人，兰笋、清官互相映衬。为此，康熙返京后，御笔亲书“兰笋山”，特命两位钦差大臣千里送御匾到松江。此匾后来被供在宣妙讲寺的栖碧山房。此后，兰笋嘉名昭海内。后人揣摩康熙为小小佘山赐名用意，旨在倡导为人做官如兰笋：少一点浊气，多一点清香。

兰笋当得此喻。

松江美味素以四鳃鲈鱼闻名，但此鱼因入海水路不畅至今其迹罕见。窃以为，松江的代表性美味就应首推兰笋，不仅为其味，更因其民俗文化意蕴。松江历史悠久，民风淳朴，如今在现代化建设中尤注意人文环境的拓展，兰笋似是某种象征。

从佘山带得几根兰笋归家。数日后烹，不知是放得时间长了，还是烧煮不得法，那滋味似不如在松江所品。兰笋独生于佘山，品笋也应在松江不可。

为品兰笋，能不常去佘山？

山不在高

朱 蕊

去过很多名山大川，都是作为一个匆匆过客，尽管也常有逗留的想法，甚至羡慕天地精华及山中人的仙风道骨，但我是羁绊很深的俗世中人，哪有那样的自由！想是想，可真的要亲近那山，恐怕除了地理的山重水复以外，心理的阻隔可能是更重要的因素——以至于我们像好龙的叶公一样，在山上遐想我们的出世之想，下得山来，一旦返回我们的水泥丛林，就当即做回柴米油盐的俗人。

人与地的亲缘关系，是在年岁渐长的日积月累中逐渐感知的。后来知道，其实，在我们的心里，是有山的，属于上海自己的山——佘山。

佘山，从最西端的凤凰山到最东南端的小昆山，蜿蜒数公里。山虽不高，海拔都在百米以下，却全由7000万年前的岩浆喷涌而成，玲珑秀丽，古代名人流连，称其为云间九峰，留下众多古迹。以前只知道佘山是上海境内唯一的一座山，因为有了这座虽不高却历史悠久的山，上海才成了有山有水的风水宝地。

小时候，交通没有现在发达，记得郊游最远的地方就是佘山，而我对于山的最初印象可能就来自佘山。对于孩子来说，佘山够大够高了，那是在上海市区的街道中穿行得麻木了以后，看到山上一片葱翠的无限喜悦。记不得太多的细节，只记得竹林那令人迷醉的绿，然后是竹子。在小孩看来是那样高大和粗壮的竹子，没完没了，绵延到很远的地方。竹子坚韧，也是那时有了实在的体验，我们抱住竹子，怎么摇怎么晃，怎么费力地折腾它，它都只是动摇而不摧折。有顽皮的孩子顺着竹竿往上爬，竹子也就是点点头而已。在夏日的风中，它发出好听的飒飒声，与偶尔的蝉鸣低声交谈，让竹林越发静谧而深邃。它们忽略了人的存在，自顾细语或风姿绰约，阳光透过茂密的竹叶洒下来，晶亮剔透而无一丝炎热。在佘山，夏日所有的苍翠都变得令人可喜。小时候，是不懂为什么要有繁华都市的，都是像佘山这样的山为什么不好？那时不知道这就是所谓出世之想的雏形了。

佘山上还有天主教堂，那也不同于我们往日去得多的寺庙，没有香烛，没有烟火，高而尖的穹顶，七彩的玻璃，它引领人的精神向上，向着神秘的宗教国度。小时候不懂这些，但是有感觉，看到那建筑，看到透过五颜六色玻璃而来的彩色光，会惊讶，会噤声，会感知被一种无形的力量抓住，默默走过它，走过神龛，知道人和神，在某种场合里会有交流。或者说，人设立了一个神，让神引领自己走向更高的境界。那是一种高度，不是山的高度，而是人的精神所希望达到的高度。

然后是天文台。那个圆顶打开，用天文望远镜就可以观察遥远的星空。那些星星，引人无限遐想的星星，在天际闪烁。据说是天上一颗星，地上一个人，那么多星星也与人世一样纷繁？或者它们因为遥远而浪漫，因为无法了解而更神秘？可能天空太辽远，人们实在无法想象天上的事情，才将人自己对应星星，让星空接近人类，因而星空也有了类似人类的繁复故事。

佘山虽不高，但上一次山，就会有一次脱俗的洗礼一般的感受。

自从长大以后，去过更多大山，或雄伟，或峭拔，或险峻，或峰峦叠嶂，或原始粗犷，或秀丽如画，千姿百态而不能一一尽数，但始终不可替代佘山在我心中的位置。后来我又不知多少次上佘山，有时还会在有着密密修竹的森林宾馆住几天，竹叶飒飒，那是我最喜欢听的描述山的音乐。

最近又去了佘山，发现它越发美丽了——不在山，而在水。在佘山脚下，新修了一弯月湖，青的山、秀的水，蓝的天、绿的地，清风徐来，花红柳绿，恰似人间仙境。新的湖人工斧凿，极具现代的形式感，也正与古老野趣的山对应。在湖上泛舟，看青山在身边慢慢走，可唱一曲“我走山也走……”而在山上远眺月湖，月湖像一面镜子，映出的是天上的蓝天白云和山上的风吹草动……

魅力石湖荡

杨晓晖

松江好景无数，醉白池、方塔、佘山风景区、泰晤士小镇……以为很了解松江了。不承想，随朋友在松江的石湖荡镇玩，又感受了一番浓浓的水乡风情。

我们在浦江之首的始发站乘快艇到泖岛。这个有高高竖起的白色灯塔、葱茏绿树及黄浦江 0 标志石碑的三角渡，本身就是一处既有景观又有文化历史内涵的迷人风景区。圆泄泾、斜塘江、横潦泾这三条江在石湖荡镇的东夏村和张庄村交界处形成三角形地块，古人在此建甘露桥，连接张庄、泖港、东夏等地，桥塌后又建渡口，故有三角渡之称。听说景致最好看是在旭日东升或夕阳西下之时。晨雾晚霞，水天苍茫，飞鸟点点，摇橹人家。在松江二十四景中，浦江烟渚便是其中一景。我们几个兴致勃勃地在 0 标志石碑前照相留念。黄浦江正是从这里开始的！对于一个喝黄浦江水长大的上海人来说，站在那个有意义的地理位置，看到这样的标志怎不令人兴奋！

游艇在宽阔的江面上航行了40分钟才到了泖岛。乘风破浪在烈日炎炎之下本身就舒适畅快。站在船头，风一阵阵吹起头发，因为水面的浩瀚，阳光下的空气仍然清新，两岸的棵棵绿树与座座黑瓦白墙的农舍煞是好看。也许因为与中心城区的距离，泖岛便成为一块有待深度开发的处女地。眼下的它，因为充满原生态的野趣而令人喜爱。泖岛学名小独屿，它是名副其实的上海市内河中唯一四面临水的岛屿。亿万年来太湖之水昼夜不停地汇入黄浦江，在浦江上游斜塘的前端冲积而成水中绿洲。它的总面积有400多亩呢！

一艘农家船停泊在泖岛港口，客人可以坐在船上点菜吃饭看风景。一幕捕鱼的画面，看得我们瞪大了眼睛。四根奇高无比的铁柱分四头扎在河的这边与对岸，也就是说有两个篮球场大的捕鱼网是横跨整条江的，那是什么气势啊！所谓“天罗地网”大概也就是这个样子了！岸边的农民笑说，这可是“江南第一网”啊，你们今天看到它在起网捕鱼，真是有福了。江里主要产花鲢、白水鱼、青鱼、鲢鱼等，最大的有20多斤重呢！这网是由当地农民承包的。有小船在大网里兜兜转转。远远望去，小船、船上的人在大网的映衬下仿佛小巧可爱的玩具一般。“那是渔民在大网里捡拾捕到的鱼，太小的仍要放进去。”边上热情的农民对我们解释说，“有一次，也是这样，小船在网中干活，突然停电了，因为刮大风，电闸出了故障。没有电，就没办法收网，结果小船就在网中停了两个多小时呢！正好在水中美美睡上一觉！”

在石湖荡普通的小饭店，我们尝到这里特有的鱼鲜，红烧白水鱼、青鱼，拿大鲢鱼的鱼头做的鱼头汤。平日吃的河鱼总有一股土腥气，这里的鱼竟然全无腥气，滋味鲜美无比。脸盆那么大的一盆鱼头汤端上来，众人皆赞叹。青色的瓷盆、乳白色的鱼汤、几颗红色的枸杞……每人喝了两碗方过瘾。听说那特大号瓷盆是景德镇特制的，只有石湖荡有。饭桌上清香的玉米、清甜的西瓜，怎么吃出了一股小时候的味道，那是粮食与水果纯正的味道，也是身居都市久违了的味道。朋友说他冬天来时在这里吃的饭菜也是经久难忘，用土灶烧的饭，那个香啊！还有农家塌饼，糯米和着青菜，糖来拌，重油煎，甜食爱好者极度过瘾。——石湖荡，好水土，安宁乡！

莼鲈之思，永远的回归

潘向黎

关于松江，我最早知道的是松江鲈鱼。对我来说，那不是一种土产、一种鱼、一种美食，而是一种带着强烈人文精神、人生理想色彩的象征。

作为中国人，只要你是个受过高中以上教育的人，你就会知道一个典故：莼鲈之思；如果你上了大学，而且和我一样有幸上的是中文系，你一定会从老师的口中再次听到这个典故。老师讲这个典故的时候，脸上出现的表情，会让人觉得，那莼、那鲈，经常出现在他的梦里。

你还会在无数诗词中读到它。最著名的可能是这一句——辛弃疾《水龙吟·登建康赏心亭》中的“休说鲈鱼堪脍，尽西风，季鹰归未？”

这里提到的季鹰，是莼鲈之思的主人公，他名叫张翰，西晋人。《世说新语·识鉴篇》说他在洛阳为官（辟齐王东曹掾），见秋风起，因思吴中莼菜羹、鲈鱼脍，就说：“人生贵得适意尔，何能羁宦数千里以要名爵。”遂弃官南归。这就是莼鲈之思典故的来历。

张季鹰回家之后，谁都不知道他吃了几条鲈鱼，喝了几碗莼菜羹，但是我们知道，那位他本来追随的齐王司马冏，很快就败亡了，我们也知道当时的人对张季鹰的评价：“时人皆谓之见机。”也就是说，莼鲈之思，被认为是一个看清形势的聪明人脱身的借口。

看上去很像是借口，而且无法证明不是。但是谁能否认，莼鲈之思，也是张翰决定的原因之一？如果不是，他也可以找别的借口，比如称病，比如装疯？但是那也许是真的。秋风渺渺，一个游子思乡了，一个误入官场的人觉醒了，他思考的是人生的得与失、虚与实，以及最后的心灵归宿。莼鲈之思，应该是他真正的原因之一，他要回家，要让本性自由舒展，远离政治斗争的钩心斗角、尔虞我诈。

这不是口腹之欲，一个讲究吃鲈鱼、莼菜羹的地方，肯定是鱼米之乡、风雅之地，肯定是更人性的栖居地 。这样的地方，有着这样的魅力，让人平息尘心俗念，放弃对仕途的热衷。这样的选择，有另一个略显香艳的版本：“忍把浮名，换了浅斟低唱？”可是，不是人人都向往粉重脂浓、浅斟低唱的，所以，当我们要用四个字来表明这样一种回归家乡、回归自然、回归本性选择的时候，我们还是喜欢这四个字：“莼鲈之思。”

拨开这个典故的人文云雾，说到本物，这个典故里的两样名物：鲈鱼、莼菜，都是松江的茂名特产。北宋乐史《太平寰宇记》里有明确记载：“华亭出产鲈鱼、莼羹，陆平原所谓千里莼羹，意者不独指太湖也。”

这里提到的陆平原，就是西晋松江人陆机。《世说新语·言语》记录了他的一句名言。有一次他去拜访王武子，武子指着面前的数斛羊酪，扬扬得意地说：“这么美味的东西，你们江东有什么可以比得上？”陆机马上回答：“千里莼羹，只是没有加过盐和豉！”我相信：为故乡名物骄傲的陆机，说这句话的时候，一定是故意用一种清淡的口气，但是嘴角带着胜利的微笑。

他确实有理由这样自信和骄傲。“莼菜，出华亭谷及松江，四月生，名雉尾莼，最清美。”这是清嘉庆《松江府志》里的记载。

至于松江鲈鱼，从晋葛洪《神仙传》、干宝《搜神记》直到明李时珍《本草纲目》均有提及，明《正字通》更明确详细地做了介绍：“鲈巨口细鳞，似鳜，长数寸，有四鳃，俗呼四鳃鱼，以七八月出吴江，松江尤盛。天下之鲈皆两鳃，惟松江四鳃。”

不但有四鳃，而且成熟的鱼鳃是橘红色的。清初朱彝尊有诗为证：

> 微霜一夜泖河东，杨柳丝黄西岸风。
> 不信轻舟往来疾，筠篮验取四鳃红。

这两种风物佳品，自古有大名，鲈鱼羹被誉为“金虀玉鲙，东南佳味”；莼菜则是“脂似凝肤绕指柔，转教风味忆江南”。不但古代如此，就是当代，松江鲈鱼也曾被当作款待国宾的美味。由于松江这两种特产驰名天下，历时久远，所以松江又有了两个生动别致的别名：鲈乡、莼乡。这两种名物，就这样以地理命名的方式权威地、永久地进入了历史。

可是，今天的上海松江还有野生鲈鱼吗？据专家介绍，松江鲈鱼分布于我国鸭绿江口到九龙江口等临海淡水江河的下游地区。在古代的文献记载中，松江仓城一带的内河里松江鲈鱼常常成群结队浩浩荡荡地出现。可是到了当代，人们最后一次在上海野外发现它的芳踪是 20 世纪 60 年代。20 世纪 80 年代，松江鲈鱼被列为国家二级保护动物——可想而知，一旦成为国家保护动物，它离人们的饭桌已经很遥远了。松江鲈鱼，难道只能游弋在古代的传说中和人们的梦中？

为了让现代人也可以继续保有风雅的莼鲈之思，松江永丰街道鲈鱼研究课题组的科学家们已经将在辽宁部分水域捕获的200余尾野生四鳃鲈鱼带回上海松江驯化养殖，获得成功。

我们希望，松江鲈鱼不要像白鳍豚那样，以濒危动物转为灭绝动物，希望这种可爱的鱼游回它的故乡，成为松江的美食资源和旅游资源。但是，又不仅仅是为了吃，或者为了吸引旅游。

莼鲈之思，是一种记忆，也是一种传奇。

莼鲈之思，是一种传说，更应该是一种理想。

人之所以是万灵之长，就因为我们不仅仅靠食物活着，我们需要天性放飞的自由天空、心灵安然回归的恬静归宿。

如果整个松江在越来越富裕的同时，越来越贴近自然；在越来越发展的同时，越来越回归人性，那么它就可能成为现代都市人渴望归来的美好新田园。

如果在繁华现代的上海，降临这样一方乐土，这个意义，远比当年张季鹰一个人找到归宿要大得多。

仓城妈祖

许 平

曾一次两次三次到仓城河边，寻找仓城妈祖庙。

坚信仓城肯定有过妈祖庙。

明代的漕运中心，怎么可能没有妈祖的保佑。那时候，妈祖是朝野共同推崇的海上保护神。不说百姓，就宋代路允迪出使高丽、明朝郑和七下西洋，哪一次不祈求妈祖？

漕运更是。

所以我固执地认为漕运那么不得了的仓城，也一定有妈祖庙临仓城河而居保佑顺利和平安。

2004 年夏天，上海老沙龙文化名人来松江，看方塔园的妈祖庙（天妃宫），他们说，妈祖庙若临水而建，岂不更好。

然后他们到了仓城河边，徜徉。他们惊叹仓城沧桑的文化，遗憾妈祖庙怎么不移建在这沧桑之中。

那天的仓城河华尔兹般地抒情动人，波纹滑爽，却分明泛着流淌着百年仓城百年漕运的涟漪和浪花。

面对这涟漪和浪花，电视主持人曹可凡彬彬含蓄地说："这儿更适合妈祖。"作家程乃珊很感性地说："既然这里曾是漕运中心，那就重建一个妈祖庙嘛。妈祖什么时候和漕运分开过？再说，挖掘这块文化，仓城地位会更不一般。"社科院教授郑祖安是妈祖文化研究专家，他说："妈祖文化是海洋文化和水运文化的一部分。"

这是共识，妈祖庙与水紧相连。

"上海老沙龙文化"走后，我就找寻有关松江仓城的史料，希望看到妈祖庙的记载，印证"上海老沙龙文化"的共识和我的坚信。当然，作为中华妈祖文化交流协会的理事和《妈祖人》的作者，我更希望自己有新的研究成绩献给妈祖人。

曾在《娄县续志》中看到一条记载，说在松江秀南桥南曾建有妈祖庙，初为天后宫，后改为圣与庵了。没有详细的年代记载，所以我无法考证这一说法的真实性。但之后我在《（顺济）庙记》（元初宋渤）里读到"莆有神，故顺济……松江郡之上海为祠，岁久且圮。宋咸淳中，三山陈珩提举华亭市舶，议徙新之"，惊喜。尔后我对照妈祖被册封为顺济夫人的年代、上海天后宫易地重建的年代等可能和顺济记载有关联的元素，便自信：仓城建过妈祖庙。

且不说这记载，单看明代仓城甲天下的辉煌，就足以这么自信。

明代，仓城是天下粮仓之一，也是松江府的主要漕运中心。全国各地大量的漕粮每年都会聚集于此，然后取道京杭大运河运往京师等粮仓。其时，经这朝野推崇的妈祖信仰正如火如荼。惩治海盗、庇佑救民的信仰内涵，使妈祖自然而然地成为漕运的保护神。于是膜拜妈祖祈求护佑就成了漕运之前的必行之礼，而作为这一需求的物质载体，妈祖庙的建造也就顺理成章合乎民心。这是无可争议的事实。所有研究妈祖文化的学者专家都知道，一座漕运发达的城市一定和妈祖文化有关联。换言之，漕运到哪里，妈祖庙就建到哪里。

据此料定，仓城不会例外，这个漕运中心一定有妈祖庙。

想象当年的仓城，每到漕运时节，大批漕船集至仓城，装卸漕粮，起运漕船，好一派热闹景象。开仓之日，官员百姓均到妈祖庙祭拜妈祖，祈求开仓吉利和漕运平安。是日，庙内香火袅绕，庙外载歌载舞。尔后漕船起程，浩荡而去……

这一景象应该一直延续到清咸丰元年（1851）。史料说，咸丰元年，因运河淤塞，漕船难行，全部漕粮由河运改为海运，如此，松江府的漕运中心移到了上海口岸。这年份，恰是北苏州河河南路桥堍天后宫重建兴旺的年代。这就更不由得人不信妈祖庙在仓城伴随保佑了仓城漕运的每一年，直到仓城漕运的偃息，才跟着漕运中心的转移而转移，坐落到新的漕运中心继续她的庇佑……

所以，仓城怎么可以能没有妈祖庙？

2011 年秋天，我邂逅一位仓城老人。老人说他生在仓城长在仓城对仓城的一墙一瓦都了如指掌。我问他可知道仓城有没有妈祖庙。老人好像第一次听到妈祖似的有些疑惑。然后老人摇摇头说，没有。我不甘心，说，有的地方也叫娘娘庙。老人两眼立即发亮，说，娘娘庙？有的。我说您老能肯定？老人使劲点头，肯定的肯定的，就在我老家旁边，在它的不远处有个粮仓，每年秋收后，那儿闹猛得不得了，天天有船过来，天天有粮食送进送出的，很多人还会到娘娘庙上香，有时候还会有庙会，我小时候一天到晚在那里玩的。我大喜，问，现在还在吗？老人说，老早没了。我问，那原来的地方您老可还记得？老人说，记得记得的，但现在那儿什么都没有了，那儿变化大得不得了，早些年我还去过，但已经没有娘娘庙一点点的影子了。

没有娘娘庙一点点的影子了。仓城老人说得很肯定。可我不愿全信。我希望老人说错了，或者说对了一半，其实妈祖庙还在，但只剩下残垣断壁了，或者仓城妈祖庙不止一处，有两处、三处……

便常有幻觉，也许仓城某处的老墙头上，有块上了年纪的砖雕；

砖雕已被风化，但上面的字还依稀，仔细看，竟是“顺济庙”，或“天妃宫”，或“天后宫”……

不仅仅为我新的研究，更为它是仓城百年经济百年文化辉煌的又一见证。

仰视“小土丘”

许　平

40 年前，某一天。父亲说，跟我下连队去。

那会儿我还小，不知道下连队是怎么回事，但“那里有山”吸引了我。

那是我第一次到佘山。

“这就是山呀？”我仰着小脑袋指着佘山想到了印象里的老家的崇山峻岭，然后很失望地说，不就一个小土丘嘛。

父亲下连队，把我丢给了警卫员叔叔。叔叔说，别看不上“小土丘”，好玩着呢。

记忆里，那天叔叔背上一个装着桃子的挎包和一个装满水的军用水壶，叔叔说“这是给你准备的给养”。然后我们出发玩儿去了。

我们刚走到山脚下，发现一农家的屋檐下有个燕子窝。几个小燕子在窝边啾啾唱歌。我便不肯走，站在那儿陶醉。小燕子唱着唱着戛然而止，齐齐地看着我。于是我复行。可我一挪脚，小燕子又啾啾。反复几次，我认定小燕子喜欢我，便闹着要小燕子。叔叔说，不行，它们的妈妈会伤心的。可就在我转身离去的时候，一只小燕子莫名其妙地掉了下来，又不偏不倚地掉在装给养的挎包上。叔叔乐了："得，它认你，带走吧。"

有小燕子的陪伴，我的登山之旅有了乐儿。到了半山腰，累了。坐下，抬头见一排松树，我问叔叔"是不是咱们吃的松子的松树"。叔叔想想，说，你就当是吧。这一说不打紧，我又闹开了，非要拔一棵栽在家门前。叔叔不依我。我就呸呸往手心里吐了两口吐沫，倒拔松树。记得我使劲的时候，小燕子啾啾两下说加油。谁想小松树长得结实，我使出吃奶的力气，它都不动一点点。然后我的脸就像猪肝似的，哭，哭得山野四动，峰峦立体声。叔叔于是拿出桃子，说："佘山水蜜桃，好吃着呢。"几十年后，我还记得那蜜汁甜得我如何的破涕为笑，又如何的移情别恋没心没肺地抛弃了那棵小松树。

那天最后去的地儿是山顶上的教堂。那会儿教堂终年关闭，只有解放军才能进得。好像电影镜头，那天我站在教堂外，看着斑驳的大门又茫然又好奇。大门深沉地吱了一声，然后寂静，怕惊动什么似的，无声地开启。那天阳光灿烂，我看到灿烂的阳光里飘拂着岁月的尘沙。然后我抬脚，仔细小心迈过大门。仿佛走进时光隧道，我甚至有穿越时空的虚幻。然后画面慢慢清晰，我闻到干净的空气，闻到空气里凝固着什么。然后我看到了高高圆圆洁白的穹顶，看到了洁白下破碎的七彩玻璃。然后镜头小心前移，画面最后定格在墙根下的十字架。那会儿我还不知道耶稣，还不懂得有一种文化叫宗教，但那份神秘那份肃穆叫我屏息肃然。叔叔后来报告我父亲，说："真是奇了怪了，一路闹腾不停，进了教堂她跟换了个人似的。"

从佘山回家，我跟小伙伴们炫耀佘山的小燕子小松树还有水蜜桃。我说："我跟你们说呀——我去了一个地方，可好玩啦，叫佘山。"小伙伴们又羡慕又崇拜地看着我。然后我又说："我还告诉你们呀——佘山的顶上有一个房子，很高的很漂亮的，里面有十字架。十字架懂吗？一般人进不去的。”小伙伴们听得一愣愣的，差点没把我当英雄。第二天小伙伴们拿着世界地图贴着鼻尖找佘山，半天没找着，问我：“那十字架有多大？”我思索了一下，指着地图，答：“跟世界那么大。”然后小伙伴们一起仰头看天：“那么大呀！”

佘山就这么从此留在了我心里，成了我的骄傲，时不时地被我拿出来炫耀。10 岁的时候，我发现自己说佘山“好玩儿”更多的是为佘山的小燕子小松树和水蜜桃。20 岁的时候，我发现自己淡忘了小燕子小松树和水蜜桃，却一日日清晰感受着佘山顶上的那份肃穆，那时候我已经知道当年我在空气里闻到的东西叫虔诚。

某一天，毫无缘由地我突然想到当年警卫员叔叔“进了教堂她跟换了个人似的”话，便琢磨：那时我还不识字，也没人告诉我“肃静，不得喧哗”，我怎么就知道那是不能亵渎不可轻视的地方呢？

记不得是第几次，当我又站在曾经的地方，凝视今天追溯当年的时候，我分明感受到纯洁诚实高贵神圣的氤氲袅绕着我。那个瞬间我明白了，我在佘山顶上，感受到的是一种文化，一种美丽灿烂珍贵的文化，即便在当年，即便当年承载文化的建筑破了，但文化不碎，文化依然完整，依然让人敬畏。

感悟到这些的那一刻，我忽然想起当年我还跟小伙伴们说过一句话：“佘山什么都是天下第一，不是第一也是世界闻名的。”

那是孩子话。那个孩子那天下山后依然仰着小脑袋看佘山，但她已不再嫌它是小土丘了。多少年后那个孩子成了松江人，成了松江人的她依旧会跟人提当年的小燕子小松树和水蜜桃，但更多的时候，她这样说，文化是神圣的永生的永恒的，应了这，虽是“小土丘”的佘山让人仰视。

仙居松江

王崇党

仙是倚山而居的。

从“仙”字的结构，我们就能够很自然地看出来。

在松江新城，我不但倚山而居，而且是倚靠着12座大小山峰，在这“分秀于天目得其骨，借润于震泽得其肤”的人间仙境里，我一下子就拥有了12道仙体的慧根。

我原本是鲁西南一朵飘浮于村庄上空的白云，一朵小村庄渐次生长壮大的梦，当我能够自我驾驭的时候，我就飘离了相依多年的小村庄。茸城“排障东南，涵浸沧海，烟涛空翠”仙境般的环境引我久久地驻留，并被其漫漫浸润，最终，我化雨融入了茸城这幅山水大写意画中。

在我化雨降落的过程中，我仿佛看到了先我而来的陶宗仪、杨维祯、钱惟善、徐霞客、徐阶……他们都曾在此与云间文人骚客一起饮酒作文，临摹山水，陶冶性情，留下了大量的传世之作。等我定睛寻找时，他们却又隐入山水之中，他们是这山水的魂！

松江新城是新一代大师泼墨的扛鼎之作。他们用如椽的神笔画出了全国绿化模范城市，又画出了世界花园城市，还在时刻用心描绘着这人间仙境。就在这城市中的一幢住宅楼的六楼居所里，我的身心得到了很好的涵养生息。清晨，推开窗子，满眼的绿一直铺开去，接引着楼宇，接引着山水，也接引着居住于此的众“仙”们。冲一杯九峰青茶，和着窗外的阵阵鸟鸣，轻抚古琴，茸城古今的气息便十分自然地自四面八方与我联通。

用我这纯净的琴声将打磨山峰很久的雾霭移开，让每座山峰的八景、十景清晰地走出来；让佘山上神学和科学、红墙与银球，相映生辉；让天马山上的护珠宝塔将寻宝者偏离良心的贪婪角度定格；让玉出昆冈的“二陆”把山体映照得润泽透亮；让月湖秀美的眸子闪亮新时期动人的情歌……

茸城的书卷在琴声中轻轻翻开了，一段段生动精彩的文字映入眼帘，纵横明亮的大小水系是这书卷的换行和段落布局。

我看到浦江以南闪亮着大片绿色的光芒，那里的文字自然、清新、灵动，散发着庄稼和蔬果的清香，农家乐的炊烟以一种很民间的唱腔升腾成一面旗帜，一出工业支持农业、城市反哺农村的大戏正在如火如荼地上演，社会主义新农村也正在日新月异地建设着。这里是上海人民充实丰盈的大粮仓。

我看到茸城东北部和西部的文字有着现代机械的动感骨架，有着跳跃的快节奏的韵律，一片片的工业区就坐落在那里。先进的制造业、先进的服务业在这里发展，“两新”组织在这里相映生辉，这里的每一个文字都浸润着工人的智慧和汗水。正是勤劳的工人们，努力编织着松江经济腾飞的翅膀。

我看到城区北部的文字山清水秀，底蕴深厚，意境悠远。高级宾馆、会议中心、影视基地、娱乐场所珍珠一样散落在景区，开发的各类旅游事业红红火火。我看到城区有的地方古色古香，有的地方又现代气息浓郁；有的地方大气磅礴，有的地方又曲径通幽；有的地方人流如织，有的地方又闲情逸致。

茸城的书卷内容丰富，美不胜收，我才刚刚翻开了它的扉页，它正引领我一步步地深入阅读，我也定会用我毕生的精力来阅读这本生命的大书。

茸城的书卷打开就不会再合上，惬意地在松江学习、工作和生活，我必将把自己写进这宏大的书卷，写成这书卷中一段无悔的光彩篇章！

仙居松江，吐纳着茸城的天地之灵气，我早已是飘飘欲仙！

仓城桥忆

王崇党

假如，这片土地可以折叠的话，江南水乡仓城就是一部厚重的石简。

仓城的桥、街、渡、园无不是石头隆起的风骨，石牍做的记述。特别是仓城的桥更像是打开在水流之上的大书，为江南水乡做着恰如其分的注脚，让人不由得去细细品读。

这是一个特殊的舞台，桥下的河水在淙淙地流，桥上的岁月在悄悄地走。

我曾闭上双眼，长时间站在石桥上。随着阳光的爱抚和偏移，我能感受到石桥的清凉、温烫以及静默、躁动。微风拂过面颊，时空在那个瞬间悄然发生着转换，我清楚地感受到了昔日的市嚣桨声，风雨巨变，兴衰枯荣。一代代仓城人的身影正随流水远逝，只有桥历尽浮华流变，风韵犹存。阅尽人世沧桑，而又默默无语的桥啊，其实千百年来一直都在言说：生命的延续就是承载责任，沟通真情，和谐圆融。

500 年前，跨塘桥像一株硕美的植物，在水月晃动之上，在鹤鸣鹿影中，于古浦塘上摇曳生姿，开着兴盛繁荣之花。有着“云间第一桥”美称的跨塘桥，至今仍展现着跨塘乘月的风姿，阅览着盛世永丰，名列松江二十四景。

在这块多情而又神奇的土地上，就是桥也能作为娶亲的聘礼与祝寿贺礼。是它让真情与善良得以联姻，又是它使慈爱与美德绵延长生。那在人们心中永存的三秀桥和年丰人寿桥啊，就是四枚盖在这块大地上的功德印章！让良善和美德代代相传，生息相续。

富饶丰腴的仓城啊，水美土肥，五谷丰登，整个仓城就是一个大大的粮仓！明天启年间（1621~1627）兴建的永丰桥，与仓城相连，气势恢宏，五个桥孔映在水面上，像颗粒饱满的禾穗，又像五个威武的士兵，见证着仓城的丰收，守卫着百姓的安宁。而今，这块日新月异的土地，也缘于此桥而冠上了永丰这个雅名。

这一座座桥啊，又是这江南水乡高高昂起的头颅、对襟衫上的扣襻、紧握在一起的大手、河流脊背上的坐鞍、凝固在空中的波澜……

虽然历经历史演变，很多桥已经废失，但它承载的责任和美德已经深入人们的血液，续写着人间真情。

仓城的桥啊，每一座都是一个历史传奇！

每一座都是美德与良善的丰碑！

云间秋日别样红

范国忠

我与松江有缘，缘在十多年间，每年到松江不下三次，或来工作，或来游览。来来往往之间，感觉最美的是秋日的松江。

云间秋日别样红。这红，就是松江处处展现的美，就是松江岁岁显现的新。

松江的美，是写在居民的脸上的。在老城厢的古老街巷、古老建筑、方塔和醉白池中，行走的熙熙攘攘百姓，都绽放着笑靥，都迈着自信的步子，这是一天更比一天好的别样红火的风景。在老城厢的街头巷尾走一走，心定在老街老景里，回味着历史积淀下来的悠长浓郁底蕴深厚的文化，便领悟到云间秋日别样红的情韵。

在惬意的秋阳里，与松江的“老土地”交谈，那一口松江方言，儒雅绵软，别样的动听。已传承演变了2000多年的松江方言，有着严格的发音、拼读、语法特点，成为上海地区语言演变的主干，已有32个声母、54个韵母、8个声调。在松江方言中，有一个“去……来”的助词，十分独特。如讲“好”，是“好去好来”；讲“坏”，是“坏去坏来”；讲“太酸”，是“酸去酸来”；讲“动作慢”，是“木去木来”；讲“贪心”，是“塌去塌来”等。一言一语中，甜是甜来糯是糯，就是你在一旁听，也会被感染，欲加入说松江话的行列，去深深地触摸松江方言根底的辈辈相传、代代红火的律动。

美艳的松江，在佘山国家森林公园、辰山植物园秋天里最为耀眼。那沿着山坡布满的木本、藤本、草本植被，常常有被秋风渐渐染红了的枫叶或叫不上名的植物红叶凸显，随秋风摇曳，映入眼帘，让人心里怦然一动。那无数婀娜多姿的树木，吸引着我目不转睛寻美，陡然发现，美在林木的繁茂里。人在林中游，心田在溢美，仿佛陶醉在远方的美景里。

红火的诠释，在松江的经济社会和谐发展里。以高速公路、地铁为代表的交通道路，既四通八达，又可快速到达目的地；新城区的亮丽，仿佛又崛起一座新城，为安居乐业谱写新篇章；松江的经济建设，这几年也是走在了前列。每年到松江，感觉到日新月异的变化，最是秋时整洁平坦的道路，在秋季爽朗清亮的空间里，一望无际，车如潮来，写满兴盛。

走在松江乡间的小路上，蓝天上，轻盈的白云静悄悄地飘过。在小路上极目远眺，秋日的田野上，一片片金黄色的熟了的水稻，在微风的伴奏下，似乎在歌唱田野最美的秋收歌。让曾经春播夏耘精耕细作的人们喜上眉梢，也让我匆匆而来的脚步慢了下来、缓了下来，欣赏这江南的乡村美景，深深眷恋在至美的松江秋色里。

云间秋日别样红，也红在像我这样与松江有缘人年年岁岁的感受里……

徜徉在醉白池内

惜 珍

日前去松江，得便游览了醉白池，顿时一见倾心。

这是一座独具明清风格的古典园林，其内园仿照唐代诗人白居易《池上篇》的诗意而建造，以乡村野塘的一泓池水为中心，池周古树参天，楼堂亭榭，曲廊相接，古朴清雅，极妙地契合了《池上篇》中所表达的临池中隐的超然情怀。

内园大门前有“雪海幽境”匾额，两边的楹联分别写着“春催群芳冉冉香，寒依疏影萧萧竹”。步入头门便见一个院落，院中有一长方形池塘，北面有雪海堂。院东为第二道门，入内，见一幽静小院，花木杂莳，峰石点缀，中央卧着一个南北呈长方形的池塘，这便是清初时的醉白池。醉白池岸线平缓，以池为中心叠石造景，景与景之间用花墙、月洞门、曲廊、憩亭等似隔非隔，有动静相间之妙。

园景以池北横跨于池上的草堂为中心景物，正中挂有一块“醉白池”匾额。该堂建于清宣统元年（1909），整座建筑气势雄伟，古朴雅观，檐前乔木参天，窗北修篁成丛，堂前架有一座湖石砌成的小石桥，桥东是明代建筑四面厅，这是园内最古老的建筑。坐在四面敞开的厅内，树影花光，扑面而来。明末此处曾为“松江画派”“松江书派”名士们吟诗觞咏、交流书画的风雅场所。

步入池南，见一长廊，长廊内壁上镶嵌着云间邦彦画像，计有30块石刻。上面阴刻着明代松江府乡贤名士董其昌等91人的画像，其中状元3名、进士55名、举人10名、诸生7名、贡生2名、武举1名，非科举出身而有一技之长者13名，于此可见明代松江人才荟萃。像前有当时的松江府同知何士祁题写的“云间邦彦画像”六字，“云间”乃松江别称，“邦彦”意为国中名士，源出《诗经》“邦之彦兮”句，意为松江地区杰出贤人。原画出自清乾隆年间（1736~1795）松江著名绘像大师徐璋之手。

醉白池四周还有不少精雕细刻的亭子，东南面有大湖亭，东北面有小湖亭，西面有六角亭，池东北是明代旧园遗物疑舫，房屋结构仿造船屋，舫首西向，舫北临水，犹如池中之舟，故名疑舫。园内最令我心仪的当数半山半水半书窗，难怪醉白池要被称之为文人园林，光是这一小亭名字就足以令人倾倒。

半山半水半书窗是一座建于清光绪二十五年（1899）的六角湖亭，一半倚于池岸，一半悬于池上，亭的东半部无窗，故名“三半”。亭内置有石桌石凳，此亭为倚栏赏池景最佳处。倚栏于吴王靠，低首可见池中游鱼时现，亭榭倒影浮动；从亭中北望，又见曲径幽深，池水荡漾，古木参天，十分幽静。此地因是古人读书的好地方，故名书窗。清人黄之隽有诗记：

小憩桐阴坐曲廊，一规镜槛绿泱泱。
鱼跳密藻深无影，燕掠平芜静有香。

柱间有楹曰："竹树漏光藏曲径，亭台倒影落方池。"亭上还有一副对联云："幽树幽花幽静处幽窗观幽景，清池清水清心境清座赏清荷。"五个"幽"字和五个"清"字把这一带的情致描摹得入木三分。在这里泡上一壶茶，带上一本书，从清晨读到黄昏，有荷花、鲤鱼相伴，动静皆宜，岂不是平生一大快事?

那天，亭内有四个当地人在玩牌，四人凑成一桌。醉白池可买公园月票,这里俨然成了他们的私家园林,顿生羡慕之意。黄昏时分,见他们收拾东西离去。亭内顿时安静下来，我乘隙进去静静地坐了一会儿，把目光埋进缓慢的流水间，任思绪放逐到那个时代的豪放，看暮色一点一点降临下来，河面上细碎的波光摇动内心的平静，这一刻，顿觉醉白池蚀骨的风流味道已是浓得化也化不开了。

依依惜别醉白池时，心想，住在松江的居民真是好福气。不如哪天，把家也搬到松江来，便可日日面对这半山半水半书窗了。

风流人物

峰泖杂记

那些人，正在远去

方崇智

记得妻子 30 多岁才怀孕。孩子还未出生，就被医院定性为“珍贵儿”。1972 年 1 月，妻子临产，被紧急送往松江县人民医院。当时正值十年动乱，医院的妇产科主任被打成“反动权威”，天天扫厕所。可是，那些“革命”的医生，却又医术不精。妻子在产房里被折腾来折腾去，孩子就是生不下来。她们一会儿说孩子的胎位脚朝下，是难产；一会儿又说孩子可能是“怪胎”，束手无策。那时，妻子如待宰的羔羊，在产房内凄厉地喊叫；我则像热锅上的蚂蚁，在产房外急得团团转。

万分紧急的情况下，不知是谁悄悄地提醒“革命”的医生：“实在不行，去把程老太叫来！”她们说的程老太，就是正在扫厕所的“反动权威”程主任。程主任来了，一边平静地问明情况，一边抓紧时间换衣服消毒，然后走进产房。世间的事情就是如此奇特。程主任走进产房以后，三弄两弄，没过多少时间，孩子就顺利地降临人间。护士走出产房，对我宣布：“男孩，6 斤 4 两，一切正常！”事后，妻子对我说，程主任走进产房以后，单是沉稳自信的神情，就镇住了所有的人。大家立刻从慌乱中平静下来。她一不打针，二不开刀，只凭准确的判断和娴熟的手法，很快地拨正了胎位，让孩子顺利地降生！

后来，孩子小学毕业，以年级并列第一名的成绩进入市重点中学时，我领着孩子到医院看望程主任。我们说明来意，谈起当年的紧急情况，并请程主任看看她接生的“怪胎”。程主任摸摸孩子的头，笑着说：“这孩子不是挺正常的吗？瞧，那机灵的样子！”她又说：“其实，你们今天不来，那件事我早已忘了。因为我接生的孩子实在太多了！”

可惜，程主任的名字究竟怎么写，我至今也没弄清，只记得读音是程韵秋（程映珠）。后来知道，她原本是上海赫赫有名的红房子医院的医生，著名的业务骨干。1959 年，松江由江苏省划归上海市，她自愿来支援郊区，为郊区人民（农民）服务。我后来还知道，她尽管亲手将无数的孩子迎接到这个世界，而她自己，为了事业，像林巧稚大夫一样，终身未婚，直到离开人间，也没有自己的孩子。该补充一句的是，我们全家一直对程主任感激不尽，而她，却始终不肯收我们一分钱的礼物。

程韵秋（程映珠）医生走了。可叹的是，像她那样的人，正在离我们远去！

雪泥鸿爪话徐阶

沈敖大

不叫宰相称首辅

徐阶，是松江历史上的名人。他生于明弘治十六年（1503）九月二十二日，卒于明万历十一年（1583）闰二月十六日，享年81岁。在历代松江名人中，徐阶恐怕是官位最高的一位——嘉靖、隆庆、万历三朝内阁首辅。

一般的史籍，往往称徐阶为丞相（或宰相），就像宋时的松江人朱谔（他扩修过松江的岳庙）一样，往往称为右丞相。这种称呼不妥。北宋徽宗（1101~1125）时，其实没有丞相一职，当时置三省（门外省、中书省、尚书省）。在三省中设侍中、中书令、尚书令，而三个部门的“令”，一般“不除人”（不设官员），而由尚书令下的左右仆射行宰相之权，左丞、右丞是尚书省尚书令、左右仆射的下属。所以，左丞、右丞可称尚书左丞、尚书右丞，不能称左丞相、右丞相。

明洪武年间（1368~1398），中书省设左丞相、右丞相，后废止。问题出在胡惟庸谋反一案。明洪武十二年（1379），右丞相是汪广洋，左丞相是胡惟庸，都是正一品。这年九月，占城国（古地在今越南中南部）使者来京进贡，左丞相、右丞相均未上奏皇帝，恰巧被宦官撞着，禀告了朱元璋。朱认为皇权受到了侵害，处死汪；恰好又有人告胡惟庸谋反，又处死胡。此案一直拖了十几年，处死人众 3 万余。明洪武二十八年（1395），朱元璋废止丞相制，并下旨明令不仅以后继位的皇帝不准讨论置丞相，而且凡大臣奏请设丞相的，一律“论以极刑”。有太祖皇帝遗旨在，谁敢往虎口探脑袋？所以此后，大明王朝就没有丞相。

没有丞相，但丞相的工作得有人做。替代丞相的那就是内阁辅臣，就是有几位辅臣协助皇帝工作。这几位辅臣工作时午餐都由大内（皇宫内）提供，不论有事没事都要有人待在天子殿阁之下（等待差遣），内阁的得名就由此而来。而几位辅臣中的为首者，就称内阁首辅。

明朝时，内阁辅臣一般都由六部（吏、户、礼、兵、刑、工）尚书中的几位担任，而六部的尚书一般是正二品。他们还被加以大学士的头衔，如中极殿（旧称华盖殿）大学士、建极殿（旧称谨身殿）大学士等。但大学士的官衔只有五品，不高。问题是当辅臣特别是首辅，皇帝还会加衔，如太师、太傅、太保，叫作“三公”，都是正一品；如少师、少傅、少保，那叫“三孤”，从一品（副一品）。所以，凡任首辅之职，无疑都是正一品（至少是副一品）大员，否则怎么管辖六部的尚书（正二品）？

那么徐阶这位三朝首辅到底有几个头衔呢？咱们不妨看一看徐阶本人修的族谱里的自序署名——特进光禄大夫、柱国、少师兼太子太师、吏部尚书、建极殿大学士、制知诰（代皇帝拟诏书）、经筵事（太子讲官）、国史总裁。可见，一品衔是无疑的。

徐阶退休之前，他培养的张居正已进了内阁，是辅臣之一。后来，高拱当上了首辅。高拱与徐阶是结有梁子的，于是，他推荐起用海瑞，利用海瑞一心想当青天的心态，调升海瑞为右佥都御史，总督粮运、巡抚应天十府，准他在江南试行一条鞭法。海瑞当然不明就里，雷厉风行抑制豪强，他在江南颁布《督抚宪约》，允许“系民间疾苦、官员贪毒，实有冤屈者”告状。一些官员指责海瑞提倡百姓告状，开了“刁民乐讼之风”。此举是一把双刃剑，既能为百姓申冤，也确有“滥受词讼”之弊。徐阶于己有恩，更应从严，这才有了逼迫徐阶——尽管徐阶曾救过海瑞的命——退田的事。

未必姓赵确姓徐

徐阶自然姓徐，但也有另一种说法，说徐阶一族本姓赵，居汴梁，是宋太祖赵匡胤的子孙，是宋宗室后裔中的一支，其祖先封地在浙江乌程东山徐沟村，就定居于此。元灭南宋，大杀赵氏宗室，为避害，他们隐去真姓，“以地为氏”，姓徐了。这一论断出自钱仲联《广清碑传集·徐孚远传》。《徐孚远传》的作者是黄节先生，而徐孚远又是徐阶一族的后裔，说得有鼻子有眼，不由人不信。

但是，这论断不能轻信，证据就是徐阶本人修的族谱。明清之间，其子孙四次续修，最后一次续修的是清代徐自立、徐舆蕃。

这本族谱中，徐阶把自己的先祖，追溯到曾祖一代。高祖徐德成，生于明洪武十八年（1382），二世徐贤，三世徐仁（徐贤长子）、徐义（次子）、徐礼（三子），徐礼的长子徐黼是四世，徐阶是徐黼的次子，属第五世。而一世以前的情况，徐阶本人也不得而知，付诸阙如。

由此可见，徐氏世居“华亭之小贞”，“今有浜曰徐家浜”，而且“以农为业”。到了第二代徐贤，就迁居泗泾。这从徐德成、徐贤的葬地也可以看出：徐德成葬娄县三保四区二十三图，而徐贤就葬在一保三区四十九图。

《徐氏族谱》学术界评价很高，称“历来讲求史实，对谱牒攀附之风尤为痛恨”。就是说徐家人修族谱时实事求是，不为自己家族贴金，也不攀龙附凤，而且对当时修族谱普遍高攀名公巨卿的风气深恶痛绝。徐阶说有些家族修族谱搜求先祖情况时，往往“所推本多昔时名贤贵人，然罕所证据”，而先祖的教诲是“没有这种好事而拿这种好事来显摆，是瞎掰”。清代徐大容在续修族谱的序中也说：“尊重我们了解的史实，不了解的不写，宁缺毋滥；征集可信的史实，对自己都没有把握的说法不强求。”我推测，徐阶活着时，也许已经存在本姓赵、居汴梁，是赵氏后裔即徐阶所称的贵人的说法，因毫无证据，被否决了。

结末说一说徐阶的两位夫人。第一任夫人沈氏，是云南按察司经历沈淮的孙女。沈氏年仅26岁就去世了，葬于娄县四十三保一区二图非字圩白洋滩。继室张氏，是司马（官名）庄懿公张蓥（也是松江人）的孙女，死后葬于娄县四十一保三区二十五图薄字圩吉阳汇。

依我之见，徐阶一族姓赵一说，未必可信，姓徐倒是很确的。但也有蹊跷之事，徐阶先祖及其夫人都葬于今松江地区，他自己却被万历帝赐葬在浙江湖州府长兴县。什么原因？这神秘的面纱，还有待今人去揭开，而咱们松江人，更是责无旁贷。

千年话题只眼看

明朝的那些事儿炒热了，明朝的那些人炒热了，明朝的徐阶也顺带被炒了一把。

有人说徐阶留下了一个千年话题，其实留下仅五百多年，说千年夸张了些。

这个话题，就是徐阶巧取豪夺，家中有田24万亩，甚至40万亩。这话题可不轻松。

1985 年版《辞海》，称徐阶“大量兼并土地，其弟子横行乡里，极为人民痛恨”。1990 年《辞海》修订，这段文字没了，也许觉得不妥。近年来，话题死灰复燃，“学术明星”带头，文章连篇累牍，可毫无新意，独具只眼的凤毛麟角。

总算发现了一本专著，书名是《被误读的中国历史》，对好评如潮的海瑞，提出异议：破坏经济秩序，出行兴师动众，“前后九娶而易其妻”，两任妻子被逐出家门，年过六旬还娶了两个少年侍妾。断案凭主观，原则是与其判小民输，宁可判乡宦输！长久以来，海瑞总是被放在徐阶的对立面，扬海瑞则必抑徐阶：海瑞清正廉明，徐阶必横行乡里。国人有个爱好，赞之必捧上天，抑之则撳入地，海瑞是捧杀的典型，徐阶是骂杀的冤大头。此书作者对海瑞“不敬”，倒独具只眼。

徐阶其家果有 24 万亩、40 万亩田吗？

查一下资料，便知真假。这指控，正史不载，野史不见，地方志嘉庆《松江府志》、《华亭县志》、万历《青浦县志》无有，一些笔记如《云间据目抄》等也付诸阙如，仅见于《海瑞集（下）附录》中。这是孤证，孤证不成信史。再看大明朝是有皇庄的，弘治年间（1488~1505）全国皇庄五处，总占田 12800 顷，徐阶有田 4000 顷，占全部皇庄的三分之一。可能吗？华亭县官田、民田共 20000 余顷，其中包括官田、草荡、滩涂、山坡、池塘。除去这些，算他 15000 顷，徐阶就占全县田地近三分之一。可信吗？问题这么严重，居然正史不载，野史无有？

说穿了，徐阶被妖魔化是高拱对徐阶政治迫害的结果。徐阶退休，高拱执政，“修旧怨”，一些大臣望风迎合，争出奇招攻讦徐阶以取宠。以蔡国熙为例，主动请缨到江浙，以徐阶门生外衣做掩护，专门刺探徐府仆人（注意，是仆人）干的坏事，株连徐阶之子……

这不成卧底了？这不就是罗织吗？加以后人扬海瑞抑徐阶，硬是把徐阶的罪名坐实了。

可惜的是徐阶儿子的“罪名”成立，被判充军。尚未执行，高拱就倒台了，政治迫害的闹剧也就草草收场。

我不排除徐府在松江有侵田之事，更不排除徐府恶仆有横行乡里之举（有关笔记都有记载），但把徐阶妖魔化，就荒腔走板——离谱了。

其实，徐阶在历史上的功绩，是掩不住、抹杀不了的。他改革军政弊端，发挥军队和地方两个积极性，合力抗倭，安定海疆；智退鞑靼，巩固北疆；保护善类，扶持正直官员（包括海瑞）；扳倒严嵩父子，解大明王朝倒悬之危，时称名相。即使被海瑞搞得灰头土脸之后，仍上书朝廷，以70余岁高龄，奋笔疾书，列举江南尤其是苏、松地区百姓之苦难，要求减免赋税（后来果真实施了），拯民于水火。徐阶的贡献，实非海瑞所能及。但海瑞被神化而徐阶被妖魔化，岂不可叹？！

松江“寓贤”杨维祯

沈敖大

杨维祯《明史·文苑传》的开篇人物，张廷玉将他列入《文苑传》，自然是因为他于文有相当的造诣。传中称“杨维祯诗名擅一时，号铁崖体”；同时又引张雨的话，说杨的古乐府“出入少陵（杜甫）、二李（李白、李贺）间，有旷世金石声”；引宋濂话称杨的诗“尤号名家”。1963年人民文学版的《中国文学史》（游国恩等主编），将杨维祯列为元代诗人篇末。

杨维祯又与松江有缘，《明史》称他“得罪丞相达识，迁居松江之上”，去世后又与陆居仁、钱惟善同葬天马山，人称“三高士”墓。顾清《松江府志》将他列入“寓贤”，称杨维祯“因兵乱，携家寓华亭，筑室百花潭上，号小蓬台”。

杨维祯一生，可分前后两段：前段求学出仕，后段隐居。由仕入隐这一转折的推力来自于他清高孤傲的性格。归隐后，杨维祯就“纵情山水，沉湎诗酒声色，放浪形骸”。

杨维祯是汉人，在元朝出仕，以传统的观点看来，总有些不妥，好像失却了点文人气节。其实不然。杨出仕时，宋亡已20年，宋亡之痛，已渐行渐远，因而不能苛求。文人的气节，他还是铭刻于心的。谓予不信，不妨读他的《题苏武牧羊图》：

未入麒麟阁，时时望帝乡。
寄书元有雁，食雪不离羊。
旄尽风霜节，心悬日月光。
李陵何以别？涕泪满河梁。

“风霜节”“日月光”，对苏武的气节揄扬有加。

杨维祯多才多艺，诗文曲书都很当行，晚年隐居松江，成了松江文坛的一面旗帜，各地名士纷至沓来，又引来了他们的仰慕追随者，《明史》称“海内缙绅大夫与东南才俊之士，造门（上门拜访）纳履（穿鞋告辞）无虚日”，这就使松江成了文人集聚的人才高地。加以松江相对富庶，就有财力时不时举办文会，如泗泾孙道明就在他的映雪斋办过文会；据陶宗仪《南村辍耕录》，还办过真率会；据杨维祯《东维子文集》记述，有应奎文会等，这就使松江文坛繁花似锦。松江人陆深说当年松江“衣冠文献为江南冠”，为明代松江文坛的昌盛奠定了基石。

杨维祯成了松江的文坛魁首、风流班头，在松江留下的遗踪、遗文自然就多。顾清《松江府志》中有关杨维祯的着墨甚多，可以说较之“二陆”并不逊色。

粗略搜索顾清《松江府志》，为杨维祯着墨有20余处，遍及河、桥、塾、寺庙、居宅、亭台楼阁、墓以及人事。记载杨维祯的文体有诗、记、题额、铭等多种。读这些记载，可以遥想当年松江的风土人情。如元至正七年（1347），华亭尹张德昭，清正廉明，造福百姓，杨维祯为其撰《遗爱碑》；云间陆和伯，五世良医，悬壶济世，杨维祯为其真仁堂作记；松江有没有夫子庙？有，在华亭县学之内，元至大（1308~1311）初华亭尹刘庆建，杨维祯作记；松江有没有妈祖庙？圣妃宫近似之，圣妃宫又称顺济庙，在县治东北黄浦江上，是百姓祈求航行安全的圣地，建于南宋咸淳（1265~1274）中，上有丹凤楼，杨维祯作《丹凤楼诗》，其诗曰：

十二香簾百尺梯，飞飞丹凤与云齐。
天垂紫盖东皇近，地拂银河北斗底。
冥餍秋空戎马阵，神灯夜烛海鸡啼。
嫦娥昨报瑶池宴，笑指蓬莱水又西。

杨与松江巨室也交往甚密，曾为素有“淞上田文（即孟尝君）”之称的吕良佐居宅来德堂撰写了专记。

杨维祯在松江“放浪形骸”，时有惊人之举，陶宗仪《南村辍耕录》记杨维祯“耽好声色”，宴席上见舞女有“缠足纤小者”，就脱其鞋，将酒杯置鞋肚，斟以“行酒”，杨为这“鞋杯”起了个美名曰金莲杯。杨维祯在松江遗踪不少，广富林这一地名，也是他在《干山志》中首次提到。他对松江文坛影响颇大。

闲话陶宗仪

沈敖大

南村草堂谁所建

陶宗仪《南村后杂赋十首》其一：

路直华亭谷，林藏处士家。
葵菘浮雨甲，粳秫吐晴葩。
埘羽肥堪缚，溪鳞巨易叉。
客来留共酌，浊酒不须赊。

陶宗仪是元末明初的一代大儒，也是中国历史上著名的史学家和文学家。他祖籍福建长溪，先世迁居浙江永嘉，又迁台州黄岩（今浙江台州）。而陶宗仪本人，出生于台州，一生的极大部分时间却在松江泗泾度过，而且陶宗仪的传世之作，几乎都是在泗泾的南村草堂里完成的。

距今800年前陶宗仪在泗泾的南村草堂是谁构建的呢？这个问题也蛮有趣，因为说法不一。徐伯龄《蟫精隽》引贝琼《南村外史传》称陶宗仪“乃去之云间之泗水上，有田廛，筑草堂以居”；张丑《清河画坊记》引王掖《赠南村先生序》称“筑草堂以居，人称之曰南村先生。”……

从这些记载中可见，这草堂系陶宗仪本人构建。

但是，顾清《松江府志》却是这样记载的，陶宗仪“由避兵家城北泗水之南，诸生买地结庐，遂居以老”。而眼下正在编撰中的《泗泾镇镇志稿·古代人物·陶宗仪》，也秉接《松江府志》的说法，称“陶宗仪为避兵火携家移居华亭。松城之北，泗水之南，诸生买地结庐，名曰南村草堂”。这“诸生买地”显得有些突兀，这“诸生”是些什么人呢？为何要“买地结庐”给陶宗仪住呢？

看来顾清选用史料时为了精简，略掉了一些文字。原文也许出在孙作撰的《陶先生小传》（见《沧螺集·卷四》）：“……家甚贫，抵松，教授弟子……由避兵，家松城之北，泗水之南，诸生买地结庐，遂居以老。”

据此可推，陶宗仪初到松江，租屋授徒，有学生；又可知南村草堂系陶的学生们构建。孙作是江阴人，是陶宗仪文友圈内的名士，《南村辍耕录》的序，就是孙作的手笔。所以，孙作的叙述，比较可信。

陶宗仪定居泗泾，家产不多。孙作称陶“有田一廛”，贝琼称“有田廛”，王掖则称“有田数亩，屋数楹”，全部家当是几亩田、几间草屋。陶宗仪在泗泾的生活，就是耕作、授徒、著述，与文友聚会。

说起草堂，读者一定会对草堂的环境感兴趣，如果要复制，当年草堂是什么模样呢？

被文徵明列为“杰然天下士”之一、为《南村辍耕录》的刊印募资的邵亨贞做过描述，草堂摆设“左右列琴瑟书册”，草堂周围“前后多桑麻竹树”，草堂远望“四顾皆平畴，远水出户则可览江山之胜”（见《草堂记略》）。但是“四顾皆平畴，远水出户则可览江山之胜”句读起来有些拗口，如果这逗号移置于“远水”之后——“四顾皆平畴远水，出户则可览江山之胜”，是否顺点儿呢？

陶宗仪避兵入松，居草堂以终老。那么，他为什么独选松江为避兵之地呢？

原因之一，是因其父曾在松江为吏，而他自己，又是松江的女婿。

定居松江非偶然

陶宗仪《南村诗集·阅耕》：

上国曾辞聘，南村且阅耕。
心安闲自适，肌瘦老逾清。
趣向琴中得，诗从枕上成。
平生随造物，多幸见升平。

这是陶宗仪定居泗泾读书耕作生涯的自我写照。元末明初，朝廷曾五次征聘，但他都婉拒了，坚持在南村草堂享受“心安闲自适”的闲云野鹤般的生活。

说起来，陶宗仪定居松江，既有偶然性，也具有必然性。

偶然性是陶宗仪在20岁那年，即元至正八年（1348），参加了进士试，被黜落第。原因是直言招忌。友人张枢在《南村赋并序》中说：“二十有志于功名，执笔论当世事，主者忌之，即拂衣去。”黄岩和松江的史志也载“少举进士不第，即弃去”，指的就是此事。从此，陶弃绝功名，转向从事耕读。

功名不就即回乡，正值此时，偶然的事情发生了，张枢在《南村赋并序》中说：“将返乎天台（即家乡黄岩）守先垄，适寇寨于乡，归弗克，遂留乎云间（即松江）。”“寇寨于乡”，指的是应试同年稍后，方国珍起义事。方国珍也是黄岩人，起义后队伍迅速壮大。“寨于乡”就是方国珍起义军已在陶宗仪家乡安营扎寨，家乡烽火燃遍，陶宗仪归乡，自然就不克了。

这一偶然性事件的发生，使陶宗仪有家难归，于是就在浙西、浙东，开始了游学生涯。这段时间，他师事文名昭著的张翥、杜本、五峰狂客李孝光等文坛名家。大约在元至正十五年（1355）许，陶27岁许定居松江。

陶宗仪选择松江定居，有其必然性：一是因为陶宗仪之父陶煜，曾任松江府吏。这府吏是不入流品的，九品都排不进，只能是杂职，但在松江就有了人脉。二是因为陶宗仪入赘松江，妻子一方的亲眷都是松江人，在妻子的故乡定居，妻族方便照应。

陶宗仪的岳父来头不小，姓费名雄，官拜都漕运万户。费雄之妻，即赵孟頫之女。陶宗仪入赘费家，与费元珍结褵，就成了赵孟頫的外孙女婿，虽说赵孟頫已去世，但赵家在松江还是有些亲故，比如说赵孟頫次子赵雍，也就是费元珍的亲舅舅。赵雍家学渊源，书画皆精，造诣很高，两人“同寓松江”，对陶宗仪影响不小。陶宗仪的书法、绘画“多得赵氏之传”，陶宗仪的专著《书史会要》就是因研读赵氏家藏的历代书法珍品而写成的。可见，陶宗仪选择松江定居，有其必然性。

但是，陶宗仪也不是一到松江就择泗泾的。他的入松路径是，先居青溪，也就是今之青浦小蒸；未久，又移居凤凰山；再后，因他的学生在泗泾买地构建草堂，才定居于此，直到终老。对此，陶宗仪的文友们都有相类似的记述，如浙江儒学提举郑元佑在《白云漫士（陶煜的号）墓志》中讲到陶宗仪“先赘松江，因乱世遂居之”。可知，陶宗仪是松江费家的招女婿。古代男子，一般情况下是不愿做赘婿的，陶宗仪愿意入赘，可以想见当年他生计的窘迫。

陶宗仪在泗泾，生有二子。长子早夭，见陶宗仪诗《十七夜伤感》："四十二年前，今宵最可怜。明蟾徒自好，爱子竟长捐。"次子陶纪南见于陶宗仪学生杜琼所绘《南村别墅图》上杜琼的跋："余少游南村先生之门……与其子纪南最相友善。"并记述陶宗仪去世后，陶纪南访杜琼见此画，"强欲持去"，时在明正统八年（1443）。此画现存上海图书馆。

松江给力育文儒

《浙江文化名人研究大系》称陶宗仪为"一代文儒"，但这并不妨碍陶宗仪是松江名人。因为陶宗仪一生 80 余年，至少有 50 多年在松江度过，而且入了松江籍，而他的大部分重要著作都是在松江泗泾南村草堂完成的。

事实上，对于以上两点，学界并无疑义。但是，有一点学界并未引起重视，那就是，陶宗仪炼成"一代文儒"，除了主观努力，客观上松江文坛的给力，也起了重要的作用。

须知，历史上的松江地区，襟江带海，交通便利，粮商鱼盐丰沛，魏晋以来，人文荟萃。元末动乱，但松江基本无恙。用元末明初文学家高启的话来说，松江是"一柝之警不起，民恬物熙，独保完实"；明钱谦益《列朝诗集小传》也有避兵而来松江的"皆一时名士"，这些名士来松，又使"慕学之士，自远而来，十余年无虑千数"，所以有"松江一时文风之盛，不下邹鲁"的话头。松江的文化状态，不比孔孟之乡为差，这评价，水分是不多的。

据史籍，当年松江地区，聚集的名士有孙作、王逢、杨维祯、张宪、贡师泰、钱惟善、杨瑀、倪瓒等不下数十百人。这些名士，或不时来游，或长期定居，加以松江文士如孙道明、邵亨贞、袁凯、董纪、夏文彦等辈，他们在松江富户的物质支持下，把酒言欢，以文为友，屡办文学活动，使松江文坛掀起了一个高潮，也为明代松江文坛的昌盛奠定了坚实的基石。这些富户，据何良俊的记载，就有青龙（镇）任水监、小蒸曹云西、张堰杨竹西、陶宅陶与权、吕港吕璜溪、祥泽张家、干港侯家等。当时松江文人雅聚甚多，值得一提的是，吕璜溪还出资举办应奎文会，广发英雄帖邀各方名士来松江赛文，邀杨维祯为主评，出现了“一时文士毕至，倾动三吴”的盛况。

人文荟萃，文风繁盛，对陶宗仪的著作，自然给力很多。一是陶作的许多内容，得益于与诸文友的交流，《南村辍耕录》中的许多记载，来自于交流所得：贡师泰的讲述，陶宗仪写成了《端本堂》条；杨瑀的讲述，陶宗仪写成了《大军渡河》诸条；郑元祐的讲述，在《南村辍耕录》里变成了《宋朝家法》诸条。这些例子举不胜举，陶宗仪并不掩饰，倒是光明磊落说明资料从哪里得来。二是《书史会要》这部书，广征博引，没有浏览并研究历代书法珍品的经验是无法撰写的，此书的成功得力于对赵孟頫家藏书法珍品的研究。《说郛》一书，更需广读史料典籍，而松江孙道明、夏庭芝、夏文彦、曹炳等人家中藏书甚丰，为《说郛》的成书，给力甚巨。有论者称，元末松江地区文人，已经开始了“文化资源共享”，我认为不无道理。

那么，陶宗仪究竟有多少著述呢？学术著作有《说郛》《南村辍耕录》《书史会要》，文学创作有《南村诗集》，典籍整理方面的著述有《古刻丛钞》《陶南村文钞》《游志续编》等，《说郛》《南村辍耕录》《书史会要》等著作均收入了《四库全书》，而且都享有盛誉。

结论是：陶宗仪定居松江，著述等身，而且有些书名都冠以南村，为松江文坛的繁荣做出了贡献，而松江“不下邹鲁”的文风，为陶宗仪炼成“一代文儒”，也给力甚多。这可以说是双赢。

回忆施蛰存先生

曹　旭

11 月 19 是施蛰存先生的忌日。

这位原名施青萍，笔名青萍、安华、薛蕙、李万鹤、陈蔚、舍之、北山，曾被鲁迅恼火时称为“洋场恶少”的人，是近现代著名作家、翻译家、学者，华东师大教授，横跨世纪的文学大师，见证了许多鲁迅没有见到和无法想象的事情。

我认识施蛰存先生出于一则误导，印错的招生简章说施先生招近代文学研究生，我寄去论文，准备报考，但他说不招，招生简章弄错了。就这样，我幸运地认识了这位文坛前辈，并成为他的私淑弟子，此后，开始拥有施先生的签名书。

施先生字如其人，签名书上的钢笔字，全都娟秀挺拔，像三河少年，翩翩风流。认识施先生十几年，不以年计，而是被他送我的签名书划成几个阶段。

最初的阶段，他还没有签名书送我，以前写的书被批判，新的书不让写。被抄家的他，在一个很长的时间里房子还没有落实。

他们从大房间搬出，和师母两人住在一间由厕所改造的小屋里。

我去看他，他招呼我坐，自己却抢先坐下来。他为什么要抢先坐？因为他的座位是由一只抽水马桶改装的，说改装，只不过是在抽水马桶上横搁一块木板，遮住白色的马桶圈。他如果不抢先坐，客人就有可能坐下来，施先生觉得，让客人坐在抽水马桶上不好，于是自己就抢先坐下来。坐在马桶上与客人谈话虽然不雅，但客人未必知道，也未必看得出来。

但是，偏偏我看出来了。因为他凳子后面的水管子像头上的辫子似的直通上面的水箱。这根管子就像大清国的臣民，像孙大圣屁股后面的尾巴，夹不了、遮不住，变成一座小庙也没有用，因为尾巴变成的旗杆竖在后院，这就令人怀疑了，二郎神一看就看得出来的。除了我，施先生"文化大革命"中坐在抽水马桶上接待客人的事情，许多人都知道的，我不过是目击者之一，并成为在这种方式下受施先生接待过的人。

落实知识分子政策了。施先生开始有了读书、吃饭、睡觉合在一起的"多功能间"。地方虽然大一点，但施先生的身体大不如前。

一次，他住华东医院开刀，我去看他，他将刚出版的《燕子龛诗》送给我。《燕子龛诗》是近代诗人苏曼殊的诗集，施先生说，他以前读中学的时候很喜欢苏曼殊的诗，自己手抄了很多，现在出版的几种《苏曼殊全集》都不全，他想补一补。他约我校编一本《宋诗精华录》，并说："最近某先生评教授，只有一篇报纸上 1000 字的小文章，当然不行。你们要趁年轻的时候多写。"很朴素的"多写"二字，从此成了我的座右铭，至今仍激励我前进。

施先生恢复得很好，出院以后，我每次去拜访他，他总问："侬老兄最近好？"

我赶紧回答："我很好。先生您呢？"

他总说："我么，还是老样子。"

那种轻松的口气和态度，好像我是老先生，他是年轻人。每次和他谈话，他的轻松、随便，使我的拘谨和事先想好的客套话，就像雨天刚撑过的湿淋淋的伞，只能搁在厨房间或走廊，不能带进他的书房兼卧室。

最使我难忘的是，有一次，我寄了一封信给他。信被退回来了。一看，上面施先生用红笔大改了一通。从称呼，到内容，到落款，改得面目全非，令我脸红了大半天。

我从此记住，想做大事情，必须从小事情开始。写信，也是一种基本功。

我的阿姨罗洪

王安忆

罗洪先生给予我的印象，永远和一件东西联系在一起，就是冰。

那时候，一般市民家中多没有冰箱，尤其是像我们这样，20世纪50年代从军队南下进城的新市民家庭，连桌椅板凳都还是从公家租赁，上面钉着编号的铜牌，更谈不上冰箱了。夏天到冷饮店买了棒冰雪糕，返回途中便匆忙吞食，不及到家坐定后专心消受，实是一大憾事。

一个暑日的傍晚，一架三轮车停在我家后门，走下罗洪先生，穿一件蓝布旗袍，夹一卷毛巾毯，径直走入我家房间，将毛巾毯在桌上摊开，里面裹着一匣冰块。她常听母亲说起两个贪嘴的女儿，吃冷饮无可餍足，于是，便给我们送冰来了。冰块哗啷啷倾在大海碗里，罗洪先生坐都不坐，卷起毛巾毯就走，三轮车还停在后门，好让我们及早享用冰，在这个大暑天里，冰很快就会融化。可是，这冰并不像通常以为的那么迅速融化，而是相当坚硬。我和姐姐忙活了一晚上：用冰块拌西瓜，镇绿豆汤、橘子汁，或者纯吃冰块。

这才知道，平日里冷饮店里出售的棒冰是机制冰，经过加工，横剖面可见丝丝纹理，原生冰块就是这样密实的一块。

在我眼里，这些阿姨们都是与母亲同样的年纪，事实上，如罗洪先生，可算上是母亲的前辈，直接从五四走来。然而，坐在她跟前，你又忘了这一茬。就和所有的有福气的奶奶一样，家里有一个曾孙辈的孩子穿行着。她呢，也和所有的老奶奶一样，不出自家门，便知天下事，与你通报着邻家失窃的事端。

但她到底不是一般的奶奶，而是一个知识者，得科学与启蒙正传，对人生抱清醒乐观的态度。近年来，她开始着手处理身后事物，一个知识分子，要说有什么遗赠，无非是书籍，却是伴她一生的挚友，我竟也获得一份，一套中华书局的《李太白全集》。书中夹一信，字迹端正娟秀，嘱我“读一首二首诗”，如何清逸远致，就又流露出旧学的背景，是新学的发轫之渊源。

泗泾的信

彭瑞高

第一回当老师，是松江给我的机会。38 年前，我在泗泾当实习教师。当时我就想，之所以把四中命名给泗泾，一定是“泗”字起了作用：泗泾、四中，好记。

我们是拉练去的，就是说，是走去的。二十郎当岁，又读着体育系，身体正棒着。我们从桂林路出发，沿漕宝路西行，穿过七宝、九亭，走了一上午，才到松江四中。镇是老镇，校是老校，校舍黑黢黢的，校园是旧时富家花园，当然更老了。

但学生很年轻。我一到学校，就被任命为高中某班副班主任，第一任务是协助班主任抓好训练，争取校运会第一。我很起劲，第二天放学就开始集训，决心拿个总分第一，当作实习成果。

没想到，有个男生不服管。他姓赵，长得很帅，运动成绩也很好，班里同学都崇拜他。队伍刚排好，赵就说：“教我们也要有个资格，彭老师是比我们跳得高呢，还是跑得快？”

我笑说：“我的任务只是辅导，比赛不一定赢得了你们。”赵就说："那不行，语文老师比我们文章写得好，数学老师比我们方程解得好，你又凭的是什么呢？"

有一位女生喝道："嗨！你对新老师怎么这样没礼貌呢？"这是班长，姓罗，一个漂亮女生。

赵等于下了战书。我说："好吧，你选项目，我们随便试试。"这样一说，场上就起哄起来，一操场的人都等着看好戏呢。

于是跑 100 米，我胜了赵两个身位；掷铅球，我也比赵远一大截；最后跳高，罗悄悄跟我说："他全校跳得最高。"我笑笑。赵输了前两项，这下跳得很疯，横杆连加三次都跳过了。场边发出阵阵欢呼。同学们让我跳，我说："等他跳完我再跳。"赵不信，说我是不敢跟他比了。其实我不久前才获得全市大学生夏运会跳高冠军，心里在想：跟个中学生较什么劲。赵跳完后，我用三步助跑就跳过去了，他才服气了。

赵事后变得很听话，训练刻苦，成绩也提高得很快，不仅在校运会上大获全胜，参加全县中学生运动会也拿了奖。这些都按下不提。

要提的是另一件事。实习结束前一天晚上，我在上铺看书，一位室友对我说："外面有人找你。"我下铺出门，见有个人影站在树下，近前一看，是女生罗，样子惴惴的。不待我说话，她往我手里塞了一封信，就飞也似的跑了。

我就着路灯拆开信，信中是一个少女不切实际的梦想。我不知她为什么会对我这样，也不知怎么回答她才好。但我清楚，我不能靠近她，因为她是一蓬火；我也不能伤害她，因为她是一蓬火。通常的做法，是把信交给罗的班主任，或交给我的带队教师，但我没有这样做。

第二天我去班里向学生告别。踏进教室，第一眼就看到了罗，她头发梳得密亮，两眼有异样的光彩。一见我，她就把目光闪开了。

我向全班同学表达了惜别之意。

回师大后，罗又寄来好几封信，都很烫。我每封都回，是写给她和全班同学的。慢慢地，她的信就少了，凉了，没了。我想，这才对了，我们都做对了。

罗是一时迷了路，我觉得。在泗泾就听说，她其实跟赵很要好。依我看，他俩才般配。

泗泾的样子我已经忘了，但那个学校我没忘。在我心中，泗泾就是四中，就是赵和罗。

英雄“二陆”

陈鹏举

“二陆”是说松江的古贤陆机和陆云两兄弟。想起他们是因为先说起了《平复帖》。我见过《平复帖》。它是陆机写给朋友贺循的手札，内容是探问病情，9 行 86 字。当时可能平常，现在还能见到就了不得了。《平复帖》是存世最早的名人手迹，而且字写得好，是汉魏简牍的神态。现存的王羲之的字，难说是真迹。而凭着《平复帖》，可以想见魏晋的书法风度，也可以想见王羲之的出处和可能拥有的极致。陆机呢？凭着这些用秃笔随手写来的字，也可以不朽了。说起《平复帖》，是因为碰见了“二陆”的家乡人。历史上松江有华亭和云间这么好听的名字。“二陆”由史家称呼，是云间“二陆”。说起《平复帖》，还真不是一时兴起。松江后来也就是上海了。都说上海没什么大震撼的文物，陆机当时就生活在之后成为上海的地方。千千万万的上海人，完全可以因为他，高傲地把头抬起来。《平复帖》算得什么呢？无非是一个写在纸上的问候，贺循也不是非得记住的人物。陆机呢？他可能也不在意以后让人称为书法家。然而，历来的人们就是感动了。为什么呢？因为人们惊奇，字为什么那么不经意地写，竟然很美呢？为什么楷书还没出现的时候，字能写得那么美呢？为什么那么美的字成为曾经了呢？第一个问题，叫人明白了，字其实是一个人的人格、学养和气质的外延。第二个问题，叫人迷惑了，至少现行的从楷书启程学习书法的方法，不能让人信服。第三个问题，让人糊涂了，以为艺术像经济一样，也是可以与时俱进的。

现在来说英雄“二陆”。“英雄”二字，分别说的是花木最优秀者和走兽最勇猛者。运用在文辞里，就是文武两方面的佼佼者。“二陆”是当得起英雄称呼的。他俩是东吴陆逊的孙子、陆抗的儿子，祖父和父亲都是极具文韬武略的英雄。他俩相差一岁，二十来岁时，东吴亡了。他俩回到家乡，读书十年。陆机写出了可以和贾谊《过秦论》相提并论的《辨亡论》和前无古人的《文赋》。陆云写给陆机的数十封书札中，也表露了旷世的文论见地。十年后，他俩来到洛阳。从云间来到了日下。就两个地名，可以明白他俩由江湖之远到了庙堂之上。他们被称作了云间“二陆”，陆机更被誉为“太康之英”。太康是西晋的年号。这“英”字，自然是文心盛开的奇迹。陆云是治理州郡的良臣，他活着的时候，已经受到庶民的纪念。陆机的文韬，单说《文赋》就可以不朽。在他之前，文字被定义为“言志”，他说文字是“缘情”。从行文的层面上，他谈到了作者心理变化的过程；从文章的本义上，他感觉到是平生感情的托付。这个伟大的上海人，足以让我们骄傲永远。因为他在文字里酣畅淋漓地活过了自己。而文字的伟大存在，就是在等待每一个眷恋它的人，在它的存在里殷殷地活过。所以，甚至他的手札不可能不美，譬如《平复帖》。他身边有条犬叫黄耳，可以在云间和日下之间传递家书。这是文字载着人的情分，打通了人间的长路。好几年前，听黄永玉谈过黄耳，他记错了犬的主人，以为是陶侃。不过，他言谈中流露出来的情感，至今让我感觉温暖。

再说“二陆”的武略。这是个会引起争议的问题。史实很清楚，“二陆”最后是被冤杀的。他俩到了庙堂之后，遇上了“八王之乱”。他们没有退出，最后陆机不可退却地做了一方的大都督，带领 20 万兵马，从朝歌到河桥排开，杀声震撼数百里，是汉魏之后最惨烈的一仗。陆机大败，被诬谋反冤杀。陆云有极好的官声，众官进谏，最后还是株连被杀。有论家可惜“二陆”：既然是文学天才，何必非要去洛阳，否则可留下更多名作。这话没有意义。文字的好坏和多少有什么关系？一篇《文赋》就足以留下陆机，甚至一件《平复帖》就可以留住他了。“二陆”去洛阳，只因为他俩是英雄，他们要实现自己的英雄梦想。陆机听说来抓他了，自己脱了戎装，换上一身白衣。只是说，是自己的命运。他留下了一封讲述自己的信，最后说：“华亭鹤唳，岂可复闻乎？”坦然而去。陆云自然也是去得坦然。应该说他俩是英雄归去。关注冤杀，是浅层的史论。英雄归去，是“二陆”令人尊重的归宿。陆机有一篇《吊魏武文》，其中的几句话，鲁迅曾引用在一篇序言的结尾。这几句话说，曹操临死时，对后事交代过细，有损一世英名。记得有一句是：“遗尘谤于后王。”《吊魏武文》是陆机走过内心的文字，可见陆机的历史感觉。李白显然很同情陆机死前纯净的眷念。他写道：“华亭鹤唳讵可闻，上蔡苍鹰何足道？”他觉得陆机的情怀，比李斯临刑时说的“上蔡东门逐狡兔”的豪言，要英雄得多。“二陆”读书和居住的遗址还在，1700 多年了，已是风尘无边。

我会思念你到我老去

陈鹏举

大雨落在华亭湖上，大颗大颗的雨点，打在窗上。40 年前也是这样的季节，也是这样的雨点，我接到了传呼电话，听到他姐姐的哭泣，说他“没了”。他是我最好的同窗、朋友。我没有兄弟，好朋友意味着什么，只有我知道。我亲人本来就少，25 年里，还没碰到死别的事。人真会远去，永不回来。我没想过，我不知道。这个雨天，竟然告诉我说，是真的。

1975 年是什么年份？我想说是一个人人都感觉到筋疲力尽的年份。他的命终止在苏州河里。我甚至怀疑他是鲁迅笔下的范爱农。不是河水怎样了他，而是他托付河水带走了他。

后来，我不这样想了。他是注定不能轻生的人。他父亲开过酒坊，生了他姐姐、他和他弟弟。后来他父亲死了，留给他们的是一个坏出身。他和姐姐差 4 岁，都是 67 届。上山下乡，可以一去一留。只是去留对他家来说，都一样。姐姐去了黑龙江。他呢？留在上海养家，做了泥水匠。家里太穷了，他所有的工钱都贴补了家用。活到了25岁，口袋里还是没有零花钱。那天早上，他问母亲要了一条游泳裤的钱。在家附近的一个日夜商店买了游泳裤，中午和工友们一起在工地边上的苏州河里冲凉。不想依傍的一条驳船开了，他被淹没了。

我知道他下河不会有好结果。我和他有同样的缺陷，其中一个就是手脚不灵便，运动能力差，譬如不会踩自行车，说不上会游泳。他母亲悲痛欲绝，她无法后悔。她怎么能拒绝？正如她所说："长这么大的人了，第一次开口要点钱，我能不给吗？"

他淹没了。天下起了大雨，大颗大颗雨点的雨。可叹河水实在是无情，生生要去了他的命，让他一语成谶。他曾说过："寿终路寝魂还家。"

我和他的要好，是因为缺陷相同；我和他的区别，是他的优秀，我不可能达到。他是高超的围棋手，他在棋枰上运子轻灵，像在写他优雅的笔记。尤其是，16岁的时候，他在读马克思的《资本论》。我们这代人，大多翻阅过马恩的书。我感动于他们的文笔，马的大海波涛、恩的清江涓流，尽管是译文，还是能感受得到。我一向觉得，马克思可能和司马迁一样，首先是个大散文家。他不同，他觉得《资本论》提出的许多命题，需要潜心思考。同又不同，结果我们很要好。

马克·吐温出生时是双胞胎，结果死了一个。两兄弟长得太像，以至于马克·吐温一辈子都在那里说，大家都弄错了。当年死的其实是他，现在活着的是那个弟弟。一个读《资本论》的优秀的人死了，一个总认为马克思是散文家的人活着。人类可见真的很伟大？死了许许多多优秀的人，人类还是那么不可估量。这一刻，我觉得死对人类而言，还真不可怕。对个人呢？可能也会不可怕。

我现在比他多活40年了。我身边有好些个1975年、1976年出生的优秀的人。人以40年的时光成就优秀，我想告诉我永远停留在25岁美好年华的最好的同学和朋友：你好年轻，你可能成就所有，我思念和羡慕你曾握有的可能性。

四十年前诀去留，英年淞水坠中流。
哲人生死谁人主，故国兴亡倾国愁。
不见卞和三献璧，空余王粲独登楼。
尘埃曾结金兰拜，能不思君到白头。

没有你的日子里，我30岁的时候，好像独自登楼的王粲。真可惜在你身后的所有日子里，无法看见你为天下家国献出你的和氏璧。40年能改变什么？优秀的人，我会思念你到我老去。

杨维祯与“松江画派”

钱汉东

辛卯暮春，天朗气清，惠风和畅。我怀着虔诚之心去松江天马山旁的干山寻访元代文坛领袖、书画大家杨维祯墓冢，凭吊这位为中华文化做出了卓越贡献的先贤。

杨维祯先后在松江生活、创作 20 年，喜欢与天下文人墨客切磋诗文，天下学士慕名前来求教者数不胜数。当地一时成为文化中心，直接影响了明代“松江画派”的诞生。我国目前列为国宝级书法作品的共有 54 幅，其中有杨维祯书法作品 1 幅，编号为 044 号，可见其影响之大。

寻访杨维祯墓冢纯属偶然。家乡西施故里浙江诸暨拟建三贤堂，三贤堂之“三贤”为王冕、杨维祯和陈洪绶三位，他们都是中国书画史乃至文化史上具有标杆意义的人物。我受托将“三贤”在海内外流传的部分作品复制回故乡展出，让世人看到其风貌，同时应邀为诸暨枫桥杨维祯故里的杨氏宗祠书写匾额。当地乡亲毛桂舟告诉我杨维祯墓冢在松江，这引起了我的关注。

干山，相传春秋末期干将曾铸剑于此，故名。史载杨维祯与好友钱惟善、陆居仁同葬于此，俗称为元末“三高士”。干山现已成为佘山国家森林公园的一部分，这里青山环抱，一条弯曲石径直达“三高士”墓冢。我们拾级而上，石径两旁有新笋破土而出，四周的茂林修竹在清风中发出瑟瑟的声响，不知名的野花在微风中轻轻摇曳，散发着淡淡的芳香，这里的一切都充满了生机活力。除了我们一行人外，没有其他游客，自然清静，简直就是世外桃源，一路感觉美妙无比。当年“三高士”选择在这清静处隐居，并死后长眠于此，可见他们独具慧眼。“三高士”墓于20世纪80年代重修，原墓碑等也已荡然无存。根据古代左昭右穆的礼仪，我猜测位于最东面的一座应是杨维祯墓。

杨维祯，字廉夫，号铁崖，晚年自号老铁、抱遗老人等。他又因善吹铁笛，自号铁笛道人。由余冠英主编的中科院文学研究所的《中国文学史》中有专门对杨维祯文学成就的评价：他读过很多书，元末做过天台县尹、江西等处儒学提举等官。他的诗在当时很有名，称为“铁崖体”“铁体”。其实由于过分追求新异，他的诗往往陷于怪诞、晦涩。他的乐府诗客观上揭露了一些黑暗，竹枝词语言通俗、清新，很有民歌风味。

我少时回老家省亲，听到过不少有关杨维祯的传说。据说其父杨宏为州官，在铁岩山麓筑楼，红楼植梅百株，楼上藏书万卷。少时，杨维祯上楼后其父就将梯子撤去，令其从兄杨维翰（元末画家）专心攻读，每天用辘轳传食，苦读五年，学业大进。20岁时，杨维祯赴涌东从师求学，父不惜卖掉良马，以凑足其游学费用。杨维祯则节衣缩食，把钱多用于买书。学成归来，父亲见杨维祯带回《黄氏日钞》等一大沓书，欣喜地说：“这比良马更难得！”

杨维祯性格耿直，疾恶如仇，行为放达，导致仕途屡屡受挫，但他不以为然。任天台县尹，他依法惩治作恶县吏，虽百姓拍手称快，他却遭奸吏报复被黜。后任钱清盐场司令，为从七品，因请求减轻盐税不允，决意投印去官，方获准减额三千，但以忤上故，十年不获升迁。杨维祯后又因冒犯丞相达识帖木儿而迁居松江，筑园圃蓬台。门上写着榜文："客至不下楼，恕老懒；见客不答礼，恕老病；客问事不对，恕老默；发言无所避，恕老迂；饮酒不辍车，恕老狂。"归隐松江期间，杨维祯一边读书，一边教授弟子。他为人宽厚，与人交，无疑贰。他对出身贫贱而有才德的人，礼之如师傅；对无才德的人，则即使是王公也白眼相对。平素乐道人善，尤大人不记人小过；对学有长进的青年人厚爱有加，用心提携，即使有一文之美、一诗之工，必为批点，粘于屋壁，以示来客。远近的人都称道杨维祯是一个忠厚的长者。他还时常偕同诗朋文友，游山玩水，纵情自然，赋诗作画，宴饮唱和，并不时地举办一些大型的文化活动。元至正十年（1350）在嘉兴和松江举办的两场文会，盛极一时，每场与会者达 700 人之多。天下文人雅士携文赴会，参加评选，而文会的主评，就是声名赫赫的杨维祯。这些活动，既奠定了杨维祯文坛盟主的地位，又留下了不少脍炙人口的诗文，其中留存于世的有诗 1000 多首、文 460 多篇。杨维祯诗中最富特色的是他的古乐府诗，既婉丽动人，又雄迈自然，为历代文人所竭力推崇，有"一代诗宗"之称。我的老师华东师范大学中文系刘衍文教授研究过杨维祯的作品，认为杨维祯是中国文学史上罕见的怪才。

杨维祯的书法更是独树一帜。元代书法艺术在复古的旗帜下，大都笼罩在赵孟頫的书风里。杨维祯自称"临晋帖用笔喜劲……"却能以其过人的胆识与魄力冲出赵书樊笼，任情恣性地独步书坛。他章法的离奇古奥，大大拓宽了其草书的表现力；他深厚的文化功底，令其行草形态骇目惊心。杨维祯的书作，既豪迈雄健又奇崛古朴，于流畅随意和怪异中见功力。他以独特的个人风格、奇诡的想象力和磅礴的气概载入中华书法史。

作为诗文书法大家，杨维祯始终是文人墨客的追随者。杨维祯移居松江，他的很多学生也随之来到松江。元末，到处兵荒马乱，而松江地处海隅，境内又有九峰三泖等幽深的自然环境，利于躲避兵灾，故四方不少书画名家会聚于此，松江画坛一时人才荟萃。当时常来松江或暂居、移居松江的著名画家，还有元末四大家中的黄公望、倪瓒、王蒙以及高克恭、宋濂、吴镇、柯九思、曹知白等，都是与杨维祯关系密切的文友。他们不仅宴饮游乐、山水唱和，而且作画题诗、互赠序跋，在历史上留下了“文人相亲”的佳话。杨维祯在松江长期隐居，出于生计所虑，大量招收门生画客，传道授业，这在一定程度上催生了“松江画派”的形成。

而松江籍的画家在同文坛大家的亲密接触中，眼界大开，读书之人明显增多，绘画之风日趋兴盛，如顾谨中、杨礼、朱芾、朱寅、夏衡、金铉以及马琬等人的涌现，为“松江画派”的最终形成做了准备。松江的莫是龙对当时松江画坛影响很大，他所著《画说》一书，流传至今。明代“松江画派”的代表人物董其昌、陈继儒等的绘画理论，也源流于此。顾正谊初学画于松江画家马琬，早年即以诗画驰誉江南，曾是董其昌的老师，师承关系明确。松江画坛人才济济，创作繁荣，画风各异，在全国绘画界占有重要地位，这同元末明初一批大画家在松江留下的深刻影响密不可分。陪同我寻访杨维祯墓冢的松江文化人尹军先生认为，没有杨维祯就没有“松江画派”。

1368年，朱元璋登基称帝，建立明朝。翌年12月，杨维祯应召赴金陵，参与修礼乐书。他辞谢说：“岂有老妇将就木，而再理嫁者邪！”不愿出仕。朱元璋碍其名望太大，不敢过于勉强。杨维祯离开金陵前宋濂赠诗曰：“不受君王五色诏，白衣宣至白衣还。”抵松江不久，杨维祯急撰《归全堂记》，5月癸丑卒于拄颊楼。同年6月，由好友周纯、松江知府林公庆将其下葬。墓碑由宋濂撰文，管衡书丹，金钝篆额。

古人都有落叶归根的传统观念，而杨维祯选择干山这块秀丽的风水宝地作为长眠之地，松江人可引以为豪了。我觉得如将干山建为杨维祯文化遗址公园，让更多的人了解这段历史，意义非凡。也许不久的将来，松江历史文化将注入新的内涵，上海人又多了一个可以凭吊的文化圣地，岂不幸哉。

杨维祯与看剑亭

钱汉东

在现今的年轻人当中，知道杨维祯的也许并不多。杨维祯为元代文坛领袖、书画大家，先后在松江生活了 20 年。杨维祯在文坛的显赫地位和号召力，使得松江一带成了当时的文化中心。杨维祯是《明史·文苑传一》的开篇人物，明初学者宋濂称其为“文章巨公”。

这天我兴冲冲地驱车来到天马山东麓干山，山中有一条弯曲石径直达“三高士”墓冢。“三高士”为杨维祯、钱惟善、陆居仁，他们三人才高学深、志趣相投，且多为隐士，又葬于高地，故人称“三高士”墓。据《松江府志》记载：位于天马山东麓的“三高士”墓，南为杨墓，其左二丈为陆墓，又稍左靠北一丈为钱墓。

这里原来一片荒凉，如今旧貌换新颜。精致的亭台楼阁、曲径长廊、石坊壁画虽为新建，却也散发着几分古意。山坡铺有石子地景松鹤延年和松竹梅相伴的绿化景观，谓之“岁寒三友”，隐喻“三高士”情缘。那三座墓冢，被做旧的青砖围砌，封土新栽着翠草，特别显眼。墓四周的地面也由青砖铺就，整个环境布局要比我想象中的好，我最怕的是将古迹搞得不伦不类，让后人耻笑。

山顶墓园空间不大，仅占一亩多山地，设计者巧夺天工，利用空间，借山取势，错落有致，建造了“三高士”纪念园。在墓南侧坡地，用九幅瓷板壁画展示“三高士”生前的生活片段：年轻时杨维祯在家乡铁崖山，五年不下山地苦读；杨维祯著书立说，传播松江文化；杨维祯应邀赴松江担任举世闻名的文会主评，文士踊跃参会比试；杨维祯到干山求剑明志；明太祖征诏杨维祯赴南京修纂礼乐，即告乞归等，较为真实全面地反映了杨维祯的生平事迹。瓷板壁画，做起来难度较大，但画家的构图简约，笔意流畅，是不可多得的艺术品。

墓地西向新建了三座仿古亭，最显眼的为看剑亭。为表达我对杨维祯这位乡贤的崇敬，我应邀为此亭题写匾额。现在，看剑亭匾额已高高悬挂于亭上。据《松江府志》记载：“看剑亭，古为杨维祯筑于干山，以求干将剑。”传说春秋吴国干将铸剑于此而得名。干将、镆铘是中国古代志怪小说集《搜神记》中所记故事中的人物，家喻户晓。干将曾为吴王造剑，后与其妻镆铘奉命为楚王铸成宝剑两把，一曰干将，一曰镆铘。干将拿雌剑献与楚王，雄剑传给其子，被楚王所杀。其子眉间尺长大成人，为父报仇。故事蕴含反抗暴政、伸张正义的人文情怀，杨维祯为官时就疾恶如仇，为民请命，看剑亭的建筑表达了杨维祯的志向。古人认为剑有君子德，最能体现其君子风范；文人佩剑，意味着其尊贵的身份和地位，如屈原、诸葛亮、李白都曾佩剑。亭联选用钱惟善《九峰·干山》诗句：“干氏千年居此山，题诗给事最幽闲。”道出了干山与文人的历史渊源。另外两亭为听笛亭、卧松亭，其名亦有文化来历和出典。通音律、善谱曲、喜吹笛的杨维祯，也影响了松江曲派，故有听笛亭之名。亭联为钱惟善悼铁笛挽诗：“生前毋应金钱梦，死后人称铁笛仙。”卧松亭一名，则取自陆居仁书法钤印。

对那个破旧的瞭望塔，当初有人提出拆毁重建。想不到聪明的松江人经过一番精心改造，既保留其功能，又开辟为松江元代文人展示室，美名曰留云阁。留云阁里以线条画形式展现了赵孟頫、杨维祯、钱惟善、陆居仁、黄公望、倪瓒、王蒙、吴振、陶宗仪、王逢、邵亨贞、柯九思、高克恭、王冕等一批元代文化名人结缘松江的情景。这真是化腐朽为神奇矣。

行走于亭廊之间，徘徊于墓园四周，怀古之幽情顿生。昔日华亭先民接纳杨维祯这位旷世奇才，如今松江后人礼贤三位风雅高士，厚道之松江人，可歌可颂矣。杨维祯选择松江长眠，幸哉。

云间十发

王琪森

松江，也许是上海景色最为秀美旖旎之地。这里不仅有林木苍翠的佘山、古朴俊俏的方塔、亭轩典雅的醉白池等，亦有深厚的人文历史底蕴。从古老悠远的广富林遗址到清寂幽逸的小昆山二陆读书台，从“衣被天下”的黄道婆纺织到精致瑰美的顾绣极品等，可谓是物华天宝，人杰地灵。

而今在荡漾着江南风情的松江老街入口处，有一座颇具规模的程十发纪念馆。灰瓦粉墙，花窗雕栏，弥散出一派浓郁的古典意绪和淳朴的乡间情韵。从整体结构布局和造型设计创意来看，确是大手笔、大气派，显示了对文化艺术名人的尊敬和推崇，凸显了历史意识和人文精神，也为古城增添了一处亮丽而又氤氲的新人文景观。

生于斯长于斯的当代著名画家、上海中国画院院长程十发先生（熟悉的人都尊称他为发老），有着十分浓厚而执着的乡梓情，他常在画上钤盖的落款就是“云间程潼”“鲈乡十发”等，印为心声，传递了发老对养育自己的这块土地的眷恋之心和挚爱之情。记得“首届国际董其昌学术研讨会”在松江红楼宾馆举行时，我亦有幸参加，躬逢其盛。在开幕式后，发老做了简短而精彩的演讲，特别是对董其昌的画艺和画论做了扼要的分析，博得了大家热烈的掌声。第二天晚上，发老又尽地主之谊，以私人身份自费宴请来自国内外的与会代表。我至今尤为清晰地记得，那天在宴会厅的入口处，发老和夫人站在那里，与每一位来宾握手相邀。那时发老尽管也60多岁了，但精神矍铄，风度儒雅，语言幽默，他在致祝酒词时说：“时值中秋，我是代我的故乡了却大家的莼鲈之思！”

研讨会结束后，发老又邀请我到他的松江别墅小坐。在窗明几净、陈设典雅、书香馥郁的画室内，品茗观画，论艺聊天，自然是赏心乐事。发老诙谐地讲：“我的别墅是盖在董其昌的祠堂上，因此是借了前人的仙气和香光的灵气（香光系董其昌号）。”在那个秋阳温熙、桂花飘香的午后，发老特别讲了学问、修养对艺术家的重要作用。他认为董其昌之所以能在中国绘画史上担当“松江画派”的领军人物，并提出影响深远的绘画理论“南北宗论”，这和他精深的学问和广博的知识是分不开的。发老说到此，深情地望着窗外那葱郁的林木，颇为感叹地讲：“松江历代之所以出了那么多文化名人，因为这是一块崇尚书香的绿洲，多的是读书的种子，著名的‘云间第一楼’就屹立在古老的学府——松江二中的大门口，这就是一种文化的坐标。”

岁月轮回，风物常新，如今又是“碧云天，黄叶地，秋色连波”的时节，漫步在程十发纪念馆内，只见高高的山墙、窄窄的夹弄、青青的地砖，营造出了一种悠悠的沧桑感。据陪同我参观的松江区委宣传部钱明光副部长介绍，整个纪念馆的建材均系从别处动迁的明清旧居移植而来，因而保留了原汁原味的旧时风貌。我知道发老对明清民居情有独钟，当时住在吴兴路宛平公寓时，尽管是现代化的高层建筑，屋内装修却是江南民居式的木转门、石柱子、木格窗，可谓新居古韵，别有情趣。

为了回报家乡父老乡亲们的厚爱和情谊，发老将自己几十年来辛勤创作的书画作品及历年收藏的中国古代名人书画共计 80 幅，无偿地捐赠给松江区政府，供博物馆常年陈列展出。按照世俗的观念，发老如今的画作是一尺值万金，这批数目的书画可谓是天价，发老此举是否有些过于慷慨？但大师之所以为大师，自有大师的胸怀与境界，这也就是一代大儒陈寅恪所崇尚的“为文化所化之人”。是华亭烟云的供养，是云间雨露的滋润，是鲈乡乳汁的哺育，是茸城人文的涵养，程十发才登攀上了艺术的峰巅。因此，对于故乡的回报，是永不为过的。发老曾对我说起过他从艺历程中一段难忘的日子：“那是在解放前夕，我在上海大新公司办画展，由于时局动荡，物价飞涨，画没有卖掉几张，当时穷得上海也住不下去了，于是回到老家松江孵豆芽。那段日子虽然清苦，但亲情乡情安慰了我，使我能静下心来读书作画，倒也很有收获。”从中，也可以使我们破译发老的乡梓之情。

此时，下起了淅淅沥沥的小雨，把整个古城梳洗得纤尘不染。当我徜徉在这块物产丰饶、人文鼎盛的土地上时，深深地感到这块土地内蕴一种高贵之气。正是为了追求卓越，昭示来者，被称为“才高词赡，举体华美”的陆机、陆云结庐小昆山，草堂寒窗，精勤不懈，才创作出了中国古典文论的开山之作《文赋》和中国书法史上现存最早的经典之作《平复帖》；正是为了自由之个性、独立之人格，西晋张翰才抛官弃爵，见秋风起而莼鲈之思，决绝仕途；也正是为了不甘平庸，濯古来新，明代大书画家董其昌殚精竭虑，开“松江画派”，创“南北宗论”；而今一代国画大师程十发先生为了弘扬国艺，惠泽后人，也将自己毕生所创、价值连城的代表作奉献给故乡。

是呵，故乡，是心灵温馨的港湾，也是精神永恒的家园。

泗泾镇上的史量才

徐甡民

松江人杰地灵，自古英才辈出。在众多的栋梁巨擘中，近代中国的著名报人史量才与松江就有着特殊的关系。史量才祖籍江苏江阴，其父在松江泗泾镇开中药店，因而史量才自幼在松江长大，并接受了良好的家庭教育。其父为人正直，悬壶济世，救死扶伤，在泗泾镇一带极有信誉和威望，这使史量才从小就耳濡目染，养成了刚直不阿的性格，培养了其参与社会的能力。

民国元年（1912），三十来岁的史量才购得当时最大的报纸《申报》。据说，购报所费的12万元巨款，来自一位名叫沈秋水的名妓。辛亥年（1911），清廷的直隶候补道陶某带了一笔巨额军饷来到上海，入住了沈氏书院，所带银票亦交沈氏代管，随后陶某即被陈其美枪杀。沈秋水爱慕史量才英俊有为，遂以身相委，并将那笔巨款交给了史量才。

那么《申报》又是一张怎样的报纸呢？

《申报》原由英国人美查创办，到史量才手上已是第二次转手。

在此之前，因为上海开埠的特殊政治格局，遂使上海租界内的报纸获得较多的言论自由，《申报》从一开始就秉持了现代民主的思想。清同治十二年（1873）岁末，杨月楼与韦阿宝因自由恋爱，而被上海县令施以酷刑峻判，当时的《申报》即率先刊文指出："杨韦男女双方均有媒约婚书为凭，以通奸论处也值商榷，县令如此施以重刑，不知遵循大清哪条法律，太惨人目。"清同治七年（1868）租界工部局在黄浦江边建造了一个公家花园，却不允华人进入。《申报》即以市民人权的立场，发表了《请弛园禁》的评论文章："该花园创建时，皆动用工部局所捐中西人之银。今乃禁华人而不令一游，窃愿工部局三思。"

价值观念上的先进性以及受众本位的立场，正是《申报》在激烈的报业竞争中脱颖而出的根本原因。在上海铁路拟议修建而议论纷起的时候，《申报》别具一格的做法，就是派出记者深入社会民间进行调查采访，以反映市民的真实心声。等到火车甫行以及终被上海政府拆除以后，《申报》再次派员到街市中去收集普通市民的意见，其中的详情可见清光绪三年（1877）九十月间《申报》的《论吴淞铁路》《又论铁路火车》《论铁路火车事》等。当时的《申报》不论是对变法维新、民主宪政、反对科举、发展工商、兴办女学，还是对诸如电灯、煤气、自来水等现代事物，都曾不遗余力地给予了传播与鼓吹。

史量才当家后的《申报》，继承并且发扬了为民代言、批评威权的风格。袁世凯称帝时，《申报》发表了大量的抨击文章。袁世凯派人以重金贿赂，被《申报》拒绝。九一八事变后，《申报》如实报道了由于蒋介石的不抵抗政策而致沈阳失陷的情况，并先后刊登 80 余条电讯，呼吁人民起来抗战。不久，宋庆龄在上海发表时局宣言，《申报》予以全文刊登。一·二八事变后，《申报》连续两天发表题为《警告国民》《国家的军队》的时评，号召全国军队效法国民党第十九路军坚持抗战。史量才又与黄炎培等发起组织“上海市民地方维持会”，被推为会长，并将7万美元的捐款用于组织收容所，安置难民，配备医药、教育等设施。

对于办报，史量才的名言是:“人有人格，报有报格，国有国格。三格不存，人将非人，报将非报，国将不国！”

史量才所做的一切，令国民党当局深为恼怒。蒋介石曾手令禁止《申报》邮递达35天。接着，国民党中宣部欲派人“指导”《申报》业务，被史量才断然拒绝。国民党又以各种名利对史量才予以笼络，史量才始终不为所动。

终于，中国报人之典范史量才，被国民党特务枪杀于沪杭公路。

在今日解放日报的会议室里，仍然挂着一幅史量才的照片，形象的确俊朗倜傥，而那双眼睛，则更是深邃有力，英气逼人。松江泗泾镇修建了史量才故居，内有遗物陈列、史料照片等，生动而翔实地展示了一代报人的成长历程。

松江名士施蛰存

葛昆元

词典上说，名士是指有文名、有威望，不做官的人。自古以来，此类名士不少。然而，我以为，名士还应当是思想深邃、性格豁达之人，这在古今中外就不多见了，但松江施蛰存可算一位。

名士要有文名。施蛰存学贯中西，著作等身。1985 年我第一次采访他，在谈到他的创作和学术研究时，他竟以开玩笑的口吻说："我一生为自己开了四扇窗子：第一扇是文学创作，第二扇是外国文学翻译，第三扇是研究中国古典文学，第四扇则是研究碑版文物。"

民国 11 年（1922），他的第一篇小说发表在《申报·自由谈》上。当时，他还是一名中学生。到抗战前夕，他连续出版了《上元灯》《将军的头》等五本短篇小说集，成为我国现代派文学的开拓者之一。同时，他又翻译了《十日谈选》《波兰短篇小说集》等十多部文学作品。如果说，这前两扇窗子是他主动开启的话，那么后两扇窗子就是在外力的逼迫下去开启的了。

那是在 1957 年，施蛰存被错划成"右派"之后，失去了创作、教书的权利，而他又不甘寂寞与沉沦，便在别人的监督下，悄悄地开启了研究中国古典文学和碑版文物的两扇窗子，恰如沈从文研究中国古典服饰一样，这两扇窗子与政治无关。于是，他在之后的几十年间，先后撰写出版了《中国词话总龟》《唐诗百话》等中国古典文学专著，还出版了《诸史征碑录》等十多部碑版文物著作。

名士要有学问，但更要豁达。这在施蛰存的言谈举止间随处可见。

初次拜访施蛰存先生时，他就婉言劝我说："其实你应当去多采访、多宣传过去的左联作家，像我这样写新感觉派小说的人，采访了，写出来也没多大意思。"谦虚中透出深刻与豁达。

当他告诉我，他的父亲是一位晚清秀才，他从小就跟着父亲读书时，我情不自禁地插言道："您老是出身于书香门第呀。"

不料，他听了"书香门第"这四个字后，竟发表了一番感慨。他说："什么书香门第？这个说法是最没有道理的。自古以来，人们都认为读书人是香的，劳动人民是臭的。其实，历史上坏事做得最多最绝的大都是读书人，比如宋朝的蔡京、秦桧，抗战时期的汪精卫、陈公博以及'文革'中的张春桥、姚文元等。"

他说到这里呷了一口茶，继续说："书香门第的思想在读书人中是根深蒂固的，'文革'中，我和一些教师被勒令在学校里扫地和扫厕所，大家倒也能忍受。忽然有一天，红卫兵变了个花样，勒令我们到校门口去扫马路，有些教师就不愿去了。原因是怕在校门口遇到熟人，没有面子。当时，我心想，红卫兵的这种惩罚性劳动自然是不对的，但撇开这一点，难道一个大学教师就不应当到校门口去扫一次地吗？难道平时清洁工人扫马路就是没有面子吗？说到底还是认为自己是读书人，是书香门第，而清洁工人则是下贱的，是臭的了。所以，在你的文章里，千万不要写我出身于书香门第。"

我听了，心里深受震撼，便小心地说："那么，我写好专访文章后，先请您看一下，不妥之处，请您修改后再刊登。"

谁知，他听后却连连摇手说："不要看，不要看。你怎么写，我不管；你怎么评价我，是你的自由。我不能将我的想法强加给你。所以，我没有必要看。这叫出门不认账。"说完，他哈哈大笑起来。

施先生，乃真名士也。

说说老头子

陆　军

编纂《徐林祥小戏选》，是孕育在我心头多年的愿望，遗憾的是，限于经费拮据、阮囊羞涩，此举迟迟未能遂愿。新近与剧协的几位同仁商量，决定破颜学一学当今时髦文人流行的技法——找几个腰杆子不算太细且又乐善好施的企业家朋友请其赞助。于是，便掐指择日，弄一辆破车，几个人咣当咣当地向金光闪闪的地方扑去。一个圈子兜下来，效果还不算坏。承蒙那些朋友们不弃，在银根抽紧的情势下，挤出些碎银来接济我们。积少成多，贴胸口那个湿漉漉的口袋里居然也慢慢地鼓胀了起来。估摸着可以拿得出手了，便找个熟悉的印刷厂拍板，此举总算没有黄，谢天谢地。静下心来想想，钱这玩意儿，还真不全是个坏东西！

这书一付印，按说可以马放南山了，偏偏我这人好幻想，心大得吓人，生出个野豁豁的念头来，想出一套丛书，摆摆噱头。没料到，与协会另几位头儿一叨咕，哥们儿立即赞同。于是乎，大家商定，待择得招财进宝之日，几个人再一起去找几个金光闪闪的地方，讨些碎银。自然，这是后话。

言归正传，说说老头子。

凡熟悉徐林祥老先生的，不论年龄大小、性别差异，一概昵称他为老头子。

老头子身材伟岸，相貌堂堂，年轻时是新五公社文工团的当家小生。说话声音洪亮，表情丰富，听他聊天，简直是一种艺术享受。即便是一件极平常的琐事，一到他的口里，便可生出许多色彩来，听得你津津有味，忍俊不禁。有一次，同事随老头子出差，在长途汽车上听他吹当年日本鬼子在新五库镇欺压百姓的故事，整个车厢里的乘客都被他吸引住了，有两个小姑娘听得入神，居然忘了下车，待过了站才发现，竟哇哇地哭起来，要找老头子“算账”。曾经有几个试图使自己幽默点的小伙子多次从老头子那里“批发”一点笑料，可一到他们口里便味同嚼蜡，听者无一动容。大家便公认，老头子有魔法。开始注意他说话的魅力所在，乃发现窍门有二：一是他说话常常借助手势，用指节击桌，势如破竹，把听众的兴奋点调动起来；二是灵活地转动颈部来突出重点，展现层次。小伙子们如获至宝，如法炮制，哪知学出猫污臭来，一个伤了指关节，一个颈部受挫，请阔街的丁先生忙了半天才慢慢好起来。

于是，大家都惊叹老头子的功力，六十好几的人，还声若洪钟、指如铁锤，委实不易。有一年老头子患胆结石，在医院吃了一刀，那日去看他，形容憔悴，体质虚弱，不免生出几多感慨来。私下里忧虑，老头子会不会从此一蹶不振？苍天保佑，出院不到一月，他便健康如常，而且比病前更添了几分朝气。

老头子为人极重感情，大方、豁达、豪爽，从来不愿扫人家的兴。常常有业余作者到我处来聚聚，虽然手头不算宽绰，他却常常做东。酒足饭饱之后，就跟业余作者一起住旅馆，有家不归。吃茶、聊天、谈构思，或者是叉叉麻将，打打八十分，其乐融融。

老头子声名显赫，作品得过不少奖，上北京见过大领导，当过市政协委员，却从未有过风流韵事。用他的话来说是“有鬼地方不过河”，这是美德。但他对男女青年之间的交往，过于审慎，警惕性特别高，常常闹出些有趣的事来。有一次，我们与他一起去外地参加戏剧演出比赛，那日午后，大家在湖边散步，桃红柳绿，春色宜人，俊男靓女，开始说些不失分寸的俏皮话。老头子听了，防患于未然，拉长了脸喝道：“我是你们的保卫部长，不许放肆！”把大家吓得游兴大减。亏得同事中有个才貌双全的L小姐，勇敢地上前挽住老头子的手臂说：“来！老头子，我与你一起走！”这一下，把个老头子紧张得额上汗涔涔的：“我、我、我好做你的爷爷了，问、问、问题还不太大。”哪知L小姐毫不让步，也装作认真地甩了一句蛮有分量的话：“这也难说哪！”把大家笑得前俯后仰，老头子也只好大呼“怨天倒地”了。

大约是由于老头子实行“限制发展”的政策，松江的业余剧作者几乎全是“和尚”班。提起这些，小伙子们无不“义愤填膺”，背地里骂老头子“花姑娘的，大大的不要”，造成了品种单一。办创作班时，十来个“和尚”横七竖八地挤在小旅馆里，肆无忌惮地挖臭脚、捅鼻孔，自然也少不了说说粗话。乃至看到邻县冒出一个个如花似玉的女作者时，上海的朋友也在纳闷：“怎么，松江就没有女的写东西？”大家只好瞠目结舌，无言以对了。自然，账全算在老头子身上也是冤枉。

老头子还有个特点，脾气很大，一遇上不顺心的事，就会吭哧吭哧喘粗气。他那大嗓门能震得下蛋的母鸡早产，不过，全是三分钟热度，用不着怕他。爬了十多年格子很有几分灵气的小章，是个“老兵油子”了。办创作班时，常常姗姗来迟，说好了8时报到，10时过了，还未见影子。老头子气得“阿浦阿浦”，当众宣布：“这小棺材，来了好好刮三！”小章真来了，一根过滤嘴香烟丢过去，一句“老头子近来身体阿好”，他便怒容顿消，心肠软了下来，半是恼怒半是亲昵地咕了一句“小棺材”，便没有下文了。事后，小章背地里向人介绍经验，恰巧被老头子知道了，他又火冒十七丈，发誓以后不抽他的烟了，要好好教训他一顿。真一见面，又是“这小棺材”便戛然而止了。其实大家知道，老头子是个好老头儿，所以也极愿意被他骂骂。

琢磨出“文如其人”这句话的先辈，小时候绝对是个聪明的孩子。这四个字，省却了许多麻烦，在粗略地介绍了老头子其人其事之后，再来谈论他的作品，就不需要太多的饶舌了。

老头子的作品总是那么诙谐、那么机趣、那么爱憎分明，充满了农民的智慧和农民的天真。他把周围的生活揉成一块一块戏，鲜活鲜活，泥土气息扑面而来。不信你一个一个地读下去：《红烧鸡》的质朴、《篱笆边上》的机趣、《新嫂嫂》的厚实、《摇篮曲》的圆熟、《花乌鸦》的辛辣，或令人喷饭，或叫人深思，或催人泪下，或使人回味。他的语言不华丽，但十分“贴肉”，恰到好处；他的唱词不典雅，但绝对生动，准确传神。他不大写悲剧，总是那么喜气洋洋，他要用自己的笔去舒展一下活得太累的农民兄弟的神经，所以他的戏总是首先得到农民兄弟的赞赏。

老头子快70岁了，可是在我们这些晚辈的眼里，他还很年轻。不光是他有一副洪亮的嗓子，不光是他那句说不尽的“怨天倒地”，不光是他有一个转动自如的脖子，更重要的是他生活在群众戏剧艺术的春天里。他拥有那么多的朋友，拥有那么多的学生，他不会老。

哈哈，好一个老头子！

唐代诗人与华亭鹤

朱少伟

唐天宝十年(751),划昆山南境、嘉兴东境、海盐北境置华亭县,这使古代上海开始有相对独立的行政区划(其辖境大致包括今上海吴淞江故道以南全部土地)。由于华亭县三面环海,有着一望无际的滩涂;方圆数十里的三泖,分布大片湿地,所以成了仙鹤的乐园。

当时,不少诗人都喜欢品格高雅的华亭鹤。

白居易很早就听说华亭鹤特别可爱,却无缘观赏。唐长庆二年(822),白居易来到江南出任杭州刺史。杭州距华亭县不算太远,白居易自然有机会目睹华亭鹤英姿。白居易对华亭鹤一见钟情,在职三年里,他常以华亭鹤为伴,他的《求分司东都,寄牛相公十韵》自况:"三年伴是谁?华亭鹤不去,天竺石相随。"唐宝历元年(825),白居易调任苏州刺史,这儿乃华亭郡城,他精心饲养了华亭鹤,从此与之朝夕相伴;他的《郡西亭偶咏》倾诉:"常爱西亭面北林,公私尘事不能侵。共闲作伴无如鹤……"那年寒冬,白居易的一只华亭鹤突然飞翔失踪,"三夜不归笼",他难过地写下

《失鹤》叹息："郡斋从此后，谁伴白头翁。"不久，他外出时幸运地觅得两只幼小的华亭鹤，这才不再郁闷。翌年底，白居易因病自请卸任北归，他的《自喜》吐露："身兼妻子都三口，鹤与琴书共一船。"途经扬子津与刘禹锡巧遇，他便高兴地在船舱向好友展示了随行的一双雏鹤。唐会昌二年（842），白居易以刑部尚书致仕，离开京师长安，闲居于洛阳，他所住的宅园景物以水、竹为主，仍饲养着华亭鹤。在白居易的暮年生活中，华亭鹤扮演着重要的角色，几乎是形影不离，诚如他的《自题小草亭》云："伴宿双栖鹤，扶行一侍儿"；他的《家园三绝》云："何似家禽双白鹤，闲行一步亦随身。"

刘禹锡在唐宝历二年（826），于扬子津初次看到白居易携带的两只华亭鹤，就一见倾心，赞美它为"华亭之尤物"。翌年春，刘禹锡回洛阳，虽白居易应召去长安，但为探视仍赴其府第，他的《鹤叹》诗引记述："余入门，问讯其家人，鹤轩然来睨，如记相识，徘徊俯仰，似含情顾慕。"唐大和五年（831），刘禹锡出任苏州刺史；他在供职华亭郡城期间，对华亭鹤的兴趣更浓，办理公务之暇常四处寻访。不久，宰相裴度作《白二十二侍郎有双鹤留在洛下，予西园多野水长松可以栖息，遂以诗请之》向白居易索讨那对雏鹤，白居易作《答裴相公乞鹤》和《送鹤与裴相公临别赠诗》后忍痛割爱；刘禹锡闻讯，分别作《和裴相公寄白侍郎求双鹤》《和乐天送鹤上裴相公别鹤之作》唱和。他为了消除白居易的失落感，特意从数千里以外的苏州给好友寄送了一只华亭鹤。

皮日休同样深爱华亭鹤，但所养的一只鹤却在一年后死去，他悲痛不已，专门作《悼鹤》表达思念：

池上低摧病不行，谁教仙魄反层城。
阴苔尚有前朝迹，皎月新无昨夜声。

菰米正残三日料，筠笼休碍几霄程。
不知此恨何时尽，遇着云泉即怆情。

此诗序谓："华亭鹤，闻之旧矣。及来吴中，以钱半千得一只养之，殆经岁，不幸为饮啄所误，经夕而卒。悼之不已，遂继以诗。"

还有另外一些诗人也都曾关注华亭鹤，如李白《行路难》云："华亭鹤唳讵可闻，上蔡苍鹰何足道"；孔德绍《赋得华亭鹤》云："华亭失侣鹤，乘轩宠遂终"；齐己《放鹤》云："华亭来复去芝田，丹顶霜毛性可怜。"

到宋代，华亭鹤的数量仍是很多的，梅尧臣在《过华亭》诗中有"晴天唳鹤几千只"之隽句。后来，随着海岸线不断外移以及环境变迁，水鸟渐渐绝迹，华亭鹤慢慢被人们所淡忘。但如今的松江区境内，还有鹤诸路、鹤溪街等路名，至于带"鹤"字的人名和企业名更是不胜枚举，这折射出了一种传统的鹤文化现象。

张大千曾在松江出家

朱少伟

张大千乃名扬海内外的国画大师，作品常以“大千居士”落款，这表明他与佛教颇有因缘。然而，鲜为人知的是：他早年曾在沪郊松江出家。

张大千是四川内江人，原名张正权。民国7年（1918）冬，他的未婚妻谢舜华因病早逝。他与谢舜华青梅竹马，感情甚笃，闻噩耗如遭晴天霹雳，立即从日本赶回上海，本欲返蜀吊祭，奈因兵荒马乱，加上道路不靖，最终未能成行。翌年，他由于非常郁闷，加之对佛学有一定兴趣，就萌生遁入空门的念头。

民国8年（1919）冬，张大千悄然进入松江禅定寺，这是一座始建于南宋的古寺。住持逸琳法师得知他爱好绘画，笔下山水、花鸟、人物、走兽等皆有灵气，展示了大千世界的情趣，遂赐大千法号。“大千”常与“世界”连成一词，形容丰富多彩的人情世态；在佛门典故中，“大千世界”则是三千大千世界的简称。张大千非常喜欢逸琳法师为自己起的既响亮又大气的法号，以后一直以大千行世。不久，张大千又先后赴宁波观宗寺、杭州灵隐寺，总共做了100天和尚。

张大千在申城时，曾见从敦煌石窟流落出来的珍品，他觉得那种艺术之美是自己从未领教过的。民国30年（1941）春，张大千游嘉陵江至广元千佛岩，看到那里的唐代造像毁于修路，他极为惋惜，远赴甘肃敦煌石窟的希望也更迫切。经过一个多月的长途跋涉，张大千来到这座中国佛教艺术的宝库，目睹它未得到应有保护，心里很不是滋味。张大千毅然住下来，悉心临摹了大量壁画。在此期间，张大千为了整理文物，每天工作八小时以上，对石窟的结构、彩塑和壁画的内容、数量、大小均做了文字说明，并考证年代；对莫高窟上下四层，从底层由南至北，按顺序编制窟号，因而台静农《为艺术立心的大千居士》提及："大千在敦煌亲自调查石窟，编号标明，其编号久为国内外学者所引用，要算国内从事此项工作第一人。"

民国32年（1943）秋，张大千离开敦煌石窟，在兰州举办了一次画展。翌年，他又在成都和重庆两地举行"张大千临摹敦煌壁画展"，另外还出版了《大风堂临摹敦煌壁画第一集》。陈寅恪在参观重庆画展后评价道："自敦煌宝藏发现以来，吾国人研究此历劫仅存之国宝者，止局于文籍之考证，至艺术方面，则犹有待。大千先生临摹北朝唐五代之壁画，介绍于世人，使得窥此国宝之一斑，其成绩固已超出以前研究之范围，何况其天才特具，虽是临摹之本，兼有创造之功。实能于吾民族艺术上另辟一新境界。"

张大千晚年移居台湾时，曾口述《做和尚的一百天》。可以说，张大千早年在松江为僧的短暂经历，使他得以初窥佛学奥秘，更深地体悟人生，这对他后来的艺术生涯颇有助益。我曾赴松江寻觅禅定寺遗址，见到据说原在寺内的一棵大树，依然根深叶茂。

云间人程十发

沈世坤

那天看到维耕兄画的《凌霄直上》，工整娟秀，很是喜欢。

我无丹青的底子，但对水墨之韵总有说不出的欢喜。

去松江的路两旁涌现大片大片的油菜花，它们飞进我的眼睛，飞入我的心房。那时候我就想，我要是一个丹青高手就好了，用我温热的心去传递来自大自然的芬芳。

老友又回到了他擅长的岗位上，和两年前相比，他今天说了“与人善，福虽未至，祸已远矣”的体悟，他此刻的人生态度让我激赏。从他办公室出来，想起观赏维耕兄画的样子，我决定去看看程十发艺术馆。

艺术馆坐落在华亭老街上，旁边不远处就是西林禅寺，这是程十发先生生前选定的地方，这里是热闹世界里的一处水墨之乡。

馆名是吴邦国题的，正门门楣上的“耕读继世”告诉我们中华传统艺术的流线一直都有耕读济世的传统。

有意思的是程十发先生的父亲是行医的，其父从枫泾来松江行医，从此扎下了根。程十发自己说："我的老家是枫泾，父亲为了行医迁到了松江，但无形中育我成长的是吴越文化。我首先想到的是祖先，谢谢吴越文化的先贤们和现代文化的老师们，谢谢老乡们，山山水水的培育，使我老去时更产生一种情怀。"读这一段话很让人动容，他的谦恭、他的深情都涓涓流出。

说起吴越文化，说起那些先贤，这座文化艺术宝库一直吸引着我，我想有一天我会成为阿里巴巴的。

元代画家倪瓒、王蒙等曾寄情松江山水，尤其是那个又被炒起来的作《富春山居图》的黄公望，松江的山水一样滋养了他。明代董其昌、陈继儒亦为松江人……

也许就是这样的人杰地灵才滋养了程十发先生的艺术情怀，最终造就了这位杰出的中国"海派"国画艺术大师。

他在松江生活过 30 年，是这片土地给了他灵气和底蕴。他可贵的是不泥古，敢于创新，并能谦恭处世，所以他的艺术之境才能每每更上一层楼。他自己曾这样评价唐寅："我以为唐寅的成功不单在文学上有极高的修养，还在他能排除门户之见，博采名家之长，甚至把士大夫画和作家画的风格糅合起来，创造自己的独特风格，他的学习方法能启示我们绘画不要固于一家一派……"我想程先生这样说唐寅也是说他自己吧。任何一位真正的大艺术家都善于博采众长，以成就一个立体圆润丰盈的艺术之心。一如获得诺贝尔文学奖的莫言先生，《聊斋志异》给了他讲说故事的本领，马尔克斯也曾经给了他创作上的启发。所以，一个真正的艺术家，他的内心一定是一条浩瀚的大河，海纳百川，有容乃大。

我在二楼看到复制的程先生父母行医时的房屋格局，看到他们一家当时的生活情态，内心感动不已，尤其是一面墙上的一幅字："积善人家必有余庆。"古语云："积善成德，而神明自得。"也许就是这份善让程先生冥冥之中有了艺术的神明。

程先生民国27年(1938)从松江考入上海美术专科学校国画系，从此开始了他长达半个世纪的绘画艺术历程。他的代表作有《第一回胜利》《向毛主席报喜》《衣被天下之愿望》《云南瑞丽江边欢乐景象》等。

这里提到云南，我们在一楼展厅可以感受到先生的云南情怀。那些云南少数民族的景色与服饰等，都给了先生无穷的灵感，也让他有了浓重的云南情结。所以，他一生都不间断地描绘云南，甚至在生命的最后，云南民歌《小河淌水》的音乐伴他走进长眠。

每一个艺术家都有自己的文化情结吧。我想起冯友兰先生，他是背着《古诗十九首》离开这个世界的。每冥想着这个场景都让我感动不已，这样的古典雅致让我在蛇年的清明节泪流不止。

写《蹉跎岁月》和《孽债》的叶辛先生曾经插队云南，我希望他能从程十发先生的情怀里也能汲取更多的养分，写出更广阔深远的作品。

程先生的一些画论也是让我特别欣赏。

“画花要经常去看花，花和人的性格要相配，什么样的性格也就会爱什么样的花”，仿佛是一种同气相求，我想文学艺术也是，什么样的性格也会喜欢什么类型的文字。

“画山水画，画家要有情，山水更会含情脉脉”，这样的感悟承继了古语“感人心者莫先乎情”，古今一脉也。“画画不能只知技巧，没气质不行。”是啊，一个搞创作的人如果一味追求技巧，而没有从古典和自然里汲取营养，没有灵魂在场，怎么能创造出有血有肉的艺术作品呢？“作画的基本功不尽在画上，而在其他时间中”，这话语一样承接了“功夫在诗外”的说法。因为这个，我想我们不能一味地写作或绘画，更要到大自然中去，到火热的生活中去，到各种可以陶冶情操的艺术情境中去，让自己的心活泼有致，这样创作出的作品才可能感动人，有更长久的生命力。

我定居闵行已十年，离松江不算远，我希望我在心里构筑一个云间。

峰泖杂记

心香一脉

我的心从没离开过家乡

罗　洪

2014 年 4 月 24 日，松江的同志来看我。

松江是我的家乡，也是我的出生地。家乡来人我很高兴，他们给我带来了《松江邦彦画传》，借着放大镜，我看到了倪瓒、袁凯、沈度、张弼、钱福、董其昌、陈继儒、陈子龙、夏氏父子等明代松江府群英的画像。我对家乡人说，这是第一次对松江先贤生平进行了全面、深入的研究，你们做了一件很有意义的事情。

听说松江有关方面准备编辑出版《杏坛记忆》，这一下子勾起了我的记忆。

我念小学时，家住在白龙潭附近，施蛰存先生家的斜对面，读的是四德女子小学。这个学校就在白龙潭边上，我们上学要走过一个土墩，还要经过一座桥。撇开四德校名的封建性不说，四德女子小学是女子教育的开拓者和实践者是不争的事实。后来我在松江景贤女子中学读书，侯绍裘是校务主任。那时我开始大量地阅读中外名著，巴尔扎克、雨果、莫泊桑、鲁迅、茅盾等，都是我崇拜的偶像。

那时著名画家洪野是我们的美术老师，我因为太喜欢罗曼·罗兰的小说和洪野的画，就把名字改成了罗洪。景贤女子中学以促进妇女解放和接受新思想及社会改造为办学目的，倡导妇女运动，是闻名江、浙、沪的进步女校。我后来视国家命运、大众命运为自己的创作生命，在抗战时期写了很多抗战小说，是和景贤女子中学给我的教育和影响分不开的。我非常敬仰教师的职业。民国18年（1929）我从苏州女子师范学校毕业后，回家乡在松江第一高级小学当了两年教师，并在那时候开始了文学创作。新中国成立后，我在上海南洋模范中学和徐汇女子中学继续当教师教书，后来到《文艺月报》《上海文学》担任编辑直至退休。我的丈夫朱雯也是松江人，他当了一辈子的教师，也曾是江苏省立松江中学即现在的松江二中的教师。他健在的时候，我们常常回忆教师生涯里那些印象深刻的人和事以及那些难以忘怀的师生情谊，我们常常感慨故乡自古以来人才辈出，是名副其实有深厚文化渊源的地方。

我大半辈子工作和生活在上海市区，但我的心从没离开过家乡。过去我时常回家乡走走，每每看到家乡美好的变化、听到家乡又培育出杰出人才的消息，我是打心眼里感到骄傲。这些年我基本不出行了，虽然怀乡之心依旧，但毕竟100多岁了，实在是力不从心了。这一两年来，我的视力也大不如前，以前看小五号字我不用眼镜，现在要借助放大镜了。特别是2014年2月以来，我因摔跤骨折离不开病榻，只能偶尔在家人的帮助下，坐轮椅出去转上几分钟。

这天松江的同志犹豫再三后说，希望我为松江即将付梓出版的《杏坛记忆》作序。我毫不犹豫地答应了。自卧床以来，我一直遵医嘱，基本不阅读，更不提笔，但家乡有需要我做的事情，我一定努力去做。这恐怕也是我这个松江女儿能为生养她的家乡唯一能做的事情了。

故而写下这些文字，怀念我的师生年代，并为序。

《平儿小窗》序

峻　青

2009年8月，一个陌生的电话打到我家，电话那头说她叫许平，是刘真骅叫她跟我联系的。刘真骅是我的好朋友、《铁道游击队》作者刘知侠的妻子。刘知侠去世后的几年我们还有联系，但后来因为搬家等原因，我们逐渐失去了联系，只知道刘真骅人在青岛，再无别的消息。

许平兴奋地说，她完成了刘真骅交给她的任务。听得出，许平是个爽朗的人。这样，我和刘真骅终于又联系上了。刘真骅告诉我，许平是咱小老乡，是个热心的好孩子，在上海若有什么事情需要跑腿的尽管找她。

隔三岔五的，许平不是电话问候就是登门探望，让我的生活里多了一些温情和感动。她说她家在松江，“松江现在可漂亮了，您来，我做导游，带您到处看看”。我解放初期去过松江一个叫醉白池的地方，以后再未去过，掐指算来将近60年了。一个甲子，我已是耄耋之人，松江的变化肯定也很大。

随着许平看我次数的增多，我知道了她的父母早年参加革命，是随华东野战军到上海的南下干部。她本人受家庭影响，也当了几年兵。难怪她干练，身上有一股子豪气。许平退伍后，先是考入上海师范大学中文系，后又到华东师范大学中文系学习。毕业后，她从事过不同的工作，如今是某报副刊的主编。

2011 年 4 月，许平再次来看我。言谈之中，她好像失去了往日的痛快淋漓，犹豫之间似藏着什么心思。最后，她迟疑着说出了她的请求。

原来，她今年要出一本散文随笔集《平儿小窗》，请我为她的这本书写篇序言。我这才知道，我的这个小老乡近些年笔耕不辍，已经出版多部作品。《平儿小窗》取自她 2008 年开设的专栏，到 2011 年结集出版她已经坚持了三年。在繁忙的公务之暇，她能保持对文学的坚守，确实很不容易。

虽然因为身体的原因，我早在二十年前就不再写东西，家人和医生也嘱咐我不能劳累，但是，说实话，我之于许平，断不可以拒绝的。除了她之于我的关照，还有就是她对文学的真性情、真热爱，尤其是我对《平儿小窗》中的一些文章的赞赏和热爱。比如《精彩“宝马”》和《真情物语》，三言两语就把刘真骅写活了，写立体了，很传神，仿佛刘真骅就在眼前似的。我读给老伴儿听，老伴儿笑出了声，说，这就是真骅，真骅就是这么个人。

按许平的说法，《平儿小窗》是对三年码字的总结，而我更乐意说，是对许平一段人生的回忆和再现。用开阔的视野，她把读者带入了儿时的记忆、不悔的青春以及对家国命运的哲思。在她的文章里，人物是繁杂的，事情是琐碎的，各色人等都可以入文：有全国数得上的名人名家，而更多的是你我身边的普通人、发生的那些平凡事，所以我说她有草根情怀，这也是她的专栏可以坚持开下去，并拥有为数众多的读者的缘由。什么样的文章算得上好文章，在我的理解上说，一条过硬的杠杠就是读者喜欢。

许平的文章写得很实在，很有个性。她的风格就是她的风格，绝对不会让读者误会为是另一个人的。她虽然生在上海，长在上海，但祖籍是山东，因而她的文章就有了齐鲁的气质和江南的妩媚，豪放与温婉相得益彰。她的文章无门无派，因而没有门户之见，更乐于被众多读者认可和接受。

她驾驭文字的能力也令我欣赏。这些千字文，清新秀丽，虽说不上字字珠玑，但是读起来就是那样的痛彻心扉，言犹在耳。幽默、俏皮是她标志性的语言，波澜不惊之中字字打在心上。情是贯穿她文章的主脉，介于散文和杂文之间，感性与理性二者不可或缺，有感而发，不作无病之呻吟。

把“才女”这个词加冕在她的头上，我绝不会吝啬。我也可以豪不谦虚地说她是我们山东人的骄傲。除了欣慰，我能给予她的恐怕就剩下勉励了。好的文章离不开修炼，在修炼中更上一层楼，无疑是对写作者的一种褒奖。

欣然为她和她的《平儿小窗》写下这些文字，算是我对她的祝福和期许吧。

《王勉文集》序

叶 辛

好几年前，王勉的散文集《那些人，那些景》出版，我为他写过一篇短序，评介了他刻画人物和风景的那些作品。这一次，王勉要出文集了，洋洋洒洒共计五卷。五卷文集中，散文是重头，整整占了三大卷，我数了一下，共计 401 篇。这是一个巨大的散文数量，我不由得回忆起 2010 年夏天举行的“王勉散文创作研讨会”。在那个全国性的研讨会上，来自全国各地的评论家们、作家们都对王勉的散文给予了充分的肯定。洪波兄称王勉的散文给人以温暖，能让读者留下深刻的记忆；雷达称他以冷静的心，作钟情的文；赵长天认为他的散文以独特的眼光表现生活中的美好；王纪人觉得他的散文营造了诗意的精神家园；杨扬则称道他笔下的松江生活充实而又饱满，书写的是篇篇雅致的散文；郏宗培以朋友的口吻赞扬他用心体悟身边的人和物；胡平直截了当地说他的散文读起来很舒服……

是啊，读起来不舒服的散文，能让读者朋友们喜欢吗？

研讨会上来的人多，来不及发言的与会者和王勉散文的粉丝，在研讨会召开前后的报刊和包括网络在内的媒体上，表达了自己的意见：曾在文学所工作的潘颂德称王勉的散文是一种诗意的抒写，诗人朱金晨说王勉的几百篇散文展示的是宽广的散文世界，还有人从松江情结、从王勉散文的情致与韵致，甚至于王勉的为人，剖析他的散文，给予了真挚的、令人信服的评介。

在那次研讨会上，我就说过，王勉除了写散文，还写诗歌；不但写当代诗，还写古体诗哩。我就在报刊上时常读到他的诗歌作品。这一次文集的第四卷，集中收录了王勉的405首诗。光看看这数量，就令人咋舌。难能可贵的是，如同他众口叫好的散文作品《羊肉烧酒》一样，他的诗歌中亦不乏佳作，限于序文的篇幅，我只引用他的一首小诗《秋天的枫叶》：

秋天的枫叶，
是不是把秋雨，
当作醇酒喝了？
喝得太多，
最后醉了。
要不，
为什么每一片枫叶，
脸色都涨得通红通红？

是不是颇有意味？

散文和诗歌之外，王勉的创作还涉猎理论、小说、童话、剧本，这些文体中有代表性的作品，都收入在第五卷中。

从1974年5月，王勉中学毕业下到松江的新桥插队落户，在劳动中滚一身泥巴至今。王勉没有当过专业作家，这五大卷作品，全是他在业余时间笔耕不辍辛勤耕耘的成果。王勉在做好本职工作的同时，光散文集就出版了五本，还主编了多本文集。特别值得一提的是，王勉的散文《茶馆写意》收入《中国新文学大系（1976 ~ 2000）》散文卷，微型小说《末班车》收入《中国新文学大系（1976 ~ 2000）》微型小说卷，散文《永远的白蝴蝶》收入《上海作家散文百篇》，这是历史对王勉勤奋创作的肯定。

陆机道："恢万里而无阂，通亿载而为津。"说的是文学作品可以不受阻隔地流传于万里之外，可以沟通古今人士亿万年之间的思想，打破时间的局限，看到古代，得到前车之鉴。

话虽简略，却道破了中国文人追求"立言"的境界。王勉将自己创作的成果汇编成五卷本文集，其用意也是在此吧。

写到最后，我还要啰唆一句，王勉比我年轻几岁，从创作上来说，来日方长，愿王勉在五卷文集的基础上，再接再厉，书写出更为出色的作品。

是为序。

《一里泾边挑荠菜》序

丁锡满

我和钱明光同志交往十多年了。他是我们上海楹联学会的副会长，又当过松江区委宣传部副部长，还兼任过十多年《松江报》总编辑，工作上联系也多，感情上联系也多。两个星期不见，便会打电话来，要我去品茶喝酒。他是个文化官，一年到头忙忙碌碌张罗文事，很少见他在市报上发表文章。2010 年国庆前去松江，回来时他突然交给我一沓书稿，要我作序。我好生纳闷，你怎么忽然冒出这么多文章来？

不知是他隐藏得深，还是我糊涂交友，我竟不知他那么会写！节日在家，打开书稿，一看便放不下手，一天之内，一口气看完了全书 60 多篇文章，我被松江的风情吸引住了。一来我对松江特有好感，他写松江的生活，使我亲切，使我增识；二来他的生活、他的德行与我十分相通。譬如他对小学老师、中学老师的感恩与怀念，便与我一般。他因家贫，总是淋着雨上学，得到老师一次油纸伞的庇护，便永记于心。我呢，受过校长一年级课本的赞助，也一生难忘。我不知现在的青少年有没有对老师的感恩之情。2010年3月我随全国中学生作文比赛百名一等奖学生去香港参加发奖大会，看到车上老师站着，学生坐着，没有一个以《让爱点亮人生》为题的“文学之星”起身给老师让座的。进宾馆时，老师们吃力地从车上搬资料和行李进大堂，也没见一个学生动手相帮。我真希望读者们从我的文章中感悟到一点什么，教教自己的子女懂一点爱心、敬心。老钱也是贫苦出身，是不是越是贫苦越懂得爱别人？当然不一定，好青年、好少年肯定是多数，我所见到的却令人心寒。所以我们的记者、编辑、作家、艺人，也要教教受众怎样做人，不要让荧屏和版面充斥着铜臭和肉欲，不要只追求自己的功利，丢弃了自己的责任。

钱明光的书是一幅松江风情画，散发着浓浓的乡土气息，展现着怡人的诗情画意。种芦粟、挑荠菜、过元宵、油纸伞、炒烧饭，这些农村生活画面，早已离我们远去，即使今天还留在农村的青年，也不会知道有这样的过去。但是对我们这个年纪的人来说，却是美好的回忆，常常会在梦中追寻。读了老钱的文章，感到特别亲切。毕竟他是土生土长、一辈子没有离乡离土的老松江，阅历深、见识广，把许多文章连起来，就是一幅松江式的《清明上河图》。

这本散文集虽然以松江的生活为书名，但并非单写松江，还有十多篇是外省的、外国的游记。不论写人写事还是写景写物，他的文章都是画，给人以美的愉悦。这种画不是素描，不是速写，而是工笔山水，十分细腻。他在《机遇》中写两个久别的情人蓦然相遇时的情景，简直是在写小说，简直是《山楂树之恋》的章节。同样，《微笑》一文中的“他”，也和《机遇》有着异曲同工之妙。钱明光没有读过中文系、新闻系，他大学读的是政教系，但文学修养绝对超过有些文科毕业生。《苏堤随想》《西山听雨》《雪后说雪》等文章，都善用排比、叠句，如诗如赋。伤时感事的散文要词深意远，借题发挥，给人启迪，引人共鸣；写景写物的散文要有诗情画意，情景交融，使人赏心悦目，受到感染。钱明光的文章就是这样“勾引人”，真使我佩服。他有时还有神来之笔。他在《婺源之婺》中写道婺源空气之湿润：“路上到处都是湿漉漉的，手抓一把空气都可以捏出水来。”真妙，这种句子，除了钱明光，恐怕只有杨朔写得出。好散文除了要有好思想、好意境，除了耐看，还要耐听。钱明光的文章讲究音韵，读来动听。如他写周庄的宁静：“这儿没有马达、汽车的噪声，这儿没有高层建筑的遮影，它是历史的延伸，一个没有现代污染的小镇。”这样的文章适宜朗诵。

松江是“上海之根”，文脉绵长，底蕴深厚。文星高照松江的九峰三泖，让这里文人辈出。据我的接触，主管松江宣传文化部门的领导，都是内行，他们知文重文，这就使得松江的文事如风鼓浪，一波一波，繁荣兴旺。文化人领导文化工作，内行领导内行，这样多好。若是外行领导内行，要么瞎折腾，要么不作为，这个单位就苦也。我庆幸自己，现在工作上经常接触的是这些行家里手，知文能文，有求必应，心想事成。

根的情怀

丁锡满

何伟康先生要出书，寄来书稿要我作序。我经常读到何伟康的文章，但与他接触不多，并非文字之交。只因他是松江人，我对松江特别有感悟；又因他在永丰街道工作，永丰街道崇文尚艺，2010年还与我们上海楹联学会合办过看世博楹联征文比赛，看到“永丰”二字就感到亲切，当然要先睹为快。一看头几篇，就有读后感。

走进何伟康的笔墨世界，就如同走进春天的园林，万紫千红，赏心悦目。“园里看花，看得眼花。”不妨随我这个导游漫步一回，探幽寻芳，领略一些大千风光。

书分五辑：《草木文润》《红色之旅》《神州揽胜》《寻觅记忆》《直抒胸臆》，大都是写景散文。自古以来，散文佳作总是既写景，又写情，情景交融。景是文章的肌肤，情是文章的灵魂，意是文章的骨骼。好像评选世界小姐，既要外在美，又要内在美。历代的传世文章，都是触景生情的。范仲淹《岳阳楼记》的灵魂是“先天下之忧而忧，后天下之乐而乐”。杜牧《阿房宫赋》的点睛之笔是“灭六国者六国也，非秦也；族秦者秦也，非天下也”。诸葛亮《后出师表》的“鞠躬尽瘁，死而后已”成了千古名句。周敦颐的《爱莲说》一百来字，“出淤泥而不染”六个字占尽全篇风光。何伟康的文章也是好在有思想、有感情、有议论，让人受到启迪。《根的情怀》从植物根深才能叶茂，“提醒那些不把人民放在心中的官员”，“没有一种根基，比扎根于人民更坚实；没有一种力量，比从群众中汲取更强大”。《老鹰与风凌石》给我们讲了老鹰长寿的知识。原来老鹰后半辈子是通过极为痛苦的凤凰涅槃，把爪上的老趾，把旧的羽毛，一个个、一根根拔掉，拔得鲜血淋淋，然后再长出新趾新羽。为了寿命延长，老鹰需要经过这样残酷的更新！老鹰的苦难和风凌石的磨砺启示我们，凡是腐旧的阻碍自己飞翔的东西一定要加以改革、加以剔除。我们当前加大力度反腐败，不正是老鹰的拔旧剔腐吗？！夏日蝉鸣，是一种悦耳的音乐。何伟康的《听蝉》听出了“生活的意义不在饮琼浆，喝仙露，而在于歌唱”的禅意。又如《感悟兵马俑》一文，他看到西安兵马俑博物馆中 7000 陶俑皆有不同程度的损伤，唯独那尊跪射俑保存得最为完整。一般游人看过，除了啧啧赞叹，再无别的。何伟康却从跪射俑感悟到人生必须低调。原来俑坑棚顶坍塌时，高大的立俑首当其冲，先被压着，而跪射俑因为是低姿态，就受到了荫蔽。于是他说为人低调是一种境界、一种修养，任何人都不要自以为是。

文章要有主心骨，有了骨，就能立得起来。可叹如今天下文章滔滔，有几篇是有主心骨的？能让人受到启迪的？有些称为主流的大报，很喜欢登整版整版的长篇文章。这些文章有耐读的、值得保存的，也有不少文章是使人昏昏的，枯燥无味的。有些名家，一看署名，使人肃然起敬；一看内容，净是些我怎样认识他，他怎样认识我，看完 3000 多字的长文，不知道他要告诉读者什么。唠唠叨叨了半天，与读者有何干系？我干嘛又闻你这种懒婆娘的脚纱？

何伟康文章的另一个特色是善于修辞，读起来如闻梵乐，如听昆腔。他最喜欢用排比句、四六句。这种句式最能加强语言效果，只有具有很高古典文学修养的人才能写出这种文章。他的文章如丰子恺、程十发的画，如赵朴初、高式熊的字，有鲜明的个人风格。《误入荷花深处》《颐园听雨》《瑰奇三清》《能不忆西湖》都有很多排比句子。他很喜欢用春夏秋冬排比，“春品苏堤春晓，夏观曲院风荷，秋赏平湖秋月，冬踏断桥残雪，仰望双峰插云，俯首柳浪闻莺，远听南屏晚钟，暮挽雷峰夕照，夜探三潭印月”，这样的排比俯拾皆是。这也是一种传统的写法。《孟姜女》的“十二月里来”，《四季歌》的“春季到来……”就是一月一月、一季一季排比的。

何伟康是土生土长的松江人，是一个基层干部，在乡镇街道工作了近 40 年，头上没有光环，名片上没有尊号，可是他的文章写得好。读那些无病呻吟的名家之作，还不如读何伟康的文章有益有味。九峰三泖之间随便搜出一个草民，便是文采熠熠的雅士，可见松江真是个藏龙卧虎之地。松江为什么能藏着龙、卧着虎？因为它的文脉绵长，文渊深厚，文树繁茂，藏得住龙、隐得住虎呗。

村姑当中有西施

萧　丁

我不认识王斌，也没有读过他的文章。忽然有一天，《松江报》副刊编辑许平要我为王斌的散文集写篇序，真叫我丈二和尚摸不着头脑。我说，人也没见过，文也没见过，叫我怎么写呀？许平说："我选几篇书稿给你看看。看了之后，你一定会写得出来。"古人说："爱屋及乌。"我因为喜欢松江，所以凡是松江的事，我都会尽力。答应了再说吧。

许平将王斌的散文集《阳光的舞步》选了 10 万字给我。初看几页，觉得平常；又看几页，渐入佳境；再看下去，就好像到了豫园深处，要流连忘返了。

中国文学殿堂里的首座，古代是诗歌，现代是小说。第二把交椅应该属于散文。写散文的人多，但是写得好的人少。好的散文必须有三个要素：情、文、知。要有思想，要有感情，要有文采，要给人知识。王斌的散文三者兼备，又有独特的个性，像唱戏和画画一样，自成一派。

自古以来，脍炙人口的散文名篇都是以德化人、以情感人的。思想是文章的灵魂。没有思想性，文字再漂亮也只是绣花枕头。李密《陈情表》、韩愈《祭十二郎文》、朱自清《背影》就是以情感人的范文。王勃《秋日登洪府滕王阁饯别序》中“老当益壮，宁移白首之心；穷且益坚，不坠青云之志”，抒发了自己的抱负。柳宗元《捕蛇者说》里“苛政猛于虎也”，揭露毒吏甚于毒蛇。刘基《卖柑者言》借指责“金玉其外，败絮其中”的商业欺诈行为讽刺朝廷中不为老百姓办事的军政高官，恰如今天利用过度包装出售劣质商品的奸商，通过在媒体上自我炒作来抬高身价的不学无术文人和伪君子面目出现的个别高官。范仲淹《岳阳楼记》表达了一个宰相“先天下之忧而忧，后天下之乐而乐”的胸怀，而诸葛亮的《后出师表》则剖露了一个老臣为国为君“鞠躬尽瘁，死而后已”的忠心。这样的文章，不但值得人们十遍百遍读至背诵，流传千古，而其思想精华，更成了中华民族传统美德的组成部分。

王斌的书当然不能同上面这些经典范文相比，但是他传承了民族文化的传统，他的文章也都是情真意切、言之有物的。他的书分《所记所忆》《所思所想》《所感所悟》三大部分，第一部分写少年，写经历，写家庭，充满着对父母之爱、对家乡之爱、对师长之爱。《口碑好的答案》是写他父亲那个年代的干部作风。这种作风已经久远了。你看如今的某些干部，官不大，却脑满肠肥！个别地方，那里的一个乡、一个村、一个街道、一个社区，上面那么多主管部门要来“检查视察”，横向那么多有关单位要来“联系工作”，基层那么多企业厂家要来“请示汇报”，有多少次“公务活动”不上大饭店摆圆台面的？可是王斌父亲的那个年代不这样。这篇文章可能让现代的个别“公仆”感到迂腐可笑，可是我感到亲切，我见过这样的干部。现在以习近平同志为首的中央领导以身作则，就是在发扬优良传统。第一部分中《实诚的香蕉》说的是农民淳朴的品质，与刘基笔下杭州那个卖柑者是鲜明的对比。《母亲罢疗》说的母子之情引起我对母亲的怀念，《板桥悠悠在心河》那种小孩子走板桥吓兮兮的感觉我也曾有过。虽然我与王斌年龄相差一辈，但因同样来自农村，便与他有相同的感受、一样的感情，读起来就亲切。

写散文就要有感情，就要言之有物，就要触及读者能够引起共鸣和感应的穴位。现在报上散文虽多佳作少，其原因就是无病呻吟。即使有的散文大家，也不是篇篇都是言之有物、言之有理的。许多文章絮絮叨叨，说的净是家庭琐事或朋友交往，毫无普世价值。这些废话与我何干？我干嘛要浪费时间听你的唠叨？报纸干嘛要浪费版面登这种东西？公开发表的文章，总得给人一些教益。尤其是名家的文章，总要对得起自己的名字。

王斌的文章不但有思想，还有文采，读起来轻松。《阳光的舞步》第二部分和第三部分中有许多篇说理性文章，闪耀着思想的光芒。一般的议论文，逻辑性强，生动性差。王斌的文章独特。他以讲故事的形式娓娓道来，他以散文的笔调使情理交融，引人入胜。他精通修辞，文字功底深厚，文章多用四字句、排比句，语言精练，读之有味。

王斌善于讲故事。通过讲故事来阐述思想，抒发情怀，是王斌散文与众不同的风格。有的文章简直是短篇小说。他曾在部队当过兵。《王团长》和《连长武大魁》两篇文章，把两个军队干部的性格写得活灵活现。《邂逅含羞草》用含羞草的来历警示青年人对爱情要专一，不能负心。《世界对，人也对》用三个故事说明道德环境对一个人的素质会有多么大的影响。王斌怎么会有那么多的故事？一是他书读得多，路走得多，学识多，见识多；二是他会写小说，写小说就是讲故事。王斌的散文集具有三种文体的要素：评论家的思维、小说家的内容、诗人般的语言。有这样的三种元素，文章会不好看吗？

王斌从空军转业到地方任职，虽然已经写了300多万字10部著作，但是还没有踏进文学圈子。松江这款文化厚土真是卧虎藏龙啊。王斌就是“养在深闺人未识”的隐者。不过我以为，名家笔下不一定都是名画名文，他们有了名气，再拆烂污的作品也有人要。村姑当中也会出西施、昭君，只因“画图省识春风面”，才使“贫贱江头自浣纱”。其实，一个人的顶峰之作往往出现在成名之前。除了演艺界，一功成名就，就是艺术上走下坡路的开始。王斌是“发展中”的作家，他的才气正在喷发，一年半之内就敲出了那么厚厚的一部有鲜明个人风格的散文集，而且又是那么好读，我也为他高兴。

许平说得不错。看了王斌的书稿，又有感想可以谈的。

《程十发捐赠松江书画作品集》序

陈鹏举

程十发先生是20世纪后30年间的一位中国画大家。他的出现，标志着具有悠久历史和人文意义的中国画艺术，在当代可以到达的“高山仰止”的地位；他的离去，标志着最后一抹中国文人画的光辉，令人流连地载入历史。

中国历来的文人和艺术家，留给后人的不仅仅是文化和艺术，同时留下的，是他们的人品和学养、理想和壮志。历来深受后人景仰的文人和艺术家，总是具有伟大的人格力量，还有超凡的学问和见识。程十发先生也是这样一位艺术家。程十发先生是画画的，他把一生的聪明才智都献给了中国画，他的一生除了画画以外，所有的学习和修为，其实都是在蓄养清气，陶冶情操，最终唯有他具有的清气和心情，都流淌在了他的画里，也长存在了画里。所有与他同时代的画家还有和他交往过的人，都感受和惊奇他的冰雪聪明。他的一双眼睛可以穿透人心。与人交往和相处，他从来不说一个“不”字，他总是可以找到委婉得体，又不失机趣和警示的语言，来表达自己的情感和主张。他觉得所有的人，其实父母给予的道德底线和理解能力还是够用的。他感觉人生应该也可以在一种温文尔雅的氛围中经历。

一路走来，他盼望留下许多好听好玩的故事，像一幅幅气韵生动的画，隔了一些年翻阅起来，仍然赏心悦目。他的这些冰雪聪明的感觉和主意，也在他的画中流淌开去。他画中的线条，谁也明白是风中和梦中最美的线条。说他的画是庄生晓梦迷蝴蝶的状态，还不如说蝴蝶梦见了庄生忘情的状态。甚至可以说，他是最后一个真正看透中国画水墨所具有的无限可能性的画家。他的聪明与生俱来，也得之于后来的读书和行路。他从云南少数民族女子的曼妙裙裳，还有《小河淌水》那样的旖旎歌曲里，寻找到了只属于他的感动，寻找到了只属于他的画的景象和境界。在他生前，我在一篇文章里写过他“是中国文人画的最后的光辉”。像他这样的画家，在他以前，上溯到百年千年，应该说是星河灿烂；到了他，已经时异情变；他去了以后，这样的画家，实在是很难见到了。

程十发先生相信“上善若水”。他做人画画，都沉浸在流水花开的自然状态里。然而他有自己的坚守，20 年前，旅居海外的一些画家扬言要改写中国绘画史，我在一篇文章里表示了异议。程十发先生读到了，笑着对我说：“这回你怎么发火了？”接着他自己回答说：“关系到民族性了，是该发火！”这就是我们同时代的前辈画家程十发先生，向往“悠然见南山”的中国文人和艺术家，“刑天舞干戚”的猛志，是从来不会消解的。

程十发先生是松江人。他出生在松江，直到他去世，他对家乡的眷恋从没停息。松江曾经是上海的昨天，上海的历史是由松江承载的。松江历来是人文荟萃的地方，它所具有的人文传统，就像玉出昆冈那样祥瑞、温润和光彩夺目。九鹿回头，乡思难忘。因为这个宿命，东汉张翰有了莼鲈之思，弃官回乡。也因为这个宿命，晋代同样在洛阳做官的云间“二陆”，让名叫黄耳的犬儿，千里来回传递家书。程十发先生也传承了这样的宿命。他写过一个条幅：“吴王猎场。旧图经云：吴王猎场，在华亭谷，东吴陆逊生此。”题款为：“甲戌新秋书南宋《云间志》，程十发。”这是他的一等墨迹，有着对家乡的无限倾心。他在这件心爱的作品上钤有朱文“勿老草”和白文“程潼”两枚印，把老年的童心和小时候的学名都呈现出来了。那年他 74 岁。

程十发先生的宿命还不止于此。松江人杰地灵，不仅英雄辈出，而且文采风流。至今还在传世的最早的“祖帖”《平复帖》，就是松江陆逊的孙子、大文学家陆机留下的。还有董其昌，这位中国绘画史上里程碑式的人物，也是松江人。书画是什么？书画是人文的命脉和传统，书画是不朽的思念和心血，是前世的遗爱和托付。陆机的《平复帖》和董其昌的画，给予程十发先生的是静默的雷鸣。家乡的前世书画，对程十发先生来说是致命的珍宝。他的宿命和陆机、董其昌一样，注定要被家乡松江的时光和风物感动得满含热泪，他宿命地要把家乡的时光和风物留在自己的画里。

30 年前，他在家乡造了一栋小屋，借用了王蒙的画名《修竹远山楼》，作为他画斋的斋名。他在那栋小屋画了许多画，许多画都沉浸着家乡的修竹和远山。譬如著名的《山水八段图册》，其中第七开的题记是：“华亭城内旧有西湖之胜，后水干涸。仅存玉皇阁，今意想图之。”评论家说，《山水八段图册》是他“带有幻想”的作品。要说明的是，他的“带有幻想”不是凭空臆造，而是和魂牵梦绕的家乡分不开，和家乡的过往今来分不开。他的画里，流衍的是说不清的家乡时光和风物。那些时光和风物春酣秋荣，或者流连不去，或者渐行渐远，或者已然不在。他的“带有幻想”的画把它们都留住了。他永远逃不出乡思的宿命，也逃不出作为一个松江人、一个画家的宿命。

也正是宿命使然，2005 年 11 月，程十发先生把自己收藏的元明清等名家书画作品 57 幅，和他本人的代表作 23 幅，共计 80 幅，捐赠给家乡松江。叶落归根，这前世的叶子又一次开枝散叶，由今生的春天，回报前世的渴望。2009 年 4 月 10 日，松江程十发艺术馆正式对外开放，同时首次展出了这 80 幅捐赠作品。2010 年，这 80 幅捐赠作品首次结集出版。程十发先生捐赠的这些书画藏品，都是他心仪已久的杰作，这些作品都受到程十发先生的法眼青睐，都和他的理想和情趣相通。中国书画艺术从本原说是回眸昨天的艺术。中国书画艺术的所有美感和蕴含，在它出生的时候已经无不具有。可以毫不夸张地说，程十发先生捐赠的书画，是为大家、为今生后世打开了通往书画艺术本原的大门。这是件功德无量的事情，面对这些杰作，人们会永远联想起程十发先生。

15 年前，我和程十发先生有个有关他藏画的对话。这个对话，或者说是程十发先生对一些问题的出色回答，可以作为翻阅本集的指要。中国画到今天，让人总生千分守望、万般悬念。程十发先生认为，这大可不必。一个人、一个画家所面对的总是过去、现在与未来。他是前人的儿子、孙子，又是后人的父亲和祖父，每个画家总是在现在这个一刹那间，画出属于自己的作品来，而这作品，总带有过去的传统，也该透露出给后人的生机。程十发先生喜欢陈老莲，说他一辈子未入仕途，大概只中过秀才，在绘画上，他又不入董其昌“松江画派”的华堂深奥，而以自己独特的绘画作品，在一个非常美妙的瞬间，连接了过去与未来。

聊起董其昌的“南北宗论”，程十发先生说，董提出“南北宗论”，是为了重招“气韵生动”这个绘画之魂。然而把这个说法统领画史，是一个失误。譬如说文人画未必都是文人所画，而文人未必都画文人画。他特地展开了他收藏的元代钱舜举的《白云幽栖图》。钱是很出色的文人，而这幅手卷，却分明是唐代李思训父子勾斫精细所谓的“北宗”画风。更让人回味的是，这幅画曾让董其昌大为感动，并在画边留下了大段题跋。

一些年来，上海画界对“海派”的提法很欣赏。因为它包含的是上海画家不拘一格、贵在独创的精神，程十发先生也一直被认为是具有“海派”精神的卓然大家。而他这样对我说，他觉得“海派”是梨园中一个与“京派”相对立的带有贬义的提法，把一种美好的精神，冠之以明显带有负气意味的“海派”提法是欠妥的。程十发认为，“海派”画家似可改称“海上”画家。近代上海出现过一批以任伯年、吴昌硕、虚谷等为代表的“海上”画家。他们的精神正是如今被称之为“海派”的那种美好精神。在众多的“海上”画家中，真正的上海人，只有钱吉生等二三人。这也说明上海是个纳百川、汲三洋的真正的艺术之海。由此“海上”画家不必负气，而应有大海般的雅量和大气。

程十发先生的这些话，在阐发书画本原的美感和蕴含的同时，还体现出他对家乡的书画传统，乃至文化传统的深刻和睿智的思考。从中可以真切地感受到，程十发先生不仅属于家乡，同时还属于中国，属于中国书画和人文的过去、现在和未来。程十发先生已经驾鹤远游，他是驾着云间的鹤去远游的。很高兴为本集写序，因为可以从中听到程十发先生留给我们的长长的云间鹤唳。

心香一脉出云间

赵丽宏

华亭古镇，云间松江，山水交汇，人杰地灵。千年天地精华在这里聚集，百代人文美景在这里荟萃。松江，江南的锦绣之地，令人神往。

松江有山，天目山的余脉，在这里崛起九峰十二山，山虽不高峻，却林木蓊郁，曲径通幽，处处有先贤足迹。松江历来多文人，陆机和陆云曾在这里读书写作，董其昌曾在这里吟诗作画，少年夏完淳曾在这里慷慨悲歌。千百年来，无数骚人墨客在这里流连忘返，写下美妙诗文，李白和杜甫据说也曾在这里留下屐痕。“松江画派”“松江书派”“松江诗派”，当年曾创造过多少美妙诗书丹青。前些年友人陪我去松江登小昆山，访晋代陆机和陆云的读书草堂，在临近山顶的崖壁上，竟然发现苏东坡的题词勒刻：“夕阳在山。”这实在令我惊喜，也因此联想，这里的每一条道路、每一方土地，也许都蕴藏着人文瑰宝，都孕育着诗意。

松江被人称为“上海之根”，回溯历史，这样的说法是有道理的。上海的文学艺术之河，有如今的洪波汹涌，松江是一个重要的源头。

松江这块灵秀之地，不仅在漫长的古代历史中涌现出无数优秀的文学家和艺术家，在近现代，也是人文荟萃，才俊辈出，让这个古老的文化名城焕发出迷人的光彩。施蛰存、赵家璧、白蕉、程十发、朱雯、罗洪……这些都是中国现代文学艺术史中熠熠生辉的名字。而更令人欣喜的，是松江的文脉，一代又一代延续着，一直没有中断。当代的松江文坛，依然是人才济济，文采斐然。我认识很多松江文友，都是文坛活跃的作家，读他们作品，总是使我心生欣喜和感动。《当代松江文学丛书》就是当下松江文脉兴盛的一个证明。《当代松江文学丛书》共六本，三本散文、一本小说、一本诗歌、一本寓言童话，门类丰富，各呈其美。

三本散文中，王勉的作品是读者熟悉的。王勉写散文很多年，作品丰富，自成一家。他的散文真挚、质朴、优雅，形成了自己的风格。无论叙事写人，都是他的真情实感，写得挚切动人。王勉散文中也有浓郁的文化气韵，他写对天地万物的观察和思索，写读书品画的感悟，从文字中可以窥见一个读书人兴致盎然的见识和智慧。他的散文中，也有大自然绚烂多彩的表情，花痕树影、雪踪雨声；在他的笔下，都是多情善感的生命。

刘宝生，笔名榛子。我读过榛子的中短篇小说，都是生活和艺术气息很浓的作品。他这次以一本散文集加入这套丛书。榛子的散文，也写得极有情韵，淡淡的文字、平常的情景，却能道出生活的真谛和人生的况味。我在报刊上偶见他的散文，虽都是短章，但都是言之有物的好文章，汇合成集，更觉气象万千。他的散文中流露出一种散淡，看似轻松和幽默，文字背后却蕴含着深思。

许平是松江文坛引人注目的女作家，她在这套书中也是一本散文选。许平的散文以活泼清新见长，早年的散文，写她在军队的经历，青春岁月，令人怀想。近年来她写的人物散文，以女性的细腻和智慧，生动地写出了人物的气质和精神。《魏晋间人钱谷融》就是一篇难得的佳作，洒脱简洁的文字、天马行空的思路、随手拈来的细节，写活了一个文学大师的沧桑人生和心路历程。

这套书中有王季明的长篇小说《说吧，让我说吧》，值得一读。小说的时间跨度很长，从20世纪70年代写到20世纪90年代末，由动乱的“文化大革命”一直写到改革开放时期。小说中几个人物在这20多年中跌宕起伏的经历，折射出大时代的风云变幻。作者对“文化大革命”岁月的真实描绘，读来让人震撼，那个时代对人性的扭曲，现在仍能警示读者。小说的叙述风格和语言的地域特色，体现了作家在艺术上的追求。

这套书中有徐俊国的诗选。徐俊国是一个近年创作成果颇丰的年轻诗人。他是新上海人，松江这块人文底蕴深厚的宝地，给了他写诗的灵感。他的诗中写江南的自然天籁，写他在乡间漫步时产生的幽远思绪，也写日常生活中的诗情画意。诗中丰富的意象，表达了他对生命的思索，也是大时代在一个诗人心中引发的回声。

丛书中有一本儿童文学，作者是方崇智，是六个作家中最年长的。方崇智的寓言和童话，充满了童趣，故事有趣、人物有趣、语言有趣，读后总感觉余韵袅袅，有回味，能让人从单纯的文字中感悟出人生哲理。这是儿童文学的一种高境界。寓言和童话并非简单的“小儿科”，优秀的寓言和童话，不仅有奇特的想象力，更有深刻的寓意。看似单纯，其实复杂；看似清浅，其实深邃。能把寓言和童话写到如此境界，需要一颗不老的童心，需要想象力，也需要深厚的人文素养。

我无法在一篇短序中详尽评点每一本书，只能说一些粗浅的感想。读者若有机会阅读这套书，将是一次收获丰繁的文学之旅。六本书，六个风景迥异的文学花园，展现给读者的是松江的人文天地、松江的锦绣文脉。这六本书，是《当代松江文学丛书》的第一辑。我们期待松江源远流长的文脉，会源源不断继续流向世界，让人们看到，新时代的云间文脉和云间诗派，正在创造着全新的文学风景。

记忆和抒情

——读王勉的几篇散文有感

赵丽宏

王勉写散文很多年了，有不少能让人记住的佳作。徐中玉先生曾这样评价他的散文：“文笔明快，情感真挚，娓娓写来，生动有味。亲情跃然纸上，人情盎然生辉。”这是中肯贴切的评论。

王勉年轻时曾在农村插队落户，这段经历了磨难的青春岁月，是他常写常新的题材。这类经历，在有些人的回忆中也许是生命的蹉跎，是不堪回首的歧途，但对一个作家来说，这是财富。出现在他散文中的当年情景，并不灰暗，他的文字中，有人性的温暖，有年轻的心对未来的憧憬，也有大自然绚烂多彩的表情。

《房东阿妈》是一篇记事散文，回忆青春往事，写一位善良而有个性的村妇，文字质朴，故事也不算跌宕，却很感人，读后对那位房东阿妈留下了难忘的印象。这篇散文，以真情动人。这真情，有两个层面：一是文中老人的正直善良和亲人般的关爱，写得自然真实，这是人世间珍贵的爱心；二是文中的“我”对老人的钦敬和怀念，虽没有很多议论，却能让读者体会到作者真挚的感恩之心。

读王勉的这些文字时，我心有共鸣，因为，我和他有类似的经历。他的回忆，使我想起自己当年的下乡生活，想起那些曾经为我驱散孤独，让我感受人间真情的农民。这样的经历，其实影响了我们这辈人的整个人生。

《静静的芦苇》和《闲眼野望》描绘的是自然和天籁，芦苇、野菊花、梅花、麦田、槐树、桃花，在王勉的笔下，都是情感丰富的生命，它们在天地间自由生长，有情有爱有个性，也有希冀有期盼。文学作品中对大自然的描绘和抒情，现在被很多人忽略，有人甚至对此不屑，认为这是肤浅的文字。这样的观点，实在荒唐，也是文学界浮躁的一种表现。一个文学家，怎能面对大自然千姿百态的美景而无动于衷？王勉把他喜欢的自然景物当人来写，当朋友来写，它们表情丰富，形态各异，讲述着天籁的美妙，讲述着它们各自所代表的历史，也表达着作者内心的向往，向往远离喧嚣和浮躁，回到自然宁静的生活中去。王勉在写芦苇时，有这样的感叹：“我应该在疲于应付这个繁忙的世界时，多来这种地方。我曾几回在梦中，与所有的芦苇同日同月同风同雨，自由自在平淡地过着无忧无虑的日子。”我相信，这是作者发自内心的向往。

寻找落伍者（节选）

——序榛子《渴望出逃》、王季明《露天舞会》

王安忆

《渴望出逃》这一个与上海毫无关联，发生在北方煤矿的爱恨情仇故事，具有强悍的气质，不管怎么说，它总归是出自上海作者笔下，至少说明这城市里人，有着闯四方天下的阅历身世，还有粗犷的笔力。之后，又读到榛子的《坚硬的鸡汤》《老茶的呼噜》，写的都是大企业里的人和事，照理是合上了主流叙事，可偏偏两位主人公都有着别致的性格，这性格没带给他们好运气，而是让他们走背时。前者是技术工人，且有着极高的天赋，能够与时俱进，在每个工业革命阶段拔取头筹，但近乎病态的骄傲让他处处碰壁，不只是事业、谋生，甚至女人上，都陷于穷途末路。当同事将他从官司中捞出来，去对付五轴联动的数控机械，他的眼睛忽就亮起来，可这短暂的闪烁无从照耀整体灰暗的人生。后者老茶是以罪贬的身份进入工厂，所以，他还有机会成为“伤痕文学”的主角。当时代变迁，政治改正，老茶理应走到社会的正面，汇入主流。他又不像前者那样乖戾，甚至称得上温顺，可也就是这格外的温顺让他走霉运。无论多么不公正的遭际，他的态度永远是安然顺从，好比“马善被人骑，人善被人欺”的道理，命运就来欺他，一轮又一轮的，似乎是在走下坡路，他却依然是温顺的，就不禁让人怀疑，这温顺实在不是软弱，而是一种从容自若。榛子的故事往往是这样，人物的个体处境，要比时代、社会、意识形态更有决定性地主宰命运，因此很难纳入潮流，潮流总是被概括了的。

榛子的小说好就好在扎实，分量足，不短斤缺两，压秤得很，不免缺乏回味。像《情犊》这样微妙的小说，差不多是一不小心碰上的。但他生成如此，很难要求他是另一个样子。然而，忠诚地沿着自己的路走下去，有时候，会有变化发生，或者说是量变到质变。《凤在上，龙在下》便是这一条道走到黑，突然擅开的一扇门，于是，光进来了。

倘若没有刘阳这个人，这篇小说也就类似于大多数描写经济转型时期平民生活变迁的作品，包括榛子自己的某一些写作，比如《且看满城灯火》《寻工记》《地铁的丁菊花》，好也是好，但终究不出窠臼，依然在你我他的一般经验之内。而刘阳的在场却使一切都不同了。刘阳是什么人？是个异数。他在性取向上存在误差。这一类人，常常出现在现代主义小说中，就是台湾学界命名的“同志文学”，但在榛子，他显然并不打算回答身份认同、存在归向、第三性、酷儿理论种种哲学问题。刘阳他，不像社会不适应症候群通常具有的孤寂表情，他甚至很开朗，用今天的流行语说，很阳光。除了恋爱婚姻这一桩，他偏执在自己的取向上落得孤家寡人，其他都与众人无异。出身市井人家，虽不至于穷苦困顿，却也需胼胝手足，谋生为第一要义。也同寻常的好人一样，总会遇到意气相投的好人，帮助他，又得他帮助。于是，他们几个便组成这么一个大家庭。以常贵珍与张家临一对夫妇为核心，张家临将昔日的师妹，也是倾慕者沈小琴介绍给刘阳做朋友，刘阳则是常贵珍的旧同事。刘阳不拒绝与沈小琴交往，心里却暗恋张家临；常贵珍呢，曾经是喜欢刘阳的，无奈刘阳不开口。如此错综复杂，牵丝攀藤，互相拉扯着。都是不免落魄的人生，因有了伙伴倒也不显凄凉，反而是喧嚷拥簇的，于是就会起摩擦，也是和所有至交一样，摩擦自会消解，然后你知我知。这是一段好日子，正应了“好景不常在”的俗套，如此结构注定是短命的，首先对沈小琴不公平，她还要嫁人生子呢！沈小琴将她那老台商未婚夫带来一起过年那一晚上，令人动容。依然是这四人一桌麻将，沈小琴却提议下大注，接着便频频放“冲”，是报答麻将桌上人的爱，但毕竟有些事爱莫能助，所以又有负气在其中。沈小琴远嫁，刘阳自觉着不便再留，插足于夫妇之间，终也离去，生活又回到常规的伦理上，继续进行。那一个奇异的组合，留下无比亲切的记忆，从日常生活旁出去，险些儿出轨，又被主流涌推回来。这常规外的哀喜，正是现实里的灵异之光。

与王季明写作的第一次接触是《借个男友回家过年》，在本丛书集中，更名为《租借男友》，自然有他的理由，而我似乎更喜欢《借个男友回家过年》。这一句有些像歌谣，“回家过年”又有一股喜气洋洋，就像一个民间传说。2005 年去香港岭南大学讲写作课程，有四堂大课，我设计每一课以分析一篇小说为内容。从提高学习兴味着想，专选择上海作者描写上海生活的小说，其中就有王季明的一篇。小说中人物所处的环境、地铁线，我以为差不多搭到这城市的脉，可说是象征。但故事还是循着现实的轨迹，诚实地叙述。以这一篇看，似可归入城市写作，事实上却也不尽然。在王季明这本集子中，有两篇小说颇引我注意，就是《天堂》与《和作家李图玩游戏》。

从这两篇小说看，王季明一定阅读过大量西方翻译小说，不止是因为这些阅读直接构成情节，还因为王季明显然从西方现代文学潮流中汲取养料，能够操纵形式。就好比前面说的，《租借男友》

里的象征性，王季明的小说比较榛子，更善于处理一些抽象的题材。《天堂》与《和作家李图玩游戏》，都有一个名叫李图的人物，都喜欢阅读，也喜欢写作，但同样缺乏天赋，写得不怎么样，后来又都死于同一种病因，心肌梗死。两个李图都有一个文友，就是“我”，名叫老禾。所以我宁可将这两个人当作一个，以小说情节虚构的顺序，编织李图与“我”的生活史，也是他们的思想史。

这两个人称不上知识分子，也称不上作家，充其量只是文学爱好者。他们是这城市最普遍的市民。以《天堂》的说法，李图居住在人口密集的旧区，新建成的高楼之间，残余着没有开发价值的断巷陋屋。“我”的居处也差不多，石库门弄堂，狭小的住房，外加天井里的违章建筑。倘若采信《和作家李图玩游戏》中的安排，那么，他们还都是一家破产后转型的中等国有工厂里的职工。然而，这两个潦倒的人，却有一个奢侈的爱好，就是文学。他们都拥有与自己家境不符的大量藏书，老禾“我”，老婆没娶到，书倒收了一大堆，那间违章建筑就是专用于放书的。老禾与李图时常交换书，就像集邮爱好者交换邮票，同时交换阅读和写作的心得。如他们这样热爱文学却不能成就事业，简直是罪过。不顺遂的写作就也纳入现实人生，加剧了失意的心情。用什么来排解？喝酒聊天。聊什么呢？编小说，他们戏称为“游戏”——这就是意味所在，在写作这虚构活动之外又发生着一种虚构。在李图猝发心脏病去世后，留下小半部遗稿，写的是他们企业兴衰历史的长篇小说，老禾对此并不感兴趣，倒是平时“游戏”的胡编乱造，让他惋惜，于是编辑整理发表在网上。不久，就有网友指出，这故事是抄袭，来源于法国作家图尔尼埃的小说《礼拜五——太平洋上的灵薄狱》。这一个结局令人大为意外，也令人琢磨，应当如何理解？是对写作者李图脱离生活现实的讽刺？抑或是对其想象力不足的扼腕叹息？而我更愿意以为这是投向虚空茫然中的精神对话，那西方翻译小说在此成为象征，象征遥远的、不可企及却让人心向往之的不存在之存在。在《天堂》中，老禾“我”也死了，与李图的死不同，是死于非命，就更像是一个主动的选择，选择遁入虚空。小说末尾，民工葛十朋载着老禾的骨灰回他临时住处，葛十朋是在李图死后出现在老禾“我”的生活中，就好像是“我”有意为自己培养一个文友，好填补李图的空缺。这位来自云南的“打桩模子”，年轻健康，体内还有充沛的活力，打算在这大城市混一番，却渐渐被老禾引入现实生活边缘的虚空地带。他载着老禾回家，猛然想起雷蒙德·卡佛的小说《大教堂》起首第一句话，王季明写道：“我把它改成这样：‘这个瞎子，是我的老哥，他与我一起在路上，今夜要在我家过。’”

李图与老禾的故事，在这本集子中，只占一小部分，不足以形成王季明写作的一个体系。在其他部分里，也有一些颇不错的小说，比如短篇《1974 年的丧事》，读了真叫人喜欢，在这城市浮丽的外表之下，其实有着几近部落式的朴素内心，也可惜仅此一篇，不足以成体系。在这些无法归纳潮流的写作里，多少有着力不从心，就是不能开掘得更深更广，这是自己要负责任的。一些无从命名的存在，被固定在文字之下，倘若能有十倍、一百倍的写作，这种固定便增了体量，从无名到有名。还是那句话，量变到质变，事情许会是另一番面目。

《小作家》：一个奇迹

王 勉

收到刘锦章老师送来的还飘着油墨香的《云间小草》和《茸城新蕾》两本结集了茸城中小学生优秀美文集的清样，心里一阵悸动，脑海又闪回到了25年前那个冬日的午后。是日，我、刘锦章、沈心祖三个心揣抱负的乡村语文教师自感肩负提升学生作文质量的重任，探讨着如何提升的途径。所见略同，要给学生一个发表和学习的平台，但又深感时下发表中小学生文学创作的阵地太少，已有的省市级的刊物又有点高不可攀，三人不约而同地想到，办一份让松江地区中小学生看得见、摸得着且真正属于他们自己的报纸，三人还为它起了个大胆的名字：《小作家》。理由很简单，把它办成松江地区未来作家的摇篮，于是，《小作家》呱呱坠地；于是，《小作家》开始了艰辛而快乐的成长。

当时，《小作家》仅是一张四开四版的小报，但已把从没编过报的我们累得手忙脚乱。为了向中小学推介《小作家》，沈心祖兴致勃勃踩着黄鱼车，我和刘锦章、陈震在后气喘吁吁推着，一个学校一个学校跑着分发报纸。看着师生们拿着散发着油墨香的《小作家》奔走相告，我们都感到莫大的欣慰和满足。

25 个春秋，弹指一挥间。《小作家》已由初创时的样子，发展成如名刊《故事会》一样厚薄、开本的刊物，发行量最高时达 4 万多份。这本刊物，虽不公开发售，但在松江，可谓是家喻户晓，培养出的中小学“小作家”不计其数。《小作家》分中学版和小学版，所开设的《鹿鸣》《诗芽芽》《新玩意儿》《青春风铃》《下水作文》等栏目，提倡中小学生自由写作、自由发挥，想到什么就写什么，想怎么写就怎么写，正如有位记者惊叹：“如此预见，是否走在了新概念作文的前面？”《小作家》至今已刊登松江中小学学生文学作品近 3.5 万篇，在省市级乃至全国获奖的作品已达千篇，一批又一批数以万计的中小学生伴着《小作家》成长着。一个区县级的学生刊物，走过四分之一世纪还保持着如此的活力与势头，当是一个奇迹。《小作家》的成功，离不开编辑们的殚心竭虑。创办者中，我已离开教育岗位多年，沈心祖老师已驾鹤仙去，只有刘锦章老师，虽已退休，但他还默默地执着地坚守在这块阵地上。刘老师细密的皱纹和灰白的头发诉说着他与这份刊物的情缘。一拨又一拨《小作家》的编辑都是业余兼职的，但他们无怨无悔热爱着这份工作。范田华、杨敏、诸灵康、陈震、何英梅、殷新珍、马燮荣、曹怿岚、陈赣、徐宁、谈永康、王正勇、陆蔚莉等老师，为《小作家》的成长和发展倾注了心血和智慧，把这份刊物逐步打造成了“真实的体验、灵动的感悟、新鲜的表达”的品牌。

可喜的是，《小作家》一路走来，得到了许多大作家的关注和厚爱。著名儿童文学作家陈伯吹欣然为刊名题字，施蛰存、赵家璧、浩然、朱雯、罗洪、叶辛、圣野等名家都给了《小作家》以殷殷关切。施蛰存的信很特别，写在一张卡片上：“孩子的语文，总有些稚气，编辑千万不可给他们改成大人的语言。儿童文学是要保留儿童的表现方法，有时大人写的儿童文学，也可模仿孩子语言，此点请注意。”

一辈子写儿童诗的老前辈圣野赠诗一首《自己的报纸》，表达了对《小作家》的热爱。而曾策划创编《中国新文学大系》的松江籍出版家赵家璧的信，一笔一画很认真，他写道："我写了一封信给家乡小朋友，提了三点希望，如认为可用，希在贵刊上发表。……希望有一天，能把编辑权下放给小朋友……"著名作家浩然从远在千里的北方寄上他的题词："成功的秘诀是持之以恒地刻苦努力。"可以说，大作家们对《小作家》的真诚期待和给力，无疑是这个刊物茁壮成长的雨露阳光。《小作家》也不负众望，花开更艳，果结更实。《云间小草》《茸城新蕾》两本集子，正是《小作家》硕果累累中的一掬。《云间小草》以小学生童趣的目光，把他们对家乡之爱、山水之景、父母之亲、师生之情、阅读之乐，虽稚气但生动美丽地展现出来，甚至对住房、对股市也有所描写，虽还不是很懂，但却写得可爱，是真正属于他们这个年纪的文字。看得出，集子里的大多数文章，很少是学校老师的命题作文或强迫所作，那么自由、那么活泼、那么真诚。而《茸城新蕾》虽因都是中学生而稍有不同，文风却大致如此。中学生们通过他们的所见所闻、所感所思，把属于他们这个季节的快乐与忧愁、激情与沉思、叛逆与矛盾，通过少年无邪的笔端尽情倾诉出来，犹如初春的新蕾，那么清纯、那么灵动、那么惊艳。两本集子的作品，生动揭示了当下中小学生真实的心灵轨迹，立体展现了学生们充满求知、好奇、多动、阳光、进取的精神风貌。这两本集子，不仅留下了"小作家"们的作品，更留下了《小作家》坚实的足迹。

"不在其位，不谋其政。"此序本不应我做，可架不住刘锦章主编的盛情相邀，硬是让我"摊上了这事"。或许是旁观者清，或许是感情实在难舍，只得勉为其难。我衷心希望，在让中小学生追求文学梦的浪漫历程中，《小作家》能走得更好更远。

是为序。

用散文营造诗意的精神家园

——王勉散文集《印象》读后

王纪人

洋洋洒洒近万字的大散文，近 20 年来一直很吃香，因为大家觉得有文化、有分量，

读了过瘾，也长见识。这固然没错，但如果因此看轻了短小的散文，显然有失偏颇。

眼前就放着一本每篇大多不过千把字的散文集，那就是王勉先生的《印象》。你自不必正襟危坐地去读它，饭后茶余翻翻，不用片刻，总会邂逅到一篇可心的文字，如清风扑面，在夏日炎炎中顿觉消了些许暑气。

精致总是短篇散文的不二法门。《元夜时分灯如昼》是写元宵节的，先交代元宵节的由来，接着就铺写元宵夜有着怎样璀璨的灯的海洋，凝滞的灯河如天际玉带，细密的灯光如洒落人间的九天星辰，然后写熙熙攘攘的观灯人，写礼花鞭炮，满天的喜气祥瑞。寥寥几百字的炼字炼句，就把元宵节的特点和气氛都渲染出来了。但作者显然意犹未尽，他一反把七夕认定为中国情人节的新见解，认

为元宵节才是古代年轻人的浪漫节日，这有辛弃疾和欧阳修的元宵诗为证，一曰“众里寻他千百度，蓦然回首，那人却在灯火阑珊处”，一曰“去年元夜时，花市灯如昼。月上柳梢头，人约黄昏后”。都是耳熟能详的名篇名句，稍加引用，就翻出新意了。“灯”是此文的文眼，连引用的诗也不离“灯”字，可见其锦心绣口、玲珑剔透了。

散文虽短，但好的散文总是文短而意长，令人回味，如橄榄之余味余香，这就是王勉隽永的散文境界。《笛声》写用竹笛吹奏的《梅花三弄》，作者显然对此名曲的来历和演奏技法非常熟悉，对有关此曲的古诗也烂熟于胸，所以信手拈来，无不流畅自然，荡气回肠。更妙的是对《梅花三弄》笛声的解读和领悟，写一弄之叫月，二弄之穿云，三弄之横江，声若惊雷，风荡梅花。用古琴、古筝、洞箫分别演奏各有各的妙趣意境，作者却独钟笛曲，爱其清越悠扬中体现的怨愁离绪和高洁的情操。散文的隽永不是靠卒章显志式的点题或恣意发挥，而是紧扣对象的诗意叙写和主体情志的纠结介入。在这一点上，王勉的某些篇章已达出神入化的妙境了。

王勉散文中最耐读的，我认为还是那些与中国传统、风物民俗有关的篇章。他写玉，写瓷，写昆曲，写墨、书法，写茶、古币、脸谱，写顾绣、蓝印花布，写东浦老酒、张泽羊肉、松江鲈鱼、腌笃鲜等，这些都是作者的最爱，对它们的历史掌故、出处源头无不精通，写下来往往头头是道，活灵活现，活色生香，时时流露出文人墨客的雅兴意趣，诗情画意溢于言表，江南的风土人情也跃然纸上。

我相信在这浮华喧嚣的社会里，作者的心仍然是宁静和充满诗意的，他通过自己勤奋的散文写作，为读者营造了一个诗意的精神家园。

窗含西岭千秋雪

——许平和她的《平儿小窗》

彭瑞高

那天丁部长从医院请假出来，跟大家见面时情绪有些低落。丁部长就是丁锡满，曾任市委宣传部副部长，大家都叫他丁部长。我是他的老部下，说话更随便些，落座后就说，丁部长，你高兴一点么。丁部长说，我高兴不起来。我说，你应该高兴，我看到你文章了。他说，哦，在哪里看到的？我说，在《松江报》上。我即刻提醒在座的朋友们：丁部长最近的新散文，常常在《松江报》首发，那位编辑的名字叫许平……

这时丁部长的神色活泛起来，接过我的话说，许平是个女同志，又聪明又勤快，自己文章写得好，稿子也编得好，在区县报当中，《松江报》是少有的日报；期期有副刊的，更只有它一家。一个女同志，约稿、组稿、编稿，自己还要写稿，把《松江报》副刊搞得风生水起……

说起《松江报》，说起许平，老丁的眼光就亮起来。看得出，他喜欢许平。其实，喜欢许平的不止老丁一个人，贾安坤喜欢她，金福安喜欢她，《松江报》老总吴纪盛也喜欢她……这么多老总喜欢许平的理由都是这几条——聪明勤快，肯下功夫，肯动脑筋。这是老总喜欢编辑的“公理”。

我不是报社老总，但我也喜欢许平。我喜欢她的文章，尤其喜欢她写军队和军人的那些文章。

松江城里，有人们熟悉的警备区守备二旅大院，许平的家大概就在这里。在军营长期的耳濡目染下，许平有许多东西——从性格到习惯，从语言到为人——都不同于一般女性。“20世纪60年代，我们这个大院孩子的小名就是另一种模式，地方性强烈，比如我，出生在上海，父亲在南京军区，所以我小名就叫沪宁，一名雄踞两城。还比如，沪生、沪萍、沪军……”有一年，大院子女相约重返大院，“当年的小屁孩们早已成了半老头子或半老婆子了”，“清一色的小名，叫得那个亲热呐！”（《大院子女》）简单朴实的叙写，掩不住对军队和同龄人的情愫，一股只有军队大院和军人子女才有的蓬勃生气，随着纸页翻动扑面而来。

许平出身于军人家庭，自己后来也成了一名军人：20世纪80年代，她成了武汉部队空军的一名战士。因为这样的经历，可以想见她对这支军队的感情非同一般，那是一种真正血浓于水的感情。这种感情聚集在她胸中，流淌于她笔下，不是小儿呢喃、歧路感慨，也不是无常痛惜、世变长叹。她是女作家中难得的英雄主义、理想主义的歌者，她在这种感情的抒发和叙写中，胸中有浩歌，平地起风雷；女性温柔只是她的一种底色，军人热血才是她天空中永远的长风高云。

若干年前的4月28日，自卫反击战经过三天血战，解放军终于拿下了老山主峰。旗手把军旗插上高地的那一刻，就已经牺牲了。他的身子呈45度倾斜，没有倒下，军旗也没有倒下。“战士向着祖国站立，军旗向着祖国飘扬……”“他的手死死握着旗杆，战地救护队怎么掰也掰不开。”（《4月28日》）这个令人震撼的英雄故事，我还是第一次听到。我一时无法相信，写出这些男性化的、充满阳刚之气文字的，就是许平。

许平对英雄的崇拜和礼赞，早已融入她的灵魂。40多年前，当她还是一个小姑娘的时候，就曾跟着父亲去高桥烈士陵园祭拜先烈。一句“我会再来看他们的”（《不忘先烈》），竟会在新世纪后成为事实。与其说这是对烈士承诺的兑现，不如说这是对英雄的又一次崇高敬礼。2008年雪灾中的一天，四名日夜维持车站秩序、疲倦到了极点的年轻士兵，身穿雨衣，竟然站着就睡着了。他们的照片上了报，还登在头版头条上。这幅照片在普通百姓心中，兴许会掀起涟漪，但在许平心中，激起的却是对军队、对英雄的崇敬巨浪。父辈跟她讲过故事：战争中有些老战士连夜急行军，疲乏至极，会站着甚至边行军边打瞌睡。时移世易，军队的精神不变；面对英雄的传人，许平从心底喊出了四个字：“英雄本色！”（《士兵突击》）

许平对军队、对父辈、对英雄的崇拜是一贯的，其中，她最集中、最努力、最呕心沥血的讴歌，是写她的二姨。大概很少有读者见过“我姨”，也不知“我姨”长相如何，但“我姨”显然是个有着独特气质的女性；许平对“我姨”爱得竟是那样深，以至于只要看了她三两笔的描写，“我姨”在人们心目中的样子就会活灵活现起来。“我姨”也是一名解放军，其参加革命的历史就是共和国诞生和成长的历史。在淮海战役中，“我姨”在野战医院工作，有过“一个月几乎天天睡在战士尸体堆里”（《我写我姨》）等传奇性的经历；她的形象，就像《渡江侦察记》里的女游击队长。“我姨”从小就是许平心目中最贴近、最生动的英雄，也是许平酝酿中的长篇小说的女主人公。许平写“我姨”，抒发的是年轻一代军人对老一代军人的心声，也是后生对历史、对家族、对英雄、对军队最虔诚的敬畏。

《平儿小窗》是个柔弱、女性化的书名，似乎有些“女郎按执红牙拍，歌杨柳岸晓风残月”的意思，但小窗之外，有千秋积雪，有铜琶铁板和大江东去。在我看来，这不是一般意义上的女性之作。

解读“上海之根”

钱汉东

日前我收到上海古籍出版社出版的尹军的新著《文化松江》，使我对松江文化历史有了更深入的了解。之前，我应邀去松江采风时认识了尹军，他热情地陪同我考察了广富林遗址，观看了由他创意的松江大学城广场：松江的自然景观和6000多年的文明史，简明扼要地告诉了游人。特别是那幅大理石长卷，两头带有黑色的轴子，宛如一幅正面展开的画卷，中间“文赋”两个大字，它是西晋大文学家陆机撰写的传世经典。

松江古称华亭，别称云间、茸城等，早在唐天宝十年（751）设置华亭县，有着悠久的历史、深厚的文化底蕴和丰富的旅游资源。徐匡迪先生在担任上海市长时曾说：“真正的上海人是松江人。”也就是说“上海之根”在松江。人们通过对松江文化的了解，可以帮助我们认识申城的过去，展望未来。

松江的文化历史，可以追溯到6000多年前。这里留下了一批古文化遗迹，如马家浜文化、崧泽文化、良渚文化、广富林文化等，我都去实地考察过。如从汤村庙村遗址中出土的、距今约5000年的农耕生产工具石犁，可以看到上海先民较早地从锄耕农业进入犁耕农业时代，预示着我国农业产生质的飞跃。在广富林的土地上，可以寻觅到4000多年前我国北方移民的足迹。松江现存的历史古迹还有唐代经幢、宋代方塔、元代清真寺、明代照壁、清代园林醉白池等。元代，松江乌泥泾出了个黄道婆，从海南带回先进的棉纺技术，尔后松江府成为全国棉纺织业中心，并带动了物流业的大发展，成为贸易中心，由此获得"衣被天下"的美誉。

松江历史文化名人众多，晋代有陆机、陆云等著名文学家，唐朝有陆贽等著名政论家，元代有杨维祯、陶宗仪等著名诗人、文学家，明代有董其昌、陈继儒等著名书画家、诗人，清代有张照、张祥河等著名文学家，他们都为祖国文化宝库增添了丰富的瑰宝。沪剧发源于松江，"海上画派"也由"松江画派"发展而来。

松江山水相连，松江九峰是天目山的余脉，这条余脉在地下暗暗伸来，到了松江就拔地而起，成了"九朵芙蓉秀娟娟"的秀丽山峰。山峰逶迤起伏，是上海唯一的山林地带。山体表面林木深秀，森林覆盖率达86%以上。最初，上海地区的先民繁衍生息之根是在有山有水的松江九峰一带，随着江河带来大量泥沙，陆地向海里不断地延伸，先民们逐渐向东缓慢迁徙。

上海人赖以生存的母亲河——黄浦江，它的水系源头就在松江，上接泖河，源受泖水，壮阔浩淼的泖河碧波汇成了黄浦江的源头活水，并为上海人民提供清泉般的水质。在上海尚未完全成陆之前，勤劳聪明的远古上海先民依赖松江一带的好山好水，与美丽的大自然和谐相处，在此拓荒，养蚕织丝，制陶凿玉，祭祀祖先，繁衍生息，成为上海名副其实的原住民。

尹军是长期从事松江文化工作的，做了有心人，深入调查研究，潜心收集史料，终于写出了40万字的《文化松江》，实属不易。《文化松江》具有通俗性、趣味性、可读性的特点，它为人们了解松江的历史底蕴、文化风貌、文化特征和文化贡献，开启了一扇解读“上海之根”的窗口。

拂却尘埃写名相

伊　人

明代后期，上海出了两位姓徐的朝廷中枢级的大官：徐阶和徐光启。后者比前者晚生约一个甲子，官至文渊阁大学士，不及前者身任首辅位高权重；然而，后者的知名度要高得多，这想必是因为除了作为朝廷政要，后者还是一位翻译《几何原本》、著有《农政全书》的科学家，是致力于中西文化交流的先驱者；而且很多上海人还知道，徐家汇得名也跟徐光启有关系。比较起来，知晓徐阶的人就不太多了，而其中有些略知者，恐怕最初是得之于 40 多年前对一部戏的大批判，那部戏就是《海瑞罢官》。在那部新编历史剧中，徐阶是逞威一方的大地主、乡里恶势力的总后台，完全是一个反面人物。当年，为了那区区一部戏，编剧吴晗先生横遭恶毒批判、残酷迫害，终致家破人亡。这诚然令人哀矜痛惜，但我们还是不得不说，那戏里所呈现的徐阶是不全面、不真实的。

数年前，我写过一篇《权力场上的徐阶》，自信离真实是近了，但要说全面当然是不敢。前不久，沈敖大兄惠赠《大明名相徐阶传》

一书，披览一过，喜不自禁，被历史尘埃湮没久矣的徐阶，今日终于有了一部全面而翔实的文学传记。

徐阶是松江人，20 岁中进士，殿试钦点为探花。初入官场时，徐阶也曾血气方刚，不惮于顶撞当朝长官，甚至冒犯皇帝圣意，但经过几番挫折和风雨历练之后，徐阶终于完成了自身性格的重铸，达到“有权略，而阴重不泄”的境界。他一面精撰斋醮用的青词，以迎合嘉靖皇帝的欢心；一面韬光养晦，谨慎服事权臣严嵩。这些行状，每为后世方正之士所诟病。不过，若以列宁同志一句策略名言衡之，似乎又可以“同情之理解”，那句名言是：“你在狼群中，也要学着狼叫。”徐阶确曾“与狼共舞”，但他毕竟没有变成狼，没有沦为“严党”，而且，最终不是别人（比如海瑞），正是徐阶以其老谋深算的权略，扳倒了曾经权势熏天的严嵩，并将奸恶不逊其父的严世蕃送上了黄泉路。在清除了“严党”之后，徐阶升任朝廷首辅，达到了他人生的巅峰。《明史·徐阶》称：“阶立朝有相度，保全善类。嘉、隆之政，多所匡救。间有委蛇，亦不失大节。”又说徐阶“器量深沉，虽任智数，要为不失其正”。因此当时“论者翕然推阶为名相”。这可谓是客观、公正的评价。

敖大兄是松江人（虽然其祖籍是江苏武进，但他居松江数十年，松江之于他，完全可以说是老土地了），又熟稔《明史》，由他来为一代名相徐阶立传，可谓是不二人选。不过，要写这样一部人物传记，委实不是件轻松的事。而在他看来，这更是不可造次的事。像当下有些写家那样，拿古人当玩偶，胡编乱造，漫言戏说，这是他所不屑的。在动笔之前，他做足了功课，花了一年时间遍览相关古籍，仔细收集资料，《明史》《明史纪事本末》，多种府志、县志，徐氏族谱，乃至《明代驿站考》之类冷僻书，林林总总凡数十种。所以，这部传记无论是大的历史场景、史事脉络、人物故事，还是当时的方域、习俗和风物的细节，大都是信实可稽，言之有据。

当然，作为文学传记，难免有合理想象和艺术虚构，在故事情节的生动及人物性格的渲染上，作者也费了相当的心思，但这一切尚能注意把握分寸，没有为了“可读性”而肆意地“野歪歪”。这无疑是值得赞赏的。

对这本书，我尤其感兴趣的是最后一部的几章。古人云“曲终奏雅”，而此书却是“曲终奏哀”——抒写传主徐阶晚年的悲哀。徐阶 65 岁时致仕，回到故乡松江，按理说，从此可以含饴弄孙、颐养天年了。可没想到，回乡仅一年，劫难便接踵而至。

先是应天巡抚海瑞驾临江南，以其“飙发凌厉”之势推行《退田令》，徐阶首当其冲，被搞得灰头土脸。我们知道，退田事件是《海瑞罢官》中的主要戏剧冲突，海瑞和徐阶分别代表着对立冲突的正反两方。而敖大兄的这本书，却对此宗事件做出了迥然不同的叙述：其一是，徐阶家族的田产并没有当时传言和海瑞认为的达数十万亩。——如黄仁宇《万历十五年》里也曾说：“他（徐阶）的家庭成员，据称多达几千，其所占有的土地，有人说是 24 万亩，有人说是 40 万亩，上述数字无疑地有所夸大。”——从确凿的史籍材料来看，徐氏在退田之前拥有田产约 3 万亩，这个数字虽然也不小，但按上千家族成员平均下来，就不能算太多。其二是，徐阶当时并没有拒不退田，他命令三个儿子检点买田契约，将近 5 年内所买的土地悉数退还，加上其他的共有 1 万亩，但海瑞认定徐氏至少有 20 万亩田产，强要他退出一半即 10 万亩，徐阶当然不能也无法照办。或许有读者觉得这是在刻意维护本乡故老，但作者言之有据、辩之有理，对那种先入为主的偏见，当能澄清一些的吧。说起来，徐阶还曾有恩于海瑞，当年海瑞因上书指斥嘉靖皇帝的过失，“帝恚甚，欲即杀之，阶力救得系”。在他被囚于诏狱后，刑部判定其死刑，徐阶又故意压制此案不予施行。海瑞当上巡抚，以退田对昔日恩公步步相逼，人们一般都不视之为恩将仇报，相反还称其为不徇私情，秉公执法，俨然是道德、正义的化身，然而，若因此不辨事实真相，简单地把徐阶作为反派人物，这就未免失之偏颇了。

接着是来自高拱及其鹰犬更具杀伤力的打击。这个高拱，当初是徐阶引荐进入内阁，《明史》称“拱骤贵，负气颇忤阶”，一朝显贵就跟徐阶对着干。后来有个胡应嘉的官员弹劾高拱，因胡是徐阶的同乡，高便怀疑是徐在背后指使，从此对徐阶更加怀恨在心。徐阶致仕归乡之后，一度养病离职的高拱，又回到朝廷中枢，大权在握便处心积虑要对徐阶实施致命打击。他物色到一个“杀手”，此人就是蔡国熙。这蔡国熙本是徐阶的门生，并曾被后者提拔为苏州知府，说起来徐阶也是他蔡国熙的恩师了，然而，蔡国熙因一次与徐府仆人发生冲突，从此跟徐阶结怨。如今炙手可热的高拱要重用他，让他查办审理徐府“横行乡里”的案子，这岂不是趁势表现、逢迎攀附的绝好机会？于是，蔡国熙雷厉风行，将徐阶的两个儿子拘捕，没收田产，并一个儿子判以充军流放，一个儿子削籍为民；还挑动好事之徒围攻徐府，致使徐阶只得与老妻仓皇逃离松江……高拱挟权报复的行状，在当时引起朝野震惊，高拱不得不有所顾忌，于是分别写信给苏松巡按和蔡国熙，称“近乃闻兵道（指蔡某）拘提三人，皆已出官，甚为恻然”，又说“稍存体面，勿使此老（指徐阶）受辱苦心，乃仆至愿也”云云。那蔡国熙见信后，恼恨不已，大叫：“高拱出卖我，让我受人怨恨，他自己做好人！”……直到高拱下台，徐府方得复归于平静。但经如此劫难横祸，却是元气大伤了。

而徐阶呢，也已看破了官场和世象，他一反埋骨终须桑梓的传统习俗，决定自己死后埋葬在浙江湖州。他在《湖州买葬地成》一诗中写道：“好志华亭徐仲子，厌离乡土葬湖州。”或许，他是怕葬身乡土之后还会不得安宁吧。

夜读至此，夫复何言？唉，也只能如该书结尾一样地感喟：“可叹！可叹！”

闲话《松江方言教程》

褚半农

大上海的前身上海县建于元朝，县治在今老城厢内，但因长期隶属于松江府，它的方言也是一直跟着松江方言走的，这在文献上有明确记载。明嘉靖三年（1524）《上海县志》说县城的“方言语音视华亭（松江）为重”；清嘉庆十九年（1814）《上海县志》更明确记载：“方言同是吴音而视府城（松江）稍重。”这些记载明白无误地告诉我们，松江方言是上海方言的根，或者说，上海方言的源头是松江方言。

清光绪九年（1883），徐家汇土山湾印书馆出版了一本传教士及其同伴学习上海方言的教科书，有意思的是，书名叫《松江方言教程》，这再次表明，在很长一个时期内，松江方言是今上海范围内的行用语言。这本书的文献价值极高，一是出版年代早，至今已130多年；二是从中可看到松江方言在上海方言发展史上的重要地位；三是内容丰富，全书不仅收了大量的词语、对话句例，而且还有语音资料。我是在参加“第二届国际上海方言研讨会”时意外得到的，看后第一个感觉是，我们从小讲的上海西南方言，从语音、词语到句式，基本同130多年前一样，没有大的变化。

《松江方言教程》全书共42课，第一课是学习、掌握代词，当年上海滩上使用的代词有我、侬、伊、其（他）、我呢（伲）、伊拉、自家、第个、啥个等。接下来安排的28个例句围绕代词的使用展开，如“第个物事是我个”“勿是侬个”“我搭伊是朋友”等。从第十五课开始，长长短短的对话例句增多，难度也自然明显增加。这样设计使学习由易到难，循序渐进，便于理解和掌握方言。

上海闲话的产生同其他方言一样，有个农耕社会大背景，因此大量的字词都同农村的生产方式、生活习俗有关。现在我们觉着生疏的字词，不仅在当年是常用的，就是到20世纪60年代，松江原住民中还是常用的。《松江方言教程》中数量众多的这类字词，使它客观上成了研究上海闲话发展、变化的语言基因库，也为研究松江闲话的历史作用提供了实例。如“翻地”，我们从小就跟着大人称“坌”“坌地”的，《松江方言教程》里的记载也是这样。至于“耘稻”“挽花”“大熟”“小熟”“经布”“绞索”“落苏（茄子）”“藏菜（青菜）”“家生”“脚桶”“脚马桶”“着下底”“捉落空”等词语，书中应有尽有，它们至今仍是上海西南农村的常用词。人干活累了，方言中叫sa du，这两个字现在有各种写法。《松江方言教程》中写作“衰瘏”，读音也是sa du。民国17年（1928），土山湾教会还出版过一本叫《土话指南》的上海方言书，也把“劳累”写作“衰瘏”。2007年出版的《上海话大词典》也写作“衰瘏”，读音也是sa du。这就告诉我们，现在的上海闲话有个历史源头，今人要有敬畏之心对待这笔遗产，不要在使用中动不动乱写方言字词，以至于现在出现了把“小人”写成“小宁”、“面孔”写成“米空”、“汰浴”写成“大月”的怪事。

书中的注音资料尤为珍贵，它让我们知道了130多年前上海话是怎样发音的，有些什么特点等。“东西”，方言里称“末事”，但有的书上写成“物事”。“物事”二字写得对不对，或者说“物事”的音怎么读？《松江方言教程》告诉我们，“物事”读作“末事”，同我们现在的读音一致。“新鲜”在口语中一直读作“青鲜”，为此我在阅读明清文献时试图找到书证，但没有如愿，想不到书证在《松江方言教程》中，就是读作“青鲜”。

上海及吴地大量存在过的绞（方言读音 gāo）圈房子是比石库门更古老、更有特色的住宅建筑。20 世纪 80 年代我参加地方志修纂时，第一个把它写进了县志。由于专家失职，当年的建筑专著里找不到这方面的任何资料，“绞圈”二字怎么写，有点吃不准而颇费周折。再三思考后，我根据方言读音，最终确定为“绞圈”。在其他志书中，有写“搅圈”的，也有写“告圈”的，就是没有写作“绞圈”的。这种特色建筑居然在《松江方言教程》中有完整资料。当我看到名称、写法同我以前的写法完全一样，且读音、词义也相同时，真有大喜过望的感觉。于是豪燥再写文章，第一个将绞圈房子内容公布于众。《松江方言教程》告诉我们，清光绪年间（1875~1908）上海还在建造绞圈房子，不然传教士们是不会把它作为学习方言内容记入书中的（顺便说一句，书中没有石库门的记载）。对建筑学者来说，绞圈房子是一种需要研究的传统特色建筑；对语言学者来说，“绞圈房子”是一个流传有序的吴地方言词语，可那么长的时期里就是无人知晓。专家只知道石库门，把绞圈房子遗忘得干干净净，原因可能多种，其中一条肯定是不懂，唯有这样才好解释，为什么至今专著中仍无绞圈房子的文字。

有意思的是，现在非专业人士写的绞圈房子文章多了起来，名称也统一为“绞圈”了。前不久，我接到一个不认识的作者的电话，同我打招呼，说他绞圈房子的文章是根据我的材料写成的。我想，如果早一点普及知识，早一点介绍《松江方言教程》中的内容，不至于现在全上海找不到一幢完整的绞圈房子了。

顺便说一句，有专家将书名中“松江”二字翻译成“上海”，是不是对松江话是上海方言源头持保留意见？不得而知。但方言研究者不可不知此事。

史志中董其昌传的诖误

沈敖大

董其昌是明代松江书画大家，也是明代中国的书画大家。其画为当世所重，其书法为外国所重。于画，他开创“南北宗论”，并成“松江画派”执牛耳者；于书法，提出“字须熟后生”说，也颇有见地。

然而，就是这么一位大书画家，他的传记各本史志所载却不尽允当，都有诖误，这是一个非常有意思的问题。

就拿所谓正史《明史》来说，关于董其昌的传记就有该载不载之漏。《明史》称董为华亭人，固然不错，但考之未详。董本系上海人，这一点似不可不载，至少也应记录下来，以备一说，方称允当。至于康熙《松江府志》则记载为“上海人”，然也有漏，因为董其昌后来“且别其籍”为华亭，所以严谨的提法应为“董其昌，上海县人，后别其籍为华亭”，这样就比较完整。康熙《松江府志》另一诖误之处是“崇祯六年，召拜礼部尚书”。在大明朝，成祖篡位以后未久，迁都北京，形成了两个朝廷，北京是一个，南京也是一个。南京的朝廷，史书统称南都。两个朝廷都设一套政府机构，北京的政府机构是真正掌握权力的中央政府。南京的班子，则权力有限，有点像影子内阁。康熙《松江府志》直书“礼部尚书”就有些葫芦提——含糊。大家不妨去查明史职官志，中央政府的历届礼部尚书名录中，就是没有董其昌的大名，准确的记载应为“崇祯六年，起为南京礼部尚书”。这一方面的记载，倒是《明史》正确。《明史》记董其昌“拜南京礼部尚书”之后，又记“崇祯四年（或有误）起故官”，这“起”的意思就是起复，也就是再度起用担任原来的职务（南京礼部尚书）。

嘉庆《上海县志》记董其昌任礼部尚书时也犯了同样的错误，“崇祯六年，召拜礼部尚书”，但它的好处是载明董其昌为华亭人的同时，又附记董其昌为上海人，“后登翰苑，巨别其籍，不敢认为上海人”，原因是董在上海时很穷，负担不起徭役，“弃家远遁”。这一条记载是弥足珍贵的。同治《上海县志》也有同样的记录。

乾隆《娄县志》董其昌传更有意思，干脆不提董的籍贯，大概以为是娄县人了吧。关于董两任礼部尚书的表述，也是含混不清，第一次称“（天启）五年，迁南京礼部尚书”，第二次是“崇祯六年，召拜礼部尚书”。犯了与康熙《松江府志》同样的错误。

至于其他一些文本，关于董其昌的传记，也有一些乱象。《明画录》董其昌传还有明显的低级错误，据王永顺先生主编的《董其昌史料》所载“其曾祖母乃高尚书克恭云孙女”，这就让人一头雾水。我手头无《明画录》，无法查核，但这“云孙女”肯定有误。高克恭（1248~1310）是元至元时期（1264~1294）人，曾任兵部尚书，“高尚书克恭”的提法没错。高克恭去世后245年，董其昌遂生。高克恭“云孙女”是董“曾祖母”，则相隔四代，按年代推算，董之“曾祖母”应该是高克恭之第五代孙女，所以这“云孙女”，当是“玄孙女”之误。

上述所引志书的成书年代排序，当为康熙《松江府志》、《明史》、乾隆《娄县志》、嘉庆《上海县志》。据此，我们可以发现康熙《松江府志》称董为“上海人”，但《明史》不取，这没错，《明史》错在未列“上海人”以备一说，不周全。康熙《松江府志》载董第二次任“礼部尚书”有误，《明史》做了纠正，有眼光。

乾隆《娄县志》未提董之籍贯，那是出于心虚，因娄县之置在清顺治十三年（1656），其时董已去世19年。可见董生时未有娄县，所以只能回避了，但“礼部尚书”一说，恐是照抄前史之误。至于嘉庆《上海县志》，是于嘉庆二十三年（1818）成书，可资参考的前志较多，所以对董的籍贯表述较为完备。可惜的是关于董任“礼部尚书”一说，也囿于前志，出了差错。

可见，编志书，是个精细活，所谓才、学、识，缺一不可，前人学富五车，也难免有误，吾辈功底差多了，一定要审慎。虽说“天下文章一大抄”，但“抄”也得有眼光。

松江《清明上河图》

沈敖大

“倩谁记去作画图。”这句话是套用了《红楼梦》中的偈语，原偈为：“无材可去补苍天，枉入红尘若许年；此系身前身后事，倩谁记去作奇传。”“倩谁”，请谁也。那石头上者，记录着“身前身后事”，央求有个人把它记去编成“奇传”。后来碰到了曹雪芹，“于悼红轩中披阅十载，增删五次”，终于编成了传世经典《红楼梦》。

“倩谁记去作画图”，你有什么东西要请人“作画图”呀？莫急，且听在下道来。

我所谓的“作画图”，说白了，作一幅《清明上河图》的松江版。

说起此事，不得不提北宋张择端的名画《清明上河图》。这幅巨作是我国十大名画之一，记录了北宋汴京清明时节热闹繁忙的景象，5 米多的长卷中有栩栩如生的 550 多个各色人物、牛马骡驴各类牲畜 50 余头、轿车 20 余、大小船只 20 多艘，生动反映了当时汴京的风俗民情。“上河”，一说指的是上坟——清明扫墓。上坟被虚掉了，实写的是上坟前后的繁忙景象。这幅长卷，成了传世之作。明代仇英仿此结构，精心画出了当年苏州版的《清明上河图》，同样留传后世。

明代以降，苏松并称，仇英可作《清明上河图》，松江有何不可？

要我说，咱松江人过清明，盛况不输苏州。史籍中记载的清明诗词，生动形象地展示了当年的风俗民情。读此诗词，如睹长卷，当年景象如在眼前。这些诗词内容，“倩谁记去作画图”呢？

谓予不信，仅举一例：嘉庆《松江府志·疆域五·风俗》就录有范缵《云间风俗》《渔家傲》词十二首（每月一首），其中描写三月云：

> 三月清明花信准，陆坟弦索人登顿。菜麦青黄田似锦，开船稳，纸钱挂处东风紧。圆泖晴添春水嫩，海蛳酒拌佘山笋。游过四峰归路引，迎神信，穿城锣鼓钱幡引。

这首《渔家傲》就是一幅画。三月清明，百花守信，按时怒放，“日出江花红似火”。坟墩高高的（“陆坟”），空中丝竹声声悠悠，上山扫墓的、扫墓后下山的人们忙碌着川流不息（“登顿”）。山上眺望，麦苗儿青青，油菜花儿金黄，田野一片锦绣，河面上熙来攘往的船儿稳稳行驶，激起水波涟涟，祭祖的纸钱一串串漫山遍野，在东风里摇曳。

日朗风轻，圆泖春水一碧万顷，“春来江水绿如蓝”。酒儿飘香，海蛳、佘山笋佐餐。士女如云踏青游遍四周之山，兴尽而归，（正逢）城内迎城隍老爷出巡，百姓们敲着锣鼓擎着一串串纸钱和神幡在前面开道，穿行于十里长街。

这首《渔家傲》从泖湖写到山，写扫墓，也写踏青，更写十里长街。描绘了云间田野秀色可餐，繁花似锦，河面上千舟竞发，人们在船中用餐。城中，善男信女簇拥着城隍老爷出巡……

如果再参考“悬纸钱”“折柳插檐”，城隍出巡时“仗卫整肃，郡民执香花，拥导者甚多”等相关记载，不就是一幅清明时节松江人民扫墓、踏青的长卷吗？

这些清明时节的事儿都摆着，“倩谁记去作画图”？希望松江籍画家有此担当。或独力完成，或合力完成，此画若成，我想，也会传世的吧？

不过要补充一句，范缵是清初人，生于清顺治元年（1644），卒于清康熙六十一年（1722），所以画成以后，只能说是松江《清初风俗图》，不妨也题为《清初上河图》。

开卷有益说“望”“紧”

沈敖大

读书可以破闷，开卷也必有益。打开明正德《松江府志·沿革》，说的就是松江的历史变化。本想破闷，却不料开卷就被闷在两个字上，一个是“望”字，一个是“紧”字。

《松江府志·沿革》说松江从史册上记载，是由亭到县，由县到府。这亭就是华亭，“吴子寿梦筑华亭”，这个“亭”派什么用场呢？就是寿梦到古松江这块地面上“亭留宿会”之所。这里的“亭”，就是“停”，寿梦在这里停留，寿梦在这里下榻（宿）会客。可见这个“华亭”并非行政区划名。

但是，也有人说，华亭这块地方，出土过唐代的镇将印，可见华亭曾经是镇，华亭是从镇升格为县的。对此说法，《松江府志·沿革》否认，理由是唐代的建制，沿用的是隋朝的旧制。隋朝时曾在地方上设置镇将副，掌控的是“捍防守御之事，特（但）县里的冗职”。既然县里须设置镇将，那么这个“镇”就不是行政区划上的“镇”。

为了进一步加以说明，《松江府志·沿革》又说《元丰九域志》

对“自镇为县”之事提也不提；《郡国志》《舆地志》也不提，足以证明华亭未曾设镇；又补充说“《新唐史（应为书）》书望，《九域志》书紧”。

读到这里，不免两眼发白，古汉语功力不够，被卡住了。“书望”“书紧”，这“书”容易理解，是表述，这“望”“紧”是什么意思？

于是查“望”字，不得要领；于是查“紧”字，终于在我国台湾三民书局出版的《大辞典》里找到了一点线索，在“紧”字下，有“紧县”的条目，释文是：周的时候，广顺三年（953）有条敕令，在把天下县邑分成几等，规定“二千户以上为紧县”。但是释文引文还不够完整，因为这“望”字还没有着落。没办法，就试查《文献通考》。

查《文献通考·户口考一》，曰：周广顺三年敕，全国的县分有差等，“三千户以上为望县，二千户以上为紧县……”总之，《松江府志·沿革》坚持认定，松江沿革是由亭到县，由县到府的路径，华亭镇不存在。

这里的周是指唐覆亡五代（后梁、后唐、后晋、后汉、后周）十国时太祖郭威建的后周，广顺三年为953年。

终于弄明白《松江府志·沿革》所称“《新唐史》书望，《九域志》书紧”的意思，那就是说，《新唐书》把华亭县书为望县，《九域志》把华亭县书为紧县，都没有华亭镇的记录。

读书为破闷，没有想到，读《松江府志·沿革》开卷，就被卡住，资料查了大半天，才弄明白“望”“紧”两个字，真是学海无涯！至于后周太祖郭威时，华亭户口是不是二三千户以上，那就另需花工夫再查考了。

顺便说一下，《水浒传》里那个柴大官人小旋风柴进，据《水浒传》的描述，是后周世宗柴荣的后代，而赵匡胤时任后周殿前都点检，是握兵权的。他发动陈桥兵变，柴家禅让有功，所以才赐柴家“丹书铁券”的。

草根情怀　灵异之光

——评棒子小说的创作特色

刘长海

读棒子小说如同听说书，又好似听评弹，静静地倾听那琴弦之外的清音。在如此喧嚣躁动不安的尘世，寻觅一处僻静竹林深处，泡壶绿茶，听他调侃式地讲阿拉上海人的故事，一笑解忧愁矣。

民间疾苦，历来是每个正直有良知的作家关注的焦点。棒子满怀同情地叙述《良药》里不留名的女车工的悲剧，工厂改制，“八万五，买断了她的工龄，也断绝了她的希望”。女工查出了恶病，又上当受骗，九万元吃了三年假药。最后，女工“瘦下去，瘦下去，一天比一天丑陋，女人的血肉，一丝一缕逃离这个世界，有些慌不择路”。结果，五把车刀伴着她缩在骨灰盒里。

草根情怀，棒子小说聚焦于大动荡、大改革浪潮下的微澜，那牵肠挂肚儿女情长、生老病死在一个家庭里却是刻骨铭心甚至惊心动魄！尽管棒子不动声色地讲给读音听，我读《良药》却感到阵阵震撼，据说是有生活原型的人物。棒子说得好：“所有的故事都像一棵大树，年代越长就越枝繁叶茂，根深须密。”正是如此，他从土地深处创造挖掘出故事，用文字构建充满人性光明的世界。他那些结结实实的人物故事，却是用灵异笔锋刻画出来的。在《渴望出逃》里，他以第一人称讲述老一辈的爱恨情仇：荞麦和骡子的爱情悲剧留给子女的阴影，成了无法挣脱的怪圈！背景是北方的煤矿，当过矿工的榛子听过许多老矿工的故事。我也曾带领 18 名学生下过几百米深的煤井，在那地狱般的黑暗里，同学们刚下去就想如何快点逃出去。手摸着软骨般的煤层，听那滴滴答答的水声、脚下窸窸窣窣的煤屑摩擦声，人连大气都不敢出。一听到木支架咯吱响，吓出人一身冷汗。榛子啊，就是从这里书写“煤矿是靠煤黑子的脊梁来支撑的！”只有切身体验过煤黑子生活的人，才会喊出：“我们敬畏自己挖煤的爹如同敬畏神祇！”煤黑子都希望看到亲人来接井，这种富有人情味的习俗竟然被一纸通知“不许接井”取消掉了。处在如此压抑的生存环境，谁都是“人在很小的时候就向往出逃”。可怎么也逃不出这个怪圈啊！

象征意义，榛子的小说具有历史转折点的象征意义。王安忆为什么倾力推荐？就是因为他“脱掉头班车，接下来就班班赶不上，结果是至今为止，未有一本书出版”。王安忆认为他“真是挺背时”。中国当代文学史又必须有榛子这类作家作品的补充记载，所以说，象征意义是不可缺失的。文学观照的视镜，将榛子的小说提高到相当高度，读者阅读他的小说集《渴望出逃》后，不得不承认这类小说虽然不时髦，却厚重有嚼劲，有灵异味道。榛子把自己的独立判断和真实见解融入历史与现实相结合的小说故事里，真是“不著一字，尽得风流”。

灵异之光，王安忆评介榛子小说为“常规外的哀喜，正是现实里的灵异之光”。我读《凤在上，龙在下》感到上海曹家渡五角场变活了，似乎自己转了一圈又回到原地。榛子捏出了一个新人物——刘阳，这是个异数，不是常人。他在性取向上存在误差，心里喜欢常贵珍，却又暗恋人家丈夫张家临，又不拒绝与沈小琴交往。如此错综复杂，牵丝攀藤，互相拉扯，剪不断，理还乱。最后，刘阳逃出怪圈，生活才归入正常轨道。榛子其实是在影射生活被大变革弄乱了，刘阳险些出了轨。人间悲喜剧在大背景下，显得更有灵异之光，一闪一闪，转悠晕了向。

榛子以草根情怀、灵异笔触书写他的小说。“在一个深刻的灵魂里，痛苦总不失其为美。”黑格尔的话说得不错。榛子内心悲悯而外表幽默，他为女工悲哀，为矿工伤心，为弱者呼号，世无良药啊！真实让文学回到原点，谁在寻觅？谁在流连？渴望出逃，又很难纳入潮流，这就是榛子的小说。

温情脉脉的唯美主义者

——解读王迎高和他的散文诗

徐俊国

在中国当下的散文诗现场，王迎高已声名鹊起并备受关注。他的散文诗作品频频亮相于《诗刊》《诗选刊》《诗潮》《中国诗人》《诗歌月刊》《散文诗》《散文诗世界》等纯文学期刊，还荣获《人民文学》《小说选刊》等主办的各种征文奖。独特的艺术风格、强盛的创作实力和迅猛的发展势头使其成为松江华亭诗社乃至21世纪以来上海诗人群中的重要代表人物之一。

王迎高的写作态度和审美理想暗合了荷尔德林所说："于大诗人而言，美感胜于任何其他的考虑，或甚至抹掉了所有的考虑。"虽然王迎高的精神倾向、气质类型和生活状态决定他不可能成为彻底的唯美主义者，但他在平时的言谈和诗歌写作中表现出来的种种迹象，很容易让人把他和唯美主义联系在一起。王迎高是一个追求词语和心灵洁净度的诗人，是一个区别于王尔德的"温情脉脉的唯美主义者"。他的诗歌，外部特点非常明显，语词繁复，修辞茂密，讲究形式，注重美感。他对自己置身其中的世界怀着热诚的关照，善于深入事物的内部，以源于温暖心灵的唯美之词，把日常生活中的凡常之物提升到诗意的高度并抵达澄明之境。翻阅《走进心灵》和《心灵牧语》这两本书，一眼就能辨别出他与众不同的诗歌面貌：古典、端庄、匀净、整洁、和谐，洋溢着浓郁的书卷气。王迎高平易近人的写作策略，不乖张、不凌空蹈虚的美学面孔，为“诗在人间”做着美丽的注解。

这个一意孤行的形式主义美学的虔诚探究者，时时表现出对对称诗学的不懈追求。对称与平衡、齐整与参差、过渡与照应、节奏与韵律、多样与统一，他熟练掌握并运用着这些形式美的法则。任何一种固定不变的诗歌程式都会让诗人滑入惯性写作的泥淖，看似自由，实则处处受限。但王迎高偏偏适应了这种受限，而且陶醉其中。“在限制中才能显出身手，唯法则才能够给我自由。”歌德的这句话，可以成为我们敬佩王迎高敢于在受限的写作中作茧的勇气的重要依据。

王迎高的散文诗散发出葛雷在论及瓦雷里时谈及的境界之美，但王迎高境界之美的获得，其精神同化不是强力的，丝毫没有强势的样子，而是自然而然地、可以顺藤摸瓜地进行梳理，这也决定了王迎高的诗没有“迷乱的力量”（伊夫·博纳富瓦），避免了让读者产生灼烧感和眩晕感的不适反应。

王迎高的美感冲动始于对平常事物的细心关怀。他对俗常事物表现出浓厚的书写欲望，他用温暖的诗意之光照亮一些司空见惯的物质存在，如椅子、水杯、砧板、气球、针、塔吊、齿轮等，都在他瑰丽的想象和缤纷的言辞中幻化出摇曳多姿的茂盛诗意，无限地接近事物的美感核心。

诗之美，对应着心之善。《圣经》里说：“他心如何思量，他为人就是如何。”认识王迎高的人，都知道他是一个衣着朴素、眼光柔和的人，但内心的善和美恰恰在其写作的温情和暖意中得到了呼应。善和美既是他的处世哲学，也是他的写作伦理。

米沃什说他的诗歌与波兰的历史对称，而王迎高的写作与他的生活和心灵是对等的。王迎高在世俗生活中保持了一个诗人的本真、洁净和美好，他的诗歌和心灵互相诠释、佐证和照耀。他是写诗这一古老行当中真正达到生活、心灵、诗歌三合一的少数。正是这少数，为诗歌的纯粹与美好增加了一个正面例子，为人的心灵能够不断得以净化和升华提供着充足的信心。

拈起生命中不能承受之轻

——读徐俊国的组诗《傲慢的时间里》

周民军

刊于2014年第一期《云间文艺》上的徐俊国的组诗《傲慢的时间里》，读来让人爱不释卷。诗人保持着一贯的谦卑姿态，悲悯情怀更多让位于对世间万物的理性探寻与命名。诗人正逐渐从对农耕文明的悲情挽唱，转移到了对现代文明下人类灵魂的写照、追问与归置。诗人在傲慢的时间面前潜心修炼，目光淡定从容，内心炽热虔诚，以求道者的姿态在生命的路途中俯身拈起那些不能承受之轻。

责任和使命、爱情和婚姻、生存和死亡，这些毫无疑问都是生命中不能承受之重，是生命的底座，而徐俊国则更加关注个体生命在时间的隧道里所迸发出的星星点点的光芒。组诗第一首《皎洁心》中所写，“我喜欢星星 / 信任遥远 / 微弱但确切的光”，提纲挈领地阐明，生命在时间面前散发出具有终极意义的微光，蕴含着哀愁、孤单、偶然、欲望、游离、遗忘等诸多生命中不能承受之轻，徐俊国俯下身来，将它们悉心拈起，一一收藏，细细品味，精美呈现。

组诗的第二首《孤单》表现的是郁勃的生命（雄马）面对时间的催逼（雷神的长鞭），以诗的方式（隐喻）展现独特的思想情感（打着响鼻），只是因为生命体验的凄绝（沾满樱花的灰烬）和高拔（嘹亮），而少有知音的共鸣与反响，从而产生“环顾两茫茫”的孤单。诗歌两节六行，短小精湛，第一节中的“屈服”与第二节的雄马意象形成强烈比照，表现出诗人对抗“流年”的悲壮。令人叹羡的是，诗人将理性的思考羚羊挂角一般融合进了一幅鲜明生动的画面之中。

整组诗，将观念与事物统一，由意象而隐喻，直至抵达深厚的象征意味，展现了徐俊国纯熟的诗歌艺术，更反映出他“神性表达”的崭新追求。诗人在“卑微”和“救赎”“快乐”与“痛苦”“活着”和“死去”之间来回穿梭，在生活的琐碎中发现生命在傲慢的时间里的真相，加上貌似拙朴木讷、实质博慧剔透的语言语调，使诗歌形成了启示录般的宗教色彩。在徐俊国眼里，万物皆有神性，而诗人的任务就是最大限度地打破语言和理性的屏障，以期无限接近宇宙真相和人类灵魂的核心。

“月亮总是在最高的地方显现肉身 / 它让黑夜有了一颗皎洁的心 / 万物拜月亮为师。”（《皎洁心》）“桥下 / 秋水如琴 / 花瓣流向远方 / 蟋蟀端坐于草叶的演播厅里。”（《消逝》）“失去了视力的小昆虫 / 在刺上赶路 / 如果悲伤再明亮一些 / 就能抵达玫瑰 // ……蓝蝶圆寂之后 / 才有资格回到鸢尾花的魂魄里。”（《再等一等》）“小河的清澈 / 我要饮下它 / 把肠胃里的铅字和夜晚洗一洗 / 草的绿 / 我要穿上它 / 把身上的情愁和岔路全扔掉。”（《开始了》）读着这些诗句，我们在惊讶于意象的新奇和熨帖的同时，更被充盈在诗句中素朴本真的神性意味所深深震撼。而这一切，都被诗人统一在时间这一浩瀚无垠的背景之中，使得生命中那些不能承受之轻都找到了应有的坐标，纠结不休的灵魂也因此找到了终极意义上的归宿。

“是坚果的颤动让我抬起头来 / 不是风。”《淤积》的第一句就以判断的形式表明诗人的审美价值取向，“坚果的颤动”喻示着一种外在坚硬、内在淳厚的生命正在孕育和坚守属于它自己的纯粹的精神准则，包括树叶，它们在某种力量的“挤兑”或“干预”下，发出灵魂震动的声响。相对而言，诗人把握不准的风，可能暗示着一种庸常忙碌、吞噬心灵的世俗生活，也可能是某种违背人性之美的社会法则。而诗人“高高地直起头来”显然是渴求那种无限接近真和美的生命形式，以谦卑的生存姿态去争取灵魂的永恒与高贵。

《傲慢的时间里》这首作品及时出现在组诗的序列中，既承接了前面《淤积》所表现的生命在傲慢的风中的脆弱与无奈，又将笔触探入一个更深的领域，那就是在更加傲慢的时间面前，生命如何获取信仰，将琐碎的欲望（“小花的日常”）上升为神圣的情感（“肃穆的教堂”），来实现下一首《消逝》中所说的“卑微的救赎”。徐俊国用烛微的视角、求证的语调和精妙的意象，向我们展示了一个诗人心灵的神启过程，行吟般地呈现出诗人乃至生命本身的生存奥义。

组诗《傲慢的时间里》在徐俊国的诗歌创作道路上必将留下高海拔的印记。诗人从鹅塘村的野花与荆棘丛中走出来，在城市喧哗骚动的背景下，对生命、灵魂做新纬度上的标示与拷问。徐俊国的诗歌创作为城市的天空抹上了一层纯净的蓝色，为现代人提供了一条心灵的诺亚方舟。他信手拈起生命中不能承受之轻，给每一个柔软的灵魂带来温暖和慰藉。